读客悬疑文库

认准读客读悬疑,本本都是大师级。

IRÈNE

凶手的手稿

[法]皮耶尔·勒迈特 著
李湘容 译

Pierre Lemaitre

北京日报出版社

图书在版编目（CIP）数据

凶手的手稿 /（法）皮耶尔·勒迈特著 ; 李湘容译. -- 北京 : 北京日报出版社, 2023.5
ISBN 978-7-5477-4588-5

Ⅰ.①凶… Ⅱ.①皮… ②李… Ⅲ.①长篇小说 – 法国 – 现代 Ⅳ.① I565.45

中国国家版本馆 CIP 数据核字（2023）第 041586 号

TITLE:Irène
AUTHOR:Pierre Lemaitre
Copyright © 2006 BY PIERRE LEMAITRE
This edition arranged with Camille Trumer Agency (La COMPANY de la Seine), Paris, FRANCE.
Simplified Chinese translation copyright © 2023by Dook Media Group Limited.
All rights reserved.

中文版权：© 2023 读客文化股份有限公司
经授权，读客文化股份有限公司拥有本书的中文（简体）版权
图字：01-2023-2302号

凶手的手稿

作　　者：	［法］皮耶尔·勒迈特
译　　者：	李湘容
责任编辑：	杨秋伟
特约编辑：	徐陈健　　顾珍奇
封面设计：	陈绮清
出版发行：	北京日报出版社
地　　址：	北京市东城区东单三条8-16号东方广场东配楼四层
邮　　编：	100005
电　　话：	发行部：（010）65255876
	总编室：（010）65252135
印　　刷：	大厂回族自治县德诚印务有限公司
经　　销：	各地新华书店
版　　次：	2023年5月第1版
	2023年5月第1次印刷
开　　本：	889毫米×1270毫米　1/32
印　　张：	13.25
字　　数：	318千字
定　　价：	59.90元

版权所有，侵权必究，未经许可，不得转载
凡印刷、装订错误，可联系调换，联系电话：010-87681002

献给帕斯卡琳娜
献给我的父亲

作家所为，不过是把引文重新整理，再把引号去掉。

——罗兰·巴特

第一部分

二〇〇三年四月七日　星期一

1

"爱丽丝——"他一边看着她，一边说道。要是换作别人，可能都会称她为小姑娘，唯有他是个例外。

他叫了她的名字，想套个近乎，姑娘却完全不为所动。于是他垂下眼帘，看了一眼阿尔芒在第一次审讯时写下的潦草笔记：爱丽丝·范登博什，二十四岁。他试着想象，一个叫爱丽丝·范登博什的二十四岁姑娘，正常来说应该是什么模样。她或许是位年轻姑娘，有着长长的脸、浅棕色头发以及直率的眼神。然而当他抬起头时，眼前所见令他几乎难以置信。这个姑娘完全不像他想象中的模样：原本金色的头发，紧紧贴在头皮上，露出大段深色发根，肤色惨白，左颧骨上有一大块紫色瘀伤，嘴角还挂着一丝干涸的血迹……惊慌而闪躲的眼神中，只剩下恐惧还能透露出她的人性。她如此害怕，此时依然在瑟瑟发抖，一副在大雪天出门时没穿大衣，双手捧着一次性咖啡杯的样子，像极了在海难中生还的人。

平日里，只要看到卡米尔·范霍文进来，就算是那些最无所畏惧的人，或多或少都会做出一些反应。爱丽丝却无动于衷，她把自己封闭起来，浑身颤抖着。

那是早上八点半。

就在几分钟前，卡米尔来到了警局。才刚到，他就已经有些疲倦。头一天的晚餐一直持续到凌晨一点，席间来了些他不认识的人，都是伊雷娜的朋友。他们聊着电视节目，谈论着几桩逸事。卡米尔原本还颇有兴致，然而杵在对面的那个女人，让他彻头彻尾地想起了自己的母亲。他整晚都在努力摆脱这幅画面，可是，她的眼神，她的嘴，还有那一根接一根的香烟，简直与他的母亲一模一样。卡米尔仿佛回到了二十年前。那是段幸运的时光，母亲依然会穿着色彩斑斓的大褂，嘴里叼着烟，头发凌乱地从画室中走出来，他也常来这里看母亲作画。她是个十分厉害的女人，性格刚毅而专注，作画的笔触里透出一丝狂野。有的时候，她会完全沉浸在脑海中的画面里，似乎察觉不到卡米尔的存在。卡米尔则会待上很长时间，静静欣赏母亲的画作，观察她的每一个动作，似乎那便是解开他的某个谜团的钥匙。那都是很早以前的事了。彼时，母亲点燃的数千支香烟还未曾向他宣战，而距离母亲诞下他这个营养不良的婴儿，也已经过了许久。最终，卡米尔长成了一米四五的个头。那时的他还不知道，自己最憎恨的，到底是这个把他生得像图卢兹·罗特列克[1]苍白翻版（只是没他那么难看而已）的恶毒母亲，是那个总是倾慕地注视着妻子的温顺软弱的父亲，还是镜子里自己明明已经十六岁了，却好像永远没长大的倒影。母亲在画室里把画布堆积成山，永远沉默寡言的父亲则忙着经营他的药房，卡米尔就这样兀自摸索着，像其他人一样慢慢长大了。

---

[1] 亨利·德·图卢兹·罗特列克，法国后印象派画家，自幼身患残疾。——译者注（若无特别说明，本书注释皆为译者注）

他不再奋力踮起脚，习惯了从下面仰视其他人，习惯了在拿取置物架上的东西时，先拖来一把椅子，还把自己的个人空间布置得像一个玩具娃娃的家。这个矮小得如同缩小版模型的人，总是不解地看着母亲叫人把成卷的巨大画布搬出画室，再送往画廊。有时候，母亲会说："卡米尔，你过来看看。"看着她坐在矮凳上、手伸进头发里、一言不发的样子，卡米尔心里清楚，他是爱母亲的，甚至觉得他再也不会爱其他人了。

那可真是段美好时光啊，卡米尔在饭局中这样想道。他看着坐在对面的女人笑得容光焕发，酒喝得不多，烟却从没离手。在那之后，他的母亲便终日跪在床脚，把脸颊贴在床单上度日，因为这是唯一能让她在癌症中获得些许喘息的姿势。病魔把她打倒在地，他们的目光才可以平行交错，然而此时他们早已无法看透对方的眼神。那段时间里，卡米尔不停地画画。母亲早已不用画室，他躲在里面度过了漫长时光。当他终于下定决心走进母亲的房间时，却发现父亲几乎也终日跪在床脚，蜷缩在妻子的身旁，一言不发地环抱着妻子的肩膀，连呼吸都与她同步。卡米尔感到莫大的孤独，他不停地画着，任凭时间流逝，他只是默默等待。

他考进法学院的时候，母亲已经轻得像一支画笔。每次回家时，他都能感到父亲陷在沉重无言的痛苦中。这样的日子持续了不少年头，卡米尔永远长不大的身子伏在案头，钻进法律条文中，同时在等待这一切的结束。

那是五月的某一天，事情就这样突如其来地发生了，宛如一通匿名电话。父亲只是简单地说了句"你得回来一趟了"。卡米尔瞬间就明白了，从此他要独自一人生活，身边再也没有其他人。

如今他已年过四十，身材依然矮小，一张长脸令人印象深刻，头上光秃秃的,像个鸡蛋。自从伊雷娜走进他的生活,他便明白这一切都没什么大不了。但是过往种种不断在眼前浮现,这场饭局实在是令他筋疲力尽。

更何况他的胃还消化不了野味。

大概是在他把早餐端到伊雷娜床头的那个时辰,街区巡逻警队在博内-努韦乐大街把爱丽丝抓了回来。

卡米尔从凳子上滑下来,走到阿尔芒的办公室。阿尔芒,一只身形消瘦、长着招风耳的铁公鸡。

"两分钟后,你过来通知说已经找到了马尔科,就说找到他的时候已经不成人形。"卡米尔说道。

"找到?在哪里找到的啊?"阿尔芒问。

"我不知道,你自己看着办。"

卡米尔踩着碎步匆匆回到办公桌前。

"好了,"他一边说,一边靠近爱丽丝,"现在我们从零开始,再好好捋一遍。"

他面对她站着,两人目光几乎齐平。爱丽丝似乎已经从麻木的状态中走了出来。她盯着卡米尔看的样子,就像从来没见过他一样。她应该从未如此强烈地感受到世界竟是如此荒谬。两个小时之前,她,爱丽丝,在惨遭拳打脚踢后会突然来到警局,面对一个身高一米四五的男人,听他说出"从零开始"这样的建议,就好像她现在还不够惨一样。

卡米尔回到办公桌后面,从玻璃笔筒里的十几支笔中机械地抽出一支。这笔筒是伊雷娜送给他的礼物。他抬头看向爱丽丝,她不难看,甚至应该说很漂亮:脸部线条细腻而又有些捉摸不定,不修边幅的态度和过度熬夜有些毁掉了她的美丽。她看起来就像一尊仿制的古代雕像。

"你是从什么时候开始给桑特尼干活儿的？"他一边问，一边在活页本上一笔勾勒出她的脸部轮廓。

"我没给他干活儿！"

"好吧，那我们就暂时认为是两年前吧。你给他干活儿，他收留了你，是吗？"

"不是。"

"你到现在还觉得他爱你，是吗？"

她紧紧盯着他看，卡米尔对她笑了笑，然后继续专心画起画来，之后便是长久的沉默。卡米尔想起母亲过去常说的话："模特儿身上跳动的那颗心，总是属于艺术家的。"

寥寥几笔，一个全新的爱丽丝就跃然纸上，比眼前的这个更年轻，表情同样痛苦，但没有瘀伤。卡米尔抬头看向她，似乎暗自做了某个决定。爱丽丝看到他从身旁抽出一把椅子，像个孩子一样跳到椅子上，两只脚在离地三十厘米的位置晃荡着。

"我能抽烟吗？"爱丽丝问道。

"桑特尼可算是捅了个大娄子，"卡米尔像是什么也没听见似的说道，"所有人都在找他，你最清楚不过了。"他说完，不忘指了指她的瘀伤，"这可不太好受吧，是不是？你不觉得，先找到他的人，最好是我们吗？"

卡米尔的双脚像个钟摆一样晃来晃去，爱丽丝像是被他的脚催眠了一般。

"他的人脉还不足以让他脱身，我给他最多两天时间。你也一样，你也没有足够的人脉，他们一定会找到你。桑特尼在哪儿？"

她一副固执的样子，像个明知有错却一意孤行的孩子。

"好啦,你可以走了,"卡米尔好像在自言自语,"希望下次见到你的时候,不是在垃圾桶里。"

阿尔芒这时走了进来。

"我们刚刚找到马尔科了。您说得对,他已经不成人样了。"

卡米尔假装震惊地看着阿尔芒。

"在哪里找到的?"

"在他家。"

卡米尔一脸痛心地看着自己的同事:阿尔芒可真会节约想象力。

"好了,现在我们可以放了这个小姑娘。"他从椅子上跳下来总结道。

爱丽丝脸上闪过一丝惊慌。

"他在朗布依埃。"爱丽丝叹了口气,松口说道。

卡米尔不置可否地说了句"哦"。

"德拉格朗其大街,十八号。"

"十八号。"卡米尔重复道,似乎重复这个简单的号码就已经表达了对年轻姑娘的谢意。

爱丽丝没有请示任何人,从口袋里掏出一包皱巴巴的香烟,然后点燃一支。

"吸烟对身体不好。"卡米尔说道。

2

　　卡米尔正示意阿尔芒赶紧出警,这时电话铃声响了起来。

　　路易在电话另一头气喘吁吁,说话十分急促。

　　"我们在库尔贝瓦碰上点事儿。"

　　"快说。"卡米尔随手抓了支笔,简短地说道。

　　"上午我们接到一通匿名电话。我在现场,这——怎么说呢?"

　　"你先说说看!"卡米尔打断道,语气有些愠怒。

　　"太恐怖了!"路易开口说道,声音已经完全不像是自己的,"简直是场屠杀,不同寻常的那种,你知道我是什么意思吧?"

　　"不太清楚,路易,我不太清楚。"

　　"我从没见过这样的场景……"

3

  勒冈警官的电话一直占线，卡米尔一路走到他的办公室。他轻轻敲了敲门，却并不等人回应，这便是他一贯的入场方式。

  勒冈是个高大壮汉，二十年如一日地实施他的减肥计划，却从没甩掉一斤肉，因此他的脸以及整个人总是隐约透露出一种筋疲力尽的宿命感。年复一年，卡米尔眼见勒冈渐渐养成了没落帝王般的派头，总是一副不堪忍受的样子，把阴郁的眼神投射在所有人身上。卡米尔才刚开始说，勒冈就理所当然地打断他并回答，不管是什么事，他都没空。但是，听卡米尔说完几条信息后，他还是决定去一趟。

4

方才在电话里听到路易说他"从没见过这样的场景",卡米尔就觉得有些大事不妙。他的助手并不是一惊一乍的人,有时甚至乐观得有些让人讨厌,所以卡米尔对这次意外出勤已经做了最坏的打算。看着环城公路在眼前倏忽而过,卡米尔·范霍文想到路易,脸上不禁露出一丝微笑。

路易有着一头金发,头发偏分向一侧,几缕叛逆的头发时而随着头部动作而跳跃,时而被他那漫不经心的手熟练地向上撩起,这样的动作仿佛是特权阶级子弟的基因里自带的。随着时间的流逝,卡米尔已经学会分辨他撩头发的各种动作所传达的不同信息,简直称得上是路易心情的"晴雨表"。他若是右手撩发,想表达的是"讲讲道理吧"或是"这可不行";若是左手撩发,则说明他很尴尬、局促、害羞,或是感到困惑。如果仔细观察路易,很容易能想象出他十一二岁时的样子。他依然充满青春活力,风度翩翩,却十分脆弱。总之,从外表来看,路易是个身材苗条、精致优雅的人,可又时常惹人不快。

尤其是,路易还是个有钱人。他身上具有那些真正有钱人的一切特质:站立的样子,说话吐字的方式,包括措辞。总之,他所有的一切都像摆在货架最高层、标着"富家子弟"的模具里印出来的。路易有着十分出众的学历（先后学过法律、经济、艺术史、美学，还有心理学），一直以来他随心所欲，想学什么就去学，而且一直都很优异，似乎把大学学业当作一种消遣。后来，某种变故悄然而至。据卡米尔的理解，这要归结于那些畅读笛卡儿的深夜和长期的宿醉，理性的直觉和纯麦芽酒共同发挥了作用。路易发现自己一直如此生活着，他住在第九区的六居室豪华公寓，书架上摆满了各类艺术书籍，细木镶嵌的橱柜里放着知名设计师设计的餐盘，光公寓的租金就抵得上一名高级公务员的工资。他时不时会去维希跟妈妈住几天，也习惯了在街区的所有餐馆吃饭。然而在这一切背后，他的内心突然产生了一种奇怪的矛盾心情，他对自己的存在产生了真实的质疑。要是换了别人，便会用一句话概括这样的心情："我到底在这儿搞什么东西？"

依卡米尔的看法，如果路易早生三十年，一定是个极左派，但是现在意识形态已经不再是二者择其一的事情了。路易痛恨虚假的虔诚与伪善，所以也很讨厌志愿服务和慈善活动。于是他想找一个可以有所作为的地方，换言之，一个悲惨的地方。突然之间，眼前的一切都变得明朗起来：他要当警察，而且要当刑警。在是否能做到想做的事这点上，路易从来不怀疑自己，他们家族从不怀疑自己，而且他也有足够的能力让事遂所愿。他顺利通过了考试，成为一名警察。这既出于想做出贡献的心情（并不是宏观的报效国家、社会，而是单纯地想成为一个有用的人），也是害怕日子再过下去他就要变成偏执狂，或许也是因为觉得自己背上了一种假想的债务，为没有生在平民阶层而抱有某种原罪心态。通过考试以后，路易发现自己马上沉浸在一个与事先的想象全然不同的环境中：完全没有阿加莎·克里斯蒂作品里的干净整洁或柯南·道尔小说里的缜密思考，只有脏乱小房间里被揍得鼻青脸肿的少女、巴尔贝斯小区垃圾桶里被放干血的毒贩、瘾君子之间的白刃战、藏匿在臭气熏天的厕所里的那些搜捕行动的漏网之鱼。一开始，卡米尔就像看戏一样，看着路易顶着金色刘海儿、眼神慌乱而头脑清晰的样子，写着一篇又一篇的报告，言辞正经得像一件纽扣一路扣到脖子根的衬衣；看着他继续冷静地在充满尿臊味的嘈杂楼梯间记录现场证词，旁边还躺着年轻的尸体，而死者的母亲眼睁睁地看着他被砍刀砍死；看着他凌晨两点回到自己在洛雷特圣母院大街上的一百五十平方米的大公寓，衣衫齐整地瘫倒在天鹅绒沙发上，头顶上是帕维尔的铜版画，两旁是署名的书柜和他已故父亲的紫水晶收藏品。

他第一次来警局时，范霍文警官对这个光鲜整洁、说话有些矫情、对什么都满不在乎的年轻人并没有什么好感。局里的其他警官也不怎么喜欢与一个天之骄子同处一个屋檐下，所以也没少难为他。不到两个月，路易几乎体验了一切社会群体发明的下三烂排外玩笑。路易总是笨拙地笑着接受这一切，没有任何抱怨。

卡米尔·范霍文比其他人更早发现，在这个出人意料的聪明男孩身上，一颗优秀警察的种子已经崭露头角。但是，也许是出于对达尔文"物竞天择"理论的信奉，他选择置身事外，不加干涉。而路易则带着一种颇为英式的傲慢，对他十分感激。有一天，卡米尔下班时看到路易匆匆走到对面的小酒馆里，猛地灌了两三杯烈酒，他忽然想到《铁窗喋血》里卢克被打倒在地后的那一幕，即便再也无法用拳头回击，他还是跌跌撞撞地、一次又一次地爬起来，直到让观众都感到泄气，也让对手感到筋疲力尽。看到路易如此专心致志、百折不挠地投身工作，同事们也都冷静了下来。他身上有一种惊人的特质，几乎可以被称为仁慈或是类似的东西。久而久之，路易和卡米尔慢慢接受了对方的不同。作为长官，卡米尔在下属团队面前扮演着无可厚非的思想权威，所以这个富家子弟渐渐成为他最亲密的合作伙伴，大家也都不以为奇了。卡米尔一直直呼路易的名字，与团队里的其他人并无差别。但是，卡米尔逐渐发现，随着时间的流逝，再加上工作的调动，单位里只有一些老同事还会对他以"你"相称。现在警局里的年轻人越来越多，有时他感觉自己不自觉地成了一位家族长老。很多人视其为警官，对他以"您"相称，然而他心里十分清楚，这并不是出于对自己职位的尊敬，而是他们因为他的身高而感到尴尬和不自然，这样的尊敬更多的像是一种补偿。路易也以"您"称呼他，但卡米尔知道这另有原因：这只不过是出于他的阶层教养。两人从未成为朋友，但是他们互相尊敬，这对他们来说就是高效合作的最好保证。

5

十点刚过,卡米尔、阿尔芒以及勒冈都前后脚到达了库尔贝瓦街区的菲利-福尔大街十七号。这里是一片废弃的工地。

一座经重新改造的工厂占据着这片空间的中心位置,犹如一只死去的昆虫。多数旧的工作车间还没有完成改造,只有四个已经完工,像处在一片白雪中的异国度假小屋。这四间屋子都被涂上了白色粗质涂料,窗户是铝质的,屋顶是可滑动的玻璃板,留出了大片想象空间。眼前的一切呈现出一种弃置的氛围,除了警车之外,没有任何别的车辆。

走到公寓需要跨过两层台阶。卡米尔看到路易背对他站着,一只手扶在墙上,另一只手把塑料袋举在嘴边,不停地呕吐。他越过路易走了进去,勒冈和另外两位警官也紧随其后,屋子里被一些探照灯照得明晃晃的。当他们走到犯罪现场时,那些年轻的警察开始不自觉地用眼睛搜寻死者所处的位置,而有经验的人则在搜寻生命的迹象。但在这里是无论如何也找不到了。死亡占据了整个空间,一直映射到生者不解的眼神中。卡米尔还没来得及思考这奇怪的氛围从何而来,视野就被墙上的一个女人头部所截获。

还没走几步，屋里的场景就跃入眼帘，就算是他最可怕的噩梦也无法虚构出这样的场景：断掉的手指，四处凝结的血迹，还有一股混合着排泄物、干涸血渍和尸体气味的恶臭。他马上想到了戈雅的画作《农神吞噬其子》，有那么一瞬间，他仿佛看到了那张疯狂的脸、那双瞪大的眼睛和那张血盆大口。真是疯了，完全疯了！他是现场最有经验的人之一，可就连他也忍不住想退回路易所在之处。此刻路易仍目不斜视，整个手臂端着塑料袋，像个向世界发泄怨气的乞丐。

"这是什么鬼东西？"

勒冈警官自言自语道，话音落下来像掉进了一个无底洞。

只有路易听到了这句话，他揉着眼睛走了过来。

"我也不知道，"他说，"我一进去就马上出来了。然后就这样了。"

阿尔芒站在屋子正中间，回过头来一脸错愕地看着他俩。他把潮湿的手心放在裤子上擦了擦，企图掩饰自己的失态。

鉴定部门的负责人贝热雷走到勒冈身边。

"我需要两支队伍。这得费些时间。"然后他又异乎寻常地接着说道，"这玩意儿可不一般。"

确实不一般。

"好了，我走了。"勒冈一边说着，一边迎面撞上刚刚到达的马勒瓦尔。后者马上就双手捂着嘴走了出去。

卡米尔示意团队剩下的人，现在是勇者登场的时候了。

人们很难想象在……"这一切"发生之前，这间公寓原本是什么模样。因为现在"这一切"已经侵占了整个场景，人们已经不知道该把目光放在哪里。右边的地面上躺着残缺的尸体，肋骨断裂。这具女尸（这一点还是可以确认的）已经被污物覆盖。在左边正对面的地方，还有另一名女性死者的头，被遗弃在他们对面的可能就是这颗头颅曾属于的身躯，又或许是属于另外那个女人的。这具躯体腹部有很深的创口，边界十分清晰，也许是借助于某种酸性溶液弄出来的。第二个受害者的头颅被固定在墙上。卡米尔回顾着这些细节，从兜里掏出一个记事本，但马上塞了回去，仿佛这项任务过于骇人，他的任何手段都是徒劳，任何计划都注定会失败。面对如此残酷的事件，没有任何策略可言。然而，这正是他出现在此地的原因，他不得不面对这样无以名状的场景。

有人用某个受害者未干的血在墙上写下了几个巨大的字："我回来了！"要写出这样的字迹，必须用到很多血，每个字母下拖长的血迹，也正好印证了这一点。这些字是并用几个手指写的，有时候合在一起，有时候又分开来，所以整句话看起来有些模糊。

天花板上也有被溅上去的血渍。

卡米尔花了好几分钟才回过神来。待在这样的环境里让人无法思考，因为在这里所看到的一切都是对思维的挑战。

此时有十几个人正在公寓里忙碌着。如同在手术室里一样，犯罪现场常常洋溢着一种放松的气氛，人们总是会故意开着玩笑，卡米尔很讨厌这样。有些技术人员常常会开一些两性玩笑去叨扰身边的人，在其他人拖延时间的时候，他们却仿佛置身事外。但是，那天洋溢在库尔贝瓦公寓里的氛围却不同寻常。既没有镇定，也没有怜悯，而是安静和沉重，就连那些最机灵的人都像是被杀了个措手不及，他们也不知如何找到合适的措辞。于是大家都在安静地做事，有人在平静地采集样本，有人转动着探照灯，在这隐约透着肃穆的氛围中拍下一张张照片。尽管已经身经百战，阿尔芒的脸还是明显白得十分不自然。他迈着参加典礼似的缓慢步伐，跨过鉴定部门拉开的一条条胶带，生怕自己的一举一动会突然唤醒笼罩在这个地方的狂怒。至于马勒瓦尔，他依然举着塑料袋在翻江倒海地狂吐不止，其间也曾两次尝试回到团队当中去，但马上又被排泄物和尸体的味道熏到窒息，只能赶紧回去继续呕吐。

公寓十分开阔，虽然此刻凌乱不堪，但还是能看出是经过精心装扮的。跟很多开放复式公寓一样，进来的大门直接对着客厅。客厅十分宽敞，四面水泥墙都涂上了白色涂料。右边的墙上挂着一幅巨大的复制照片，只有退得足够远才能看清全貌。卡米尔曾在很多地方见过这张照片。

他靠在大门上，尝试回想在哪里见过它。

"是人类染色体。"路易说道。

没错，是一张人类染色体卡的放大图，被一个艺术家用水墨和木炭画法重新诠释。

从大大的玻璃落地窗望出去，可以看到郊区的一幢幢房屋，隐没在一片未长大的树林屏障后面。墙上挂着一张巨大的方形假奶牛皮，假牛皮上有黑白相间的斑点。在假牛皮下方，是一张庞大的黑皮沙发，这尺寸大得出奇，也许正是按照墙面大小定制的。这感觉让人无法言说。他仿佛进入了另一个世界，一个完全陌生的世界。在这里，人们会把人类染色体的巨幅照片挂在墙上，还会把女孩们杀死，再固定在墙上……沙发前的地面上摆着一本叫《绅士季刊》的杂志。右边是一个装满酒的吧台，左边的茶几上则放着一台有答录功能的电话机。旁边的茶色玻璃电视柜上，是一台大屏电视机。

阿尔芒在电视机前蹲了下来。由于身高原因，卡米尔则从来不需要蹲下，他把一只手搭在阿尔芒肩上。

"把这个放出来看看。"他一边指着录像机，一边说道。

录像带被人倒过带，里面录了一只狗，是条德国牧羊犬。只见它头戴一顶棒球帽，两只爪子把玩着一个橙子，剥完皮之后又吃了好几瓣。这看起来就像那些傻乎乎的搞笑视频，画面的拍摄水平十分业余，取景的角度也透着粗暴，毫无新意可言。在画面右下角有一个"美国-搞笑"的标志，还有一个露齿大笑的摄像机图标。

卡米尔说："继续播，也许会有什么发现。"

说罢，他就开始研究起答录机。留言前播放的音乐似乎都是些时下流行的曲目。几年前比较流行的是帕克贝尔的《卡农》。卡米尔以为这次听到的是维瓦尔迪的《春天》。

"是《秋天》。"路易全神贯注地盯着地板，默默说道。

接下来是一段人声："晚上好！（是个男人的声音，听起来颇有教养，吐字十分讲究，大概四十岁，措辞有些奇怪。）很抱歉，我现在不在家，正在伦敦（应该是在朗读，音调有点高，还带着一股鼻音）。请在提示音后给我留言（音调较高且有几分考究，是个娘娘腔？），我回来之后给您回电话。回头联系。"

"他用了变声器。"卡米尔随口说道。

然后，他朝卧室走去。

卧室深处的墙上有一整面带镜门的挂衣壁橱，床上也沾满了血和排泄物。上面的床单已经变成深红色，被拆下来卷成一团。一个空的科罗娜啤酒瓶躺在床脚。在床头，有一台便携式CD机以及呈花瓣状张开的断指。CD机旁边有一个原本装着"漂泊合唱团"乐队专辑的盒子，应该是被鞋跟狠狠地踩碎了。床上有一张似乎很硬的矮榻，上方绑着一幅日式丝绸画，画里的红色温泉颜色十分契合现在的场景。除了一排怪异地绑在一起的男士背带，再没有找到别的衣物。卡米尔斜斜地瞥了一眼取证人员没有关好的壁橱，里面只有一个箱子。

"这里已经查看过了吗？"卡米尔朝人群问道。

有人回答道"还没有"，言辞中没有任何语气起伏。卡米尔心想，他们显然是嫌烦了。

他往床边俯身查看，想要辨认被扔在地上的火柴盒上的文字：那黑底上用倾斜的红字印着"帕利奥"。

"你想到什么了吗？"

"没有。"

卡米尔叫了一声马勒瓦尔，但是看到他那张已经扭曲的脸慢慢浮现在窗框里时，又示意他留在外面。这事儿可以等等。

浴室通体白色，只有一面墙上贴着斑点狗图案的墙纸。浴缸里也满是血迹，至少有一个女孩是被扛到这里或是从这里拖出去的，且当时肯定已经处于十分悲惨的状态。洗手台好像被用来洗过什么东西，也许是杀手用它来洗手了。

马勒瓦尔被派去搜寻公寓的主人，阿尔芒和路易则陪同卡米尔一起走了出来，只留下技术人员在里面取证和记录信息。路易掏出了一支雪茄，一般来说有卡米尔在的时候，他会避免在办公室、车里或是餐馆里抽雪茄，总之，只在室外抽。

三人并肩默默地看着这栋建筑，似乎突然从恐怖的氛围中逃脱出来，这阴森的装潢中反而透出某种安稳，让人隐约感到一丝人情味。

"阿尔芒，你去附近转转。"卡米尔终于说道，"等马勒瓦尔回来,就派他来支援你。你们可得谨慎一些,我们的麻烦已经够多了。"

阿尔芒点头同意,眼睛却还在觊觎路易的雪茄匣子。贝热雷走出来找他们的时候,他开始抽起当天的第一支雪茄。

"这得费些时间。"贝热雷说完转身就走了。他是军人出身,说话很干脆。

"贝热雷!"卡米尔喊道。

贝热雷回过头来,英俊的脸庞上显出一丝迟钝,摆出一副善于坚定拒绝,也深谙世道荒谬的样子。

"这是重中之重,"卡米尔说,"最多两天。"

"当然!那还用说?!"贝热雷说罢便毅然转身走了。

卡米尔转向路易,做出无奈的样子。

"有时候,这么说还能管用。"

6

菲利-福尔大街的复式公寓的开发商是一家叫作S.O.G.E.F.I.的房产投资公司。

十一点半，一行人到达瓦尔米河岸。这是栋坐落在运河对面的金碧辉煌的大厦，厅里铺满了大理石地板，到处都是玻璃，还有一名十分丰满的女接待员。他们出示刑警证之后，接待员脸上闪过一丝惊慌，然后带着他们走进电梯，走过铺满大理石地板的过道（底色和花色与大厅的地板相反），来到一间双开门的空旷办公室，一个叫科泰的人接待了他们。此人丑陋不堪，说话却底气十足。"请坐！你们现在在我的地盘上，想让我帮什么忙？不过我给你们预留的时间可不多。"

其实，科泰看起来就像个纸牌屋，只要一阵风就能吹倒他。那高大的身体像是住在借来的躯壳里，身上的衣服显然是他的妻子准备的。这位妻子对打扮自己的丈夫有一定的想法，可显然不是什么绝妙主意。她把他打扮成一个企业的领导者（浅灰色西装）、一个有决断力的人（蓝色细纹衬衫），总是风风火火、行色匆匆（意大利尖头皮鞋），却又透露出她知道他也只是一个渴望受到关注的中层干部

（喧宾夺主的领带），甚至有些许庸俗（刻着名字的金戒指和配套的袖扣）。当他看到卡米尔闯进办公室的时候，先是震惊地扬起眉毛，然后又镇定下来，装作什么都没有发生。他已经十分可悲地搞砸了测试，对熟知所有伎俩的卡米尔来说，他的表现恰恰是最糟糕的反应。

科泰是那种把生活当成正经事来看待的人。在他眼里，有些事可以被归在"易如反掌"的范畴里，有些事可以被称作"棘手"，然后还有些事是"上不了台面的勾当"。然后，只消看一眼卡米尔的脸，他就明白了，现在的情况已经超出了他的认知范畴。

在这种情况下，通常是路易最先采取主动。路易是个很有耐心的人，有时也非常善于讲究方法。

"我们需要了解这套公寓是谁、在什么条件下租住的。而且，这件事十分紧急。"

"当然。您说的是哪套公寓？"

"菲利-福尔大街的这套，就在库尔贝瓦。"

科泰的脸色开始变得苍白。

"啊。"

然后是沉默，科泰像条哑巴鱼一样看着他的吸墨纸，一脸震惊。

"科泰先生，"路易用最平静、最专注的语气说道，"我认为，为了您和您的公司考虑，您最好是把这一切跟我们解释清楚，越平静越好，越详尽越好。您慢慢来。"

"好的，当然。"科泰回答道。

然后，他抬起头，向他们投去一个失事者的眼神。

"你们明白吗？这件事——怎么说呢？并不是按照常规手段操作的。"

"不太明白。"路易回答道。

"去年四月有人联系到我们,那个人——"

"是谁?"

科泰抬起头看了看卡米尔,眼神在窗外失了焦,像是在向谁寻求帮助和安慰。

"豪伊瑙尔,他姓豪伊瑙尔,叫让。我记得——"

"你记得?"

"对,让·豪伊瑙尔。他对库尔贝瓦的这套复式公寓很感兴趣。"科泰重新镇定下来,继续说道,"老实说,这个项目很难有收益。我们在这一整片工业园投了很多钱,已经改造了四个独立项目,结果却不尽如人意。不过,也不算太差,只是——"

他迂回的话术让卡米尔十分反感。

"长话短说,你们卖出去多少?"卡米尔打断他。

"一个都没有。"

科泰久久地盯着他,似乎"一个都没有"这句话是对自己的死刑宣判。卡米尔敢打赌,这项房产风险投资已经把他和他的公司置于十分尴尬的境地。

"请继续。"路易鼓励他继续往下说。

"这位先生不想买下这套公寓,他说是代表一家电影制作公司,想租三个月。我拒绝了他,因为我们不做这方面的业务。回收成本的风险太大,费用太高,时间也太短。你们应该能明白,干我们这一行,目的是要卖出项目,而不是去做房产中介。"

科泰说这些话时,言语极度不屑,这也说明了公司情况的艰难,以至于他不得不把自己也变成房产中介。

"我明白。"路易说道。

"但是我们也不得不向现实低头，不是吗？"他接着说道，好像这样的想法让他显得像个文化人，"而且这位先生——"

"愿意现金全款支付？"路易问道。

"对，现金支付，而且——"

"他也不介意出高价？"卡米尔补充问道。

"高出市场价三倍。"

"他是个什么样的人？"

"我不知道，"科泰说道，"我跟他只在电话中沟通。"

"他的声音呢？"路易问道。

"声音很洪亮。"

"然后呢？"

"他要求参观公寓，想拍一些照片。我们约了个时间，我亲自去了一趟。其实那时，我就应该有所察觉了。"

"察觉什么？"路易问道。

"那位摄影师，他看起来，怎么说呢？看起来不是很专业。他只带了台拍立得相机，然后把拍下来的照片放在地上，一张一张地整齐排列，似乎很怕把它们混淆起来。拍照前，他都会先查阅一张纸，似乎是在遵循一些并未理解的指令。我心想，这个家伙作为摄影师，就像我——"

"作为房产中介一样？"卡米尔大胆地问道。

"如果您非要这么说的话。"科泰逼视他说道。

"那您可以描述一下他吗？"路易接着说道，把话题岔开来。

"记不太清了。我没有在现场逗留太久，因为我对这件事不是很上心。没必要浪费两个小时在荒无人烟的地方看这个家伙拍照。我给他开了门，稍微看了看他干活儿，然后就走了。他结束之后，就把钥匙放回信箱了。那是把备用钥匙，所以不是很要紧。"

"他长什么样子？"

"就是很普通的样子。"

"这是什么意思？"路易坚持问道。

"很普通的样子！"科泰有些恼怒地说，"您想让我说什么呢？身材中等，是个常见的中年人。就是普通人的样子啊！"

接下来三个人都陷入了沉默，似乎都在思考这个令人绝望的普通人的定义。

"这位摄影师如此不专业，反倒让您更加放心了，是吗？"卡米尔问道。

"没错，我承认，"科泰回答道，"款项已经用现金支付过，也没有签合同。我以为，拍电影……我是说，拍这样的电影，我们跟租客不会产生什么问题。"

卡米尔先行起身，科泰把他们送到了电梯口。

"您将在证词下面签字，"路易像在跟孩子说话那样解释道，"也有可能会传唤您出庭做证，所以——"

卡米尔打断了他。

"所以，您什么也别动，不要动您的书，或者别的任何东西。至于税务部门，您得自己想办法去应付。现在我们手里握着两个女孩的碎尸命案。所以，目前对您来说，这才是重要的事情。"

科泰的眼神开始变得迷离，他已经预料到灾难性的后果，但似乎仍然在努力估算后果有多严重。忽然之间，他那花里胡哨的领带仿佛变成了挂在死刑犯胸前的大领结。

"您有那边的照片或者图纸吗？"卡米尔问道。

"我们做了一个十分漂亮的模型。"科泰带着某种商务领导的微笑说道，但马上就意识到自己的自豪感展现得十分不合时宜，于是立刻把笑容抛到了九霄云外。

"请您尽快把这些东西发给我吧。"卡米尔边说边把名片递给他。

科泰收下名片，像接过了一块烙铁。

下楼的时候，路易简短地提到了女接待员的"优点"，卡米尔则回答道，他完全没有注意。

7

尽管有两队人马同时开工，鉴定部门也不得不在现场待上大半天。警车、摩托车和小卡车不可避免地来回穿梭，晌午时分，各路人员在现场首次聚在了一起。人们是如何想到一路赶来这里的呢？实在令人费解。这场景像极了低成本电影里的僵尸感染。媒体也在半小时后赶到了现场。显然，他们拍不到内部照片，警方也没有做出任何申明，但是已经有人走漏了一些风声。到了下午两点，卡米尔感觉到，与其任凭媒体恣意发挥想象力，最好做出一些说明。卡米尔拨通了勒冈的电话，向他表达了自己的担忧。

"这里的情况也一样，已经有一些动静了。"勒冈松口道。

卡米尔走出公寓时，脑海中只有一个目标：说得越少越好。

外面的人比想象的少：只有几十个闲杂人等和十来个记者。而且乍一看，并没有什么重要人物，只有一些小报记者和几个凑数的人。这倒是没有料到的，不过这样他们便可以暂时保持低调，从而赢得几天宝贵的时间。

卡米尔稳固的名望来自两个方面：他的才干为他积累了不小的名

气，而他矮小的身材则令他跻身于名人行列。尽管知道很难攫取想要的信息，记者们还是蜂拥而上，语气生硬且直接开始向这个矮小的男人发问。他们都认为，卡米尔虽不太健谈，却算得上是个"直率"的人。

他矮小的身材常常给他带来各种不便，然而有时也是一种微弱的优势，可以起到正面作用。所有见过他的人，都很难忘怀。他已经拒绝了好几个电视节目的邀请，因为明白人们只不过希望听他发表长篇大论，煽情讲述"如何奇迹般地克服残疾"的励志故事。显然，主持人们趋之若鹜，想拍摄博人眼球的报道，想展示卡米尔坐在他的残疾人车里，所有的操纵装置都在方向盘上，车顶上还装着警灯。卡米尔对这一切毫无兴趣，更何况他很讨厌开车。然而有一次，仅仅一次，他也曾动摇过。那是一个昏暗的雷雨天，他满肚子怒气。也许是坐了太长时间地铁，一路上忍受着人们或逃避或嘲弄的目光。这天，法国电视三台向他发出了节目邀请。这位邀请者先是像往常一样煽情地讲述卡米尔应该义不容辞地完成的公益任务，之后更是暗中透露，这件事对他没有任何坏处，也许是认定了世上芸芸众生，无一不为出名而绞尽脑汁。那应该是他在浴缸里撞到脸的那天，对这个小矮人来说，那可真是倒霉的一天。总之，他答应了邀请，他的上司也假装好心地同意了。

当他来到录影棚时，他已经有些沮丧，这件事对他已没有任何诱惑力，但他还是走进了电梯。这时，一个女人也走了进来，她怀里抱着满满一堆录像带和文件。她问卡米尔去哪一层，卡米尔用眼神指了指十五层，一副听天由命的样子，那对他来说，简直是令人晕眩的高度。女人回了一个甜美的微笑，但当她去努力按电梯按钮时，手里的东西掉了一地。电梯到达时,他们还趴在地上收拾打开的盒子,整理散落的文件。她对他表示了感谢。

"我贴墙纸的时候也是一样,"卡米尔安慰她说,"简直就是个噩梦。"

女人笑了起来,笑容十分清丽。

六个月后,卡米尔便迎娶了伊雷娜。

8

记者们都十分焦急。

他松口说道:"两名受害者。"

"什么身份?"

"我们还不知道。是两名女性,十分年轻。"

"多大年纪?"

"二十五岁左右。目前我们知道的就这么多。"

"尸体什么时候运出来?"一位摄影师问道。

"马上就出来了,我们已经有些延迟了,遇到了一些技术问题。"

问题平息了片刻,他抓住时机赶紧多说了几句:"现在我们还没法透露太多信息,但是老实说,也没有什么了不得的消息。我们掌握的信息还不多,这就是所有线索。明天晚上我们应该会进行总结,在此之前,最好让实验室的小伙子们好好干活儿。"

"那我们怎么报道?"一个金发小伙问道,眼神迷离得像是喝多了一样。

"我们可以说死者是两个女人,身份暂时不详。还可以说死因是他杀,死亡时间是一天或两天前,目前不知道凶手是谁,致死原因不详，杀人动机不详。"

"那就没什么可说的了！"

"这正是我在向你们传达的信息。"

这话似乎很难服众，人群里一阵不满。

就在此刻，卡米尔最不愿意见到的事情恰巧发生了。鉴定部门的小卡车开始倒车，却没能停在离公寓大门足够近的地方。不知出于什么原因，一个水泥花盆被浇筑在门口，挡住了卡车的去路。司机只能下了车，把后面的两扇门打开。就在下一秒，另外两个取证的家伙一前一后地从门口走出来。公寓大门处顿时清晰显露出染上大片血迹的客厅墙面，那胡乱泼染的样子，活像一幅波洛克的抽象画。记者们原本已经涣散的注意力瞬间被点燃。而且，就像眼前这幅场景还需要得到再次印证一般，鉴定二人组开始尽职尽责地把仔细封好的塑料袋装上卡车，塑料袋上无一例外都贴着"司法鉴定部"的标签。

要知道记者们都宛如殡仪馆员工，只需看一眼就能知道尸体的长度。看到塑料袋被搬出来的时候，他们马上就知道这是一桩碎尸案。

"见鬼！"记者们异口同声地说道。

在工作人员用安全绳扩宽警戒范围的时候，摄影师们已经长枪短炮地开始连拍第一次搬运过程。猎狗般的人群像癌细胞一样自发地分裂成两群，一群人一边不停地连拍小卡车，一边大喊"看这边"，这是为了吸引那些与死神共舞的搬运工的注意力，好引得他们驻足片刻；另一群人则掏出手机，开始呼叫支援部队。

"见鬼！"卡米尔重复道。

真是群门外汉！他也不得不掏出手机打了几通电话。这意味着，他即将被卷入这场龙卷风的风眼。

9

鉴定部门出色地完成了任务。为了让空气对流，两扇窗户半开着，上午的气味此时也已经消散得差不多了，不再需要手帕和医用纱布。

比起有尸体的犯罪现场，有时候清场以后反而更加令人恐慌。死亡似乎二次来袭，把尸体吞噬殆尽。

这里的氛围则更加糟糕。现场只留下一些化验员，带着他们的相机、测距仪、镊子、小玻璃瓶、塑料袋和鲁米诺试剂。此时此刻，这里似乎从来没有出现过尸体。褪去赤裸的恐怖后，整间公寓如今完全换了氛围。而且，在卡米尔看来，这气氛十分诡异。路易谨慎地看着自己的老板，发现他的脸色有些怪异，像是在找填字游戏的答案，额头一道深深的皱纹，眉头紧紧锁住。

路易朝房间里走去，一直走到电视柜和电话机前，卡米尔则在卧室里转了一圈。两人在公寓里闲逛，像参观博物馆一样好奇地到处观察，生怕漏过一丝未被发掘的线索。不一会儿，他们在浴室碰面了，两人依然一副若有所思的样子。路易也去卧室里转了一圈，检查了一遍。鉴定部门正忙着拔掉探照灯，收纳塑料绳和电线，关上一个又一个仪表箱和手提箱。卡米尔往窗户外望去。路易在这场景中慢步走着，卡米尔陷入深思的神情使他的思绪变得更加敏锐，神经元开始飞速运转。慢慢地，他的脸上也蒙上一层比往常更加严肃的神色，脑海里似乎在进行八位数运算。

他在客厅里找到了卡米尔。挂衣壁橱里找到的箱子（优质米色皮料，箱子内部四角被金属保护部件钉住，就像航空箱一样）被打开放在地板上，技术人员还没来得及把箱子装上车。箱子里有一件西装、一个鞋拔子、一只电动剃须刀、一个钱包、一块运动手表，还有一台便携复印机。

一个技术人员刚刚走出去了一会儿，回来的时候，他向卡米尔说道："真是艰难的一天啊，卡米尔。电视台刚刚也来了。"

然后，他看着房子里的斑斑血迹，继续说道："看样子，你可要占据八点新闻档一阵子了。"

10

"预谋得还真缜密。"路易说道。

"我感觉,事情没这么简单。老实说吧,这一切说不通。"

"说不通吗?"

"完全说不通,"卡米尔说道,"这里所有东西都是新的,沙发、床、地毯,一切都是崭新的。我很难想象,有人会愿意为了拍一部色情片投入这么多。一般来说,他们会买二手家具,或者租带家具的公寓。甚至其实连租都不会租,他们会利用一切能找到的免费的地方。"

"杀人电影?"路易问道。

他指的是那种在电影末尾会记录真实杀人场景的色情电影,被杀的当然是女人。

"我也想到了这一点,"卡米尔说,"这也有可能。"

但是两人都清楚,如今这种电影的风潮早已过去,眼前精巧而昂贵的布置与这种假设不太契合。

卡米尔继续在公寓里静静地踱来踱去。

"墙上的指纹太过明显,不像是无意留下的。"他继续说道。

"从外往里看，什么也看不到，"路易补充道，"门是关着的，窗户也一样，谁都没有发现他的罪行。从逻辑上来说，这个杀人犯应该已经跟我们打过招呼。这既是预谋，也是为了偿愿。但我很难想象，一个人可以完成这场杀戮。"

"这倒不一定，"卡米尔说道，"不过，让我最困惑的一点是为何答录机里会有一条留言。"

路易盯着他看了片刻，惊讶于自己这么快就跟不上思路了。

"为什么？"他问道。

"困扰我的是，这里有该有的一切，电话机和答录机都有，却唯独少了一件最重要的东西，那就是电话线路。"

"什么？"

路易跳了起来，他拽住电话上的电线，把柜子都拽动了。只有一条电源线，电话并没有接入网络。

"这是赤裸裸的预谋犯罪，他没做任何努力去掩饰这条信息。甚至，一切都明晃晃地摆在眼前。这有点太明显了。"

卡米尔又在房子里走了几步，两手插在兜里，再次站在染色体图前。

"没错，"他总结道，"这太明显了。"

11

路易是第一个到的,阿尔芒紧随其后,马勒瓦尔打完电话后,也加入他们,至此卡米尔的整个团队集结完毕。出于尊敬或是挖苦的目的,某些人会称其为"卡米尔大队"。卡米尔快速回顾了自己的笔记,然后看着他的队员们。

"你们有什么看法?"

三个人面面相觑。

"首先得弄清楚他们一共有几个人。"阿尔芒大胆地说道,"人越多,我们越容易找到他们。"

"一个人应该没法做出这样的事。"马勒瓦尔说道,"这不可能。"

"这一点要等鉴定部门的报告和尸检结果才能下定论。路易,你说说公寓出租的事。"

路易简短地讲述了他们到访S.O.G.E.F.I.的事,卡米尔一边听,一边观察阿尔芒和马勒瓦尔。

这简直就是完全对立的两面,一个极度挥霍,一个却极度贫乏。让-克洛德·马勒瓦尔今年二十六岁,他总是不吝展示自己的魅力,就像他挥霍所有事情一样。他夜夜笙歌，流连情场，贪恋肉体。他就是那种不知节制的人，脸上常年挂着纵欲过度的表情。想到马勒瓦尔的时候，卡米尔总是隐隐担心，不禁好奇这名队员的卑劣行径，是否需要花费很多钱财。作为警察，马勒瓦尔看起来很容易被人收买，就像有些孩子，在幼儿园时代就能看出，以后会成为学校里的顽童。实际上，我们很难知道，马勒瓦尔是在挥霍遗产般挥霍自己的单身时光，还是已经处在纵欲过度的斜坡上刹不住车了。近几个月，卡米尔已经连续两次撞到他跟路易在一起。每次他们都一脸尴尬，像是被卡米尔逮了个正着。卡米尔确信他正在跟路易借钱，也许经常借，也许只是偶尔。他不想掺和进去，于是假装什么都没发现。

马勒瓦尔抽很多卷叶烟，赌马时手气不错，对波摩威士忌有着特别的偏爱。但在他的价值体系中，女人是排在最高位的。他长得确实不错，身材高大，深色头发，眼神里透着机灵，至今仍保持着当年夺取法国青年柔道冠军时的身材。

卡米尔转而凝视着他的反面——阿尔芒。可怜的阿尔芒已经在警局做了快二十年的便衣警察。在至少十九年半的时间里，他一直被认为是警队有史以来最吝啬的铁公鸡。没人能看出他的年纪，他长着一张乏味的长脸，脸部线条凹陷，十分清瘦，总是一副忧心忡忡的样子。阿尔芒的所有特质只能和贫乏沾上关系，他整个人就是贫乏的化身。他的吝啬甚至称不上是性格特点，而是一种严重的疾病，一种无法克服的病态心理。卡米尔从来都看不惯这一点，但也远远谈不上因此而烦扰，只不过与他共事多年后，每次看到他为了省下分毫而不假思索地做出一些卑微行径，看到他为了买一杯劣质咖啡而想出纷繁复杂的省钱妙招时，卡米尔都感到痛苦。也许是因为自身的残疾遭遇，有时卡米尔会感同身受地觉得羞耻。最让人可怜的是，阿尔芒对自己的心理状态一清二楚并深受其苦，这使他成为一个悲情人物。他总是静静地工作，兢兢业业地完成自己的任务，或许也用自己的方式，成为警局最优秀的副手。他的吝啬使他成为一名十分细致、一丝不苟，甚至有些吹毛求疵的警察。他可以花上好几天时间仔细筛查电话号码簿，可以在没有暖气的车里连续躲上好几个小时，可以问遍整条街，查遍所有工种。就像人们常说的，他能在稻草垛里找出缝纫针来。就算给他一幅一百万片的拼图，他也会二话不说地接过去，马上回到办公室，把所有上班时间都花在拼图上。而且，他对搜寻的内容和主题毫不在意，对积攒任何事物都抱有执念，而这种热情常常会创造奇迹。人们普遍觉得，平日里的阿尔芒让人难以忍受，但是大家都会毫不犹豫地认同，这个热衷于搜刮且十分倔强的人，是个不同寻常的警察。他身上具有一种恒定的品质，这也绝妙地阐释了，再无聊的事，只要做到极致，都有可能成为堪称天才的能力。在穷尽了所有能想出来的玩笑后，他的同事们已经渐渐放弃了取笑他。没人再以此为乐，大家的热情都慢慢平息下来。

"好的，"听完路易的讲述后，卡米尔总结道，"在得到最新消息前，我们按部就班行事吧。阿尔芒和马勒瓦尔，你们开始整理所有物证线索，弄清楚现场找到的所有东西的来源，家具、物品、小摆件、衣物、床单，等等。路易，你负责研究录像带、美国杂志，总之就是所有外国的东西，但是你别走远了。如果有什么新情况，路易负责沟通。好了，有疑问吗？"

没人提出任何问题，又或许是他们有太多问题，这其实没有什么两样。

12

那天早上，库尔贝瓦警局接到一通匿名报警电话。卡米尔下来听了电话录音。

"这里发生了一起谋杀案，在菲利-福尔大街十七号。"

这人的声音明显和答录机里的声音一样，同样失真的音调，也许就是用答录机录的。

接下来的两个小时，卡米尔忙着填写各种表格、笔录和问卷，一边忙着调查陌生人，填写材料，一边不停地追问自己这一切有什么意义。

卡米尔常年疲于应付各种行政任务，时常感到自己患上了某种精神上的斜视症。他的右眼正在阅读表格，按照数据统计要求，用规范的方式撰写口供和调查报告；与此同时，左眼视网膜上显示的，却是尸体躺在地上的情景。

有时，这一切又都重叠在一起。卡米尔不经意间仿佛看到女人的手指，张开呈冠状，正插在警局标志上。他取下眼镜放在桌上，慢慢揉着眉头。

13

鉴定部门的负责人贝热雷曾是个出色的军人，做起事来总是不紧不慢。鉴于其职务的重要性，他并不急于回复任何人的紧急请求。但也许是勒冈发挥了他的影响力（两人之间的争斗好比两个无精打采的巨人在进行可悲的近身搏斗，像极了慢速镜头下的相扑比赛），傍晚时分，卡米尔还是收到了鉴定部门发来的初步信息。

死者是两名年轻女性，年龄介于二十岁到三十岁之间，两个人都是金发。其中一个身高一米六五，体重五十公斤，左膝盖内侧有一块红色胎记，牙齿齐整，胸部丰满；另一个身高、体重与前者相差无几，没有明显个人特征，胸部也十分丰满。两名受害者在遇害前的三到五个小时之间曾经进过食：凉拌沙拉、生牛肉片以及红酒。其中一个人选择了糖渍草莓作为甜点，另一个吃了柠檬刨冰。两人都喝了点香槟，床下找到的酩悦香槟酒瓶和两个香槟杯上发现了她们的指纹。墙上的血字是用她们的断指写就的。想要还原作案手法，显然需要花上更多的时间了［那些从没学过拉丁语的人，都酷爱使用"作案手法"（modus operandi）这个拉丁文表达］。她们是如何被杀的？在什么顺序下？用的又是什么工具呢？作案者是否独自一人，还是需要好几个男人（或者女人）？她们是否遭遇了性侵，是如何被侵犯的（或是被什么侵犯的）？卡米尔受命解开这个毛骨悚然的方程式，然而这有着太多的未知面。

还有一个更加奇怪的细节：那枚按在墙上的无比清晰的大拇指指纹并不是真实的指纹，而是用印章印上去的。

卡米尔从未对电脑技术产生过厌恶，但有时候他也忍不住会想，这些机器的灵魂可真是肮脏。才刚刚收到鉴定部门的初步信息，中央数据库的电脑就给他发来了一封确认结果，这给他同时带来了一个好消息和一个坏消息。好消息是，其中一名死者的身份可以通过指纹信息得到确认了：是个叫伊芙琳娜·鲁弗雷的女人，二十三岁，住在博比尼，因为卖淫活动而被当地警察部门熟知。而坏消息就是，这显然会让他压抑已久的情绪重新浮出水面。几分钟前他还在狼狈地想要摆脱的念头，此刻又充斥在脑海中。那枚假指纹与二〇〇一年十一月二十一日的一起案件对上了号，卡米尔立刻就回想起了那份卷宗。

14

那起案件也是个棘手的差事，所有人都认同这一点。只有不要命的警察才会自愿经手，且关于案情的讨论也早已传得沸沸扬扬。受害者的一根脚趾上，被按上了一枚黑色墨水的假指纹。当时所有记者都在没完没了地针对此事做出相关评论。几个星期内，媒体四处散布案件细节，并给案件贴上了各式各样的标签。人们谈论着"特朗布莱惨案"，谈论着"垃圾场的悲剧"，而最精彩的莫过于跟踪报道案件的《晨报》，把受害者称为"被死神收割的少女"。

卡米尔对这起案件的了解跟普通人无异，并不知晓更多内情，但是过人的直觉让处在飓风眼的他突然缩小了搜寻范围。特朗布莱案的再次出现改变了事情的局面。如果这个家伙已经开始在巴黎郊区四处作案，专找女性下手，那么我们可以推断，在抓到他之前，将会出现更多的同类案件。我们的对手究竟是个什么样的人呢？卡米尔拿起电话，打给勒冈，告知他最新情况。

"见鬼！"勒冈审慎地松口道。

"没错，正是这样。"

"媒体肯定得高兴坏了。"

"我敢确定,他们已经很高兴了。"

"为什么说已经很高兴了?"

"能怎么办呢?"卡米尔解释道,"我们这里的墙可真像个漏勺一样四处漏风。闻风而动的小报记者在我们达到之后一小时就赶到了现场。"

"然后呢?"勒冈焦急地问道。

"然后电视台也接踵而至。"卡米尔不无遗憾地承认道。

勒冈沉默了几秒钟,卡米尔马上抓住了机会。

"我需要了解这些家伙的心理特质。"他趁机要求道。

"为什么是'这些家伙'?你已经拿到好几个人的指纹鉴定结果了吗?"

"是'这个家伙'还是'这些家伙',我上哪儿知道去?"

"好吧。负责这个案件的是德尚法官。我给她打个电话,让她派个专家过来。"

卡米尔从未跟这位法官共事过,只是偶尔与她打个照面。印象中,她是个五十岁上下的女人,身材苗条,着装优雅,长相却奇丑无比,是那种无法用言语来描述的女人,并且十分钟爱金首饰。

"尸检在明天上午进行。如果能快速指派个专家的话,我一定安排他去现场听取初步结论。"

卡米尔放下特朗布莱案的档案,准备带回家再看。目前来说,最好把注意力集中在当下。

15

伊芙琳娜·鲁弗雷的个人档案。

一九八〇年三月十六日出生于博比尼,母亲为弗朗索瓦丝·鲁弗雷,父亲不详。初中毕业后辍学。无已知职业。第一次逮捕记录是一九九六年十一月:在拉沙佩勒城门的一辆车里卖淫,被现场抓获。三个月后,事件重演,鲁弗雷再次在马雷肖大道的某辆车里,出于同样的原因被抓获。这一次,她上了法庭,法官心知肚明他们日后还会经常照面,于是只判了八天拘禁并缓期执行,算是给这个涉世未深的青年送上一份法律的欢迎礼。令人感到好奇的是,从那以后,她就消失得无影无踪。这是十分罕见的情况。一般来说,犯下轻罪的人,其被捕次数总会随着时间流逝而不断增加,然而,这之后她什么记录也没有。伊芙琳娜被判了八天拘禁和缓刑后,就从档案中消失了。至少,在她散落的尸体在库尔贝瓦公寓被发现之前,一直没有踪影。

16

现在掌握了一个新地址：博比尼区的马塞尔·加香城。

这是一排建于二十世纪七十年代的房子，门已经破破烂烂，信箱像是被开膛破肚过，地板到天花板上到处贴满了小广告。他们上到三楼，透过门上的猫眼，喊了一声："警察，快开门！"门开后，出现了一张饱经沧桑的脸。这是伊芙琳娜的母亲，已经上了些年纪。

"您是鲁弗雷夫人？"

"我们想跟您谈谈您的女儿伊芙琳娜。"

"她不住这里了。"

"那她曾经——她现在住哪里？"

"我不知道，我又不是警察。"

"可我们是，您最好配合我们。伊芙琳娜碰上些麻烦，一些大麻烦。"

母亲露出十分不解的神情。

"什么麻烦？"

"我们想知道她的地址。"

她开始犹豫起来。卡米尔和路易依然站在楼道上，既是出于谨慎，也是出于经验。

"这很重要。"

"她在若泽那儿。弗里蒙特尔大街。"

说罢便作势要关门。

"若泽姓什么？"

"不知道。我只知道他叫若泽。"

这次，卡米尔用脚抵住了门。这位母亲完全不想知道自己的女儿遇到了什么麻烦，一副有事要忙的样子。

"伊芙琳娜死了，鲁弗雷夫人。"

此刻，她的神情完全变了。嘴巴大大张开，眼里噙满了泪水，既没有尖叫也没有叹息，只有泪水开始漫溢。突然之间，卡米尔觉得她很美，不明所以地感觉她的脸与这天早上看到的可怜的爱丽丝的脸有几分相似，只不过瘀青不在脸上，而是在心里。卡米尔看看路易，又看看她。她依然扶着门，眼帘低垂，看着地面，没有说出一个字，也没有问出一个问题，只是默默流着眼泪。

"您可能得来认领一下尸体。"

她已经不再听了。她抬起头，示意已经听明白，依然没有说话。门被轻轻关上了。卡米尔和路易庆幸自己留在了楼道里，没有进门。他们赶紧离开，隐约觉得自己播下了悲伤的种子。

17

中央数据库里查到若泽的全名是若泽·里韦罗,二十四岁。此人早早就入了行,案底包括盗车和暴力犯罪,曾三次被捕。因在庞坦的一家珠宝店持械抢劫被关进中心监狱待了几个月。六个月前刚出狱,至今还没有新的记录。要是运气好的话,他应该不在家;要是运气再好一点儿,他正在潜逃,他们要找的恰好就是此人。然而路易和卡米尔对此完全不抱希望。若泽·里韦罗没有这种资质,不像是拥有高超手段的疯狂杀手。况且他人就在眼前,身着牛仔裤,脚上趿拉着拖鞋,身材不算高,暗色的英俊脸庞上挂着一丝焦虑。

"你好,若泽,我们应该还没见过。"

卡米尔和若泽之间的气氛马上就变得针锋相对。若泽是个真正的爷们儿,他看着眼前孱弱的卡米尔,如同看着人行道上的一坨狗屎。

这一次,他们直接进了门。若泽什么也没问就让他们进来了,也许他的大脑正在飞速运转,忙于思索警察是出于何种原因才这样毫无征兆地登门造访,看来问题还不小。客厅十分狭窄,整体以沙发和电视为中心,茶几上摆着两个空啤酒瓶,墙上挂着一幅难看至极的画,屋子里还弥漫着一股臭袜子的味道,像是典型的单身汉住所。卡米尔一直走进卧室,这才真叫乱七八糟,衣物散落在各处,有男人的,也有女人的,荧光色的绒毛床罩让整个内部装潢显得阴森可怖。

若泽手肘靠在门框上,神经紧绷,已然一脸倔强,一副什么也不想说也完全不想任人摆布的样子。

"你一个人住吗,若泽?"

"为什么问这个?"

"我们来负责问问题,你只负责回答。所以若泽,你是一个人住吗?"

"不是,还有伊芙琳娜,但是她现在不在。"

"伊芙琳娜是做什么的?"

"她在找工作。"

"啊,她没找到工作,是吗?"

"暂时没有。"

路易什么也没说,他正等着看卡米尔会采取什么策略。然而卡米尔已经感到了巨大的倦意,因为一切都是如此理所当然,如此循规蹈矩,在这个行当里,就连找人麻烦也变成了一种范式程序。他选择了最快的办法,只为早点解脱。

"你上次见她是什么时候?"

"她周六走的。"

"她经常不回来吗?"

"不经常。所以说啊——"

这时,若泽才明白过来他们掌握的情况比自己多,最坏的事还没说出口,但他马上就会知道了。他看看路易,又看看卡米尔,往前看了一眼,又往下看了一眼。突然,卡米尔在他眼里的形象不再是个侏儒,而是不计后果的可恨命运。

"你知道她在哪儿吗？"若泽问道。

"她被人杀死了，若泽。今天上午我们在库尔贝瓦的一间公寓里发现了她。"

此刻他们才知道，可怜的若泽将会感到真真切切的痛苦。伊芙琳娜在还完整地活着时，跟他住在一起，这可是一直睡在他枕边的人啊。卡米尔看着他崩溃的脸上露出完全无法理解的神情，他已经被巨大的灾难完全压垮了。

"是谁干的？"若泽问道。

"没人知道，这就是我们来这里的原因。若泽，我们想知道她当时在那里做什么。"

若泽摇了摇头，示意什么也不知道。一个小时之后，卡米尔已经掌握了所有关于若泽和伊芙琳娜的必要信息以及这两人打的如意小算盘。伊芙琳娜可谓是个机灵姑娘，然而正是这样的小算盘使她最终落得被无名疯子残杀的下场。

18

伊芙琳娜·鲁弗雷并不是个把两只脚往一只鞋里塞的蠢货。第一次被捕之后，她很快就明白自己正处在一个油光水滑的陡坡上，她的人生将从此急剧下滑，只需看看她的母亲便知一二。在被判刑几个星期后，若泽便出现在她的生活中。他们在弗里蒙特尔安顿下来，办了网络。伊芙琳娜每天花两小时搜罗顾客，然后去现场交易，若泽总是会送她过去并在那里等她。他会找一个最近的咖啡馆玩电子弹珠游戏。若泽不是拿主意的人，在这个故事里，伊芙琳娜才是有头脑的那个，她总是井井有条、步步谨慎，至少在事发前一直如此。很多顾客会选择在酒店里见她，上个星期也是一样，有位顾客召她去了美居酒店。出来的时候，伊芙琳娜没怎么谈论这个家伙，只说他人不坏，还算热情，是个有钱的主儿。所以她出来的时候，接到了一个邀请：后天组个三人局，她负责去找第三人。这家伙唯一的要求是，要跟伊芙琳娜身高和年龄相仿的，然后就是胸部要大，别的就没有了。于是伊芙琳娜叫来了约瑟安娜·德伯夫，两人是在拉沙佩勒城门的旧相识。她们要去过夜，而这个家伙是孤身一人，还开出了一笔相当可观的价钱，且没有其他花费，最后他给出了库尔贝瓦的地址。若泽开车把她们送了过去，当他们到达荒无人烟的郊区时，他不免也有些担心起来。他们之间约好了，如果事情不甚明朗，若泽就先留在车里，等到其中一个姑娘示意他一切正常了再自行离开。于是，当那个家伙来开门的时候，若泽的车就停在几十米远的地方。因为灯光是从屋里透出来的，他只能分辨出那个人的轮廓。他跟两个姑娘都握了手。若泽在车里等了二十分钟，直到伊芙琳娜来到窗前，按照约定示意他一切正常。若泽走的时候还不无欣喜，因为他当晚已经计划观看电视四台的巴黎圣日尔曼球队比赛。

离开若泽·里韦罗的公寓时，卡米尔委派路易去收集第二个受害者的初步信息，这个叫约瑟安娜·德伯夫的二十一岁姑娘。线索应该不难找，一般来说，警局对那些经常出没在外围郊区大道的女人都不会陌生。

19

卡米尔回到家,看到伊雷娜完好无损地半躺在沙发上,面朝着电视,两手放在肚子上,嘴角挂着甜美的微笑,他这才意识到,从早上开始,他的脑海里就一直充斥着女人的尸体。

"发生什么事了吗?"看到卡米尔夹着厚厚的卷宗回来,她开口问道。

"没有,没什么事。"

为了岔开话题,他把手放在她的肚皮上,问道:

"怎么样?小家伙在里面动得欢吗?"

话音刚落,电视台八点档新闻就开始以慢速镜头播放司法鉴定部的小卡车离开菲利-福尔大街库尔贝瓦公寓时的画面。

显然,摄影师到达现场时,已经没有多少猎物供他们捕捉了。电视画面仔仔细细地展示了复式公寓的入口、紧闭的大门、鉴定部门最后几名来回穿梭的技术人员,还有远远看去紧锁的窗户。评论员的声线压得很低,像在播报巨大的自然灾害时一样。仅凭这一点,卡米尔就已经明白,媒体已经紧紧盯上这条社会新闻,如果没有充足的理由,他们是不会放手的。有那么一瞬间,他真希望某个部长可以马上被调查一下。

那些塑料袋的出现成了人们趋之若鹜讨论的话题,毕竟不是每天都能见到这么多塑料袋。评论员强调道,人们对"库尔贝瓦的可怕悲剧"了解得少之又少。

伊雷娜一言未发,她看到自己的丈夫刚刚出现在了电视屏幕上。傍晚从公寓里出来的时候,卡米尔只是重复了几个小时前说的话,只不过这一次还加上了影像画面。他被从吊杆上垂下来的麦克风团团围住,整个人完全是被俯拍出来的,这不合时宜的情况由此变得更加怪异。幸运的是,这个话题材料是很晚才送去编辑的。

"他们没有足够时间进行剪辑。"伊雷娜从专业角度评判道。

那些画面证实了她的判断。卡米尔的总结时断时续,他们只放了最精彩的内容。

"两名年轻女性遇害,目前身份不详。这是一起……极端残忍的案件。(卡米尔心想:"我怎么会说出这样的话来?")调查将由德尚法官来负责。我们暂时只能说这么多。请大家让我们好好工作吧。"

新闻播完后,伊雷娜说了句:"我可怜的爱人!"

晚饭过后,卡米尔佯装津津有味地看了会儿电视节目,接着转而翻了一两本杂志,然后又掏出了几张秘书写的材料,一边浏览,一边握着钢笔,直到伊雷娜忍不住对他说:"你最好还是去工作一会儿吧,这样会让你舒服些。"

说这话时,伊雷娜脸上挂着微笑。

"你会很晚睡吗?"她问道。

"不会。"卡米尔申明道,"我稍微扫一眼,马上就来。"

20

卡米尔放下01／12587号档案的时候，已经夜里十一点了。材料厚厚一沓。他摘下眼镜，慢慢揉着眼皮。他很喜欢这个动作。以前视力太好，他甚至有些期待自己能有做这种动作的资格。实际上，完成这个动作有两种方式。第一种方式：右手大幅度动作，把眼镜摘下来，同时头微微侧过去进行配合，以便完成一整套动作。其实还有一个更加精致的版本：脸上要挂着谜一般的微笑，最好是稍显笨拙地用左手把眼镜取下，以便伸出右手与来访的人握手，动作完成得像一场美学献祭，能让访客立马感受到你的相见之欢。第二种方式：左手取下眼镜放在触手可及之处，同时闭上眼睛，然后用拇指和中指捏住鼻根处不停按摩，食指则停留在额头上。整个过程中，眼睛要保持紧闭的状态。据说，在努力过后或是注意力长期过度集中后，这样的动作可以给人带来放松的感觉（也可以再加上一声长长的叹息）。而且，这还是一种带有文人气息的动作，只不过稍显老气。

由于长期阅读各种各样的报告、总结、笔录，他早已学会如何在堆积成山的卷宗中快速浏览。

案件始于一通匿名报警电话。卡米尔找到了电话笔录。"特朗布莱发生了一起谋杀案,就在加尔尼尔大街的垃圾场。"显然,凶手有自己的一贯手法,习惯总是很快就能养成,这简直不可思议。

同样的报警方式显然比这几句话本身更具研究意义。报警的字句简洁而讲究,只关注于提供信息,清晰地表达了意思,却没有透露任何激动或慌张的情绪,甚至丝毫没有受到影响。这种如出一辙的说话方式并非偶然,反而进一步说明了凶手杰出的自控力,这样的自控力可能是真实的,也有可能是演出来的,他可以如此冷静地举报自己的罪行。

受害人很快就被确认为曼努埃拉·康斯坦萨,一个二十四岁的年轻妓女,西班牙裔,常常在布隆代尔大街拐角处的一个破烂旅店里进行交易。她的皮条客亨利·朗博特——人称大块头朗博特——当年五十一岁,曾十七次被捕,四次被判刑,其中两次是由于情节严重的淫媒行为。此人很快就被拘捕了。他掂量了一下轻重,很快便供认在二〇〇一年十一月二十一日参与了图卢兹一家商场的入室盗窃活动。这让他获刑八个月,却也帮他洗清了杀人犯的嫌疑。卡米尔继续读下去。

白纸黑字上写了些陈词滥调,细节精确到令人惊讶。很快他就读到了以下内容:"一名年轻女性被分成两段。"

"不是吧,"卡米尔叹道,"这家伙是个什么东西啊?"

第一张照片:画面里是女性下半身。左边大腿有一处严重的伤口,一条触目惊心的伤疤从腰间延伸而下。照片的放大细节里,可以看到大脚趾上有一枚印章墨水指纹。这就是凶手的签名,跟库尔贝瓦公寓墙上的那个一模一样。

第二张照片:显示的是尸体的上半身。显然,这个年轻女人当时是被捆住的。深深的勒痕依然清晰可见，像极了一些伤口，可以想象捆绑的绳子应该粗得惊人。

第三张照片：是一张放大的头部细节。这简直太骇人了！整张脸就是一个伤口。这张脸像是在看着你，做出一个奇丑无比的鬼脸，让人难以忍受。这个年轻女人曾有一头至黑的头发，套用某些作家的说法，她的头发"漆黑如墨"。

卡米尔的呼吸变得急促起来，一股恶心的感觉油然而生。他抬起头，看了看房间，然后再次聚焦到这张照片上。看着这个被杀害的女人，他竟品出一丝熟悉的感觉。他想起一个记者说过的话："这苦笑就是极端的残忍。"两处伤口边缘清晰，从嘴角连接处一路圆润地连接至两边耳垂。

卡米尔放下照片，打开窗户看了看窗外的街道和屋顶。特朗布莱案件发生在十八个月前。但是没有任何证据能证明这是第一起，也很可能不是最后一起。现在的问题就是要弄清楚，到底还会发现多少起同类案件。卡米尔的情绪在宽慰和担忧之间摇摆。

从技术角度看，根据死者的被害方式可以得出一些令人定心的结论。这是明显的心理变态行为，这确实给案件的调查带来了一些便利。然而库尔贝瓦案件的作案环境又让人感到担忧。在预谋的推测之外，有太多因素无法自洽：现场丢弃的奢侈物品、奇怪的仪式、来自美国的异国元素，以及没有通网的电话……他开始在报告中翻找起来。一个小时之后，他的担忧果然得到了印证。特朗布莱案同样疑点重重，他开始在脑海里把这些疑点一一列举出来。

这个案件存在不少蹊跷之处。首先，这名死者，也就是曼努埃拉·康斯坦萨，她的头发干净得令人称奇。专家在报告中着重强调，大概在尸体被发现前八小时，她的头发被清洗过，用的是一种常见的苹果香味的洗发水。我们很难想象，凶手毁了这名年轻女性的容貌，还把她的身体一分为二，却又不嫌麻烦地给她洗头发……一些脏器缺失，在现场没有找到。卡米尔心想，凶手也许有恋物癖，可这跟一开始推断的心理变态又存在一定的相悖之处。总之，还得等到明天尸检报告出结果后才能确定库尔贝瓦案的受害人是否也有脏器缺失。

毋庸置疑，库尔贝瓦案和特朗布莱案的死者都遇见了同一个男人，假指纹的出现毫无争议地证实了这一点。

不同之处在于，特朗布莱案的死者没有发现任何被强奸的迹象。

特朗布莱案的死者确实曾经受到鞭打，这与现在的两名死者倒是有些相同之处，但是报告里又写道，这些鞭打比较"轻微"，类似情侣之间的挑逗行为，并不会造成什么后果。

共同之处在于，凶手用极其残暴的方式杀死了这名年轻女性，好几份报告都提到了这一点。但是，在这起案件里，凶手先是放干尸体的血，然后用大量清水把它洗干净，如同一枚崭新的钱币一般，把它干干净净地还给社会，这样的作案手法与库尔贝瓦案里所展示的变态的得意之情完全沾不上边。

卡米尔再次拿起照片。显然，没人能习惯这个丑陋诡异的微笑，然而，这张脸明显会让人想起库尔贝瓦公寓里的人头……

夜已经深了，疲倦的卡米尔突然感到一阵头晕。他合上卷宗，关了灯，躺到伊雷娜身边。

凌晨两点半，他依然无法入睡。他用圆乎乎的小手抚摸着伊雷娜的肚子，一副若有所思的样子。这肚子可真是个奇迹啊！他看着自己的女人熟睡的样子，感受到她身上散发出来的味道，它似乎填满了自己的身体，填满了整个房间，也填满了他的整个人生。有时候，爱情就是如此简单。

有时候，就像这天晚上一样，他就这么看着伊雷娜，像是被一股可怕的奇迹之感扼住了喉咙。他发觉伊雷娜美得令他难以置信。她真的这么美吗？这个问题，他曾经问过自己两次。

三年前，他们第一次共进晚餐。伊雷娜身着一袭宝蓝色长裙，在她的领口处还挂着一件简单的金首饰。

他突然想起很久之前读到的一句话："男人抱有一种可笑的偏见，认为金发女郎都很矜持。"伊雷娜透露出来的性感，恰恰否定了这样的评判。伊雷娜美吗？答案是肯定的。

他第二次问自己这个问题的时候，是在七个月前。伊雷娜穿着同一条裙子，只是没有佩戴同样的首饰，她戴的是卡米尔在结婚当天送给她的项链。她的脸上还化了妆。

"你要出去吗？"卡米尔回来的时候问了一句。

其实不是真的提问，只不过是用问句在确认自己的观察。这是他的问话方式。他曾经认为，他和伊雷娜在一起，是生活偶尔好心馈赠的礼物，而当生活幡然醒悟之时，也有可能会突然把它收回。他患得患失的方式不过也是源自这样的想法。

"不，"她回答道，"我不出去。"

因为工作室的剪辑工作繁忙，她很少有时间做饭。而卡米尔的时间表，则更多地取决于这个世界发生的各种悲剧，他总是早出晚归。

但是，这天晚上，餐桌已经准备就绪。卡米尔闭上眼睛深吸一口气，闻到了波多酱料的味道。伊雷娜弯下腰亲吻了他，卡米尔露出微笑。

"您可真好看，范霍文夫人。"他边说边把手伸到她面前。

"先喝开胃酒吧。"伊雷娜说。

"当然。今天是要庆祝什么呀？"卡米尔从沙发上起身，问道。

"庆祝一个消息。"

"什么消息？"

"就是一个消息。"

伊雷娜在他身旁坐下，握住了他的手。

"按理说，这看起来应该是个好消息。"卡米尔说道。

"希望是吧。"

"还不能确定吗？"

"不确定。我倒希望可以在你不那么烦恼的时候得到这个消息。"

"不，我只是有点累了，"卡米尔边说边抚摸着她的手以示歉意，"我需要好好睡一觉。"

"好消息是，我一点儿也不累，而且我也马上会去睡觉了。"

卡米尔露出微笑。他的白天充斥着各种刀战、激烈的逮捕以及警局里的尖叫，就像一道被撕开展示给世人的伤口。

但是伊雷娜总是懂得如何转换，她是那种给人以信心、在转移话题时也深谙分寸的人。她开始谈起工作室，谈起正在上映的电影（"你都不知道这电影有多蠢。"）。自由的闲聊和房间里的温暖，驱散了这一天的疲惫。卡米尔感到身体里涌上一种近乎麻痹的安逸。他不再仔细听她说了什么，只需要听到她的声音就够了。

"好了，"她说，"我们开饭吧。"

她正准备起身，却又像突然想到了什么似的说道：

"现在，趁我还没忘记，我要说两件事情，不，是三件。"

"来吧。"卡米尔喝完开胃酒后说道。

"十三号我们要去弗朗索瓦丝家吃晚饭，你可以吗？"

"可以啊。"卡米尔思索片刻回答道。

"好的。第二件事,我该做账了,你赶紧把信用卡的账单都给我。"

卡米尔从沙发上起来,从背包里掏出钱包,找了找,然后拿出一沓皱巴巴的小票。

"今晚还是先别做了吧,"他边说边把小票放到茶几上,"这一整天已经够艰难了。"

"那是自然,"伊雷娜一边说,一边往厨房走去,"来吧,吃饭吧。"

"你不是有三件事要说吗?"

伊雷娜停住了脚步,转过身,假装在找什么东西的样子。

"啊!对!所以……你会喜欢当爸爸吗?"

伊雷娜就站在厨房门边,卡米尔傻傻地盯着她。他的目光条件反射地移到伊雷娜的腹部,然而这里依然十分平坦,然后目光又再次回到她的脸上。卡米尔看到伊雷娜的眼睛里闪烁着光芒。关于要不要生孩子,他们之间曾有过无休止的争吵,谁也说服不了谁。卡米尔选择拖延了事,伊雷娜选择穷追不舍。卡米尔谨慎地提出基因方面的担忧,伊雷娜则用一篇详细深入的检查报告克服了这个障碍。于是卡米尔亮出底牌:我拒绝。伊雷娜也打出了自己的王牌:我已经三十岁了。我心意已决,现在你看着办吧。那时,卡米尔第二次问了自己这个问题:伊雷娜美吗?答案是肯定的。他有种莫名其妙的感觉,觉得自己再也不会问出这个问题。泪水像是从中世纪奔涌而来,他既高兴又难过,就好像生活把一件美事重重地甩在了他的脸上。

21

　　现在他躺在床上，一只手紧紧贴在她圆滚滚的腹部上。他感到手下传来沉闷的重重一击。卡米尔完全醒了过来，他纹丝不动地等待着。伊雷娜在熟睡中发出一声小小的嘟囔。一分钟过去了，又一分钟过去了。卡米尔像一只耐心的猫，时刻戒备着，终于传来了第二击，这一次就在他的手下，感觉很不一样，像是一种用毛毡制成的轴承，又像是一次抚摸。像往常一样，他完全说不出话来，只觉得这是一种幸福的愚蠢蠕动，就好像他生命当中的一切都开始蠕动起来。这里孕育着的是一条生命啊。然而，过了一会儿，墙上的女孩画面突然插播进来。他试着赶走这幅画面，把注意力集中在伊雷娜身上，这是他在世界上的所有幸福，然而，恶劣的影响已经造成。

　　现实已经战胜了梦境，脑海里的图像开始放电影般逐一闪过，刚开始是慢速的。他看到一个婴儿，看到伊雷娜的腹部，然后是婴儿的啼哭，那孩子仿佛伸手就能触到。接着，机器转得越来越快，伊雷娜的美丽脸庞，还有她的手，然后是受害者那些断掉的手指，伊雷娜的眼睛，然后是另一个女人可怖的微笑，嘴角从一只耳朵咧到另外一只……整个影片变得疯狂起来。

卡米尔感到异常清醒。他与生活之间曾有一些旧的分歧，他突然觉得，这两个受害的女人莫名地把这些分歧升级成了争执。她们与他此刻正在轻抚的女人，也许并没有那么不同：睡觉时喜欢趴着，呼吸声沉重而缓慢，会轻声打呼，偶尔呼吸暂停，会让看着她们的爱人感到担心，还有那惊心动魄的脖颈，以及绕在颈间的卷曲头发。是的，这些女人跟他所爱的女人一模一样。然而，某一天，她们遭遇了邀请、招聘、强迫、劫持或是收买。她们被那些以残害为乐的男人用各种手法杀死。在女人知道自己即将赴死，向他们投去乞求的目光时，没有一个人为之所动，甚至反而因此更加兴奋。这些为了爱和生命而生的女人，来到这个时代、这个城市、这间公寓，却只能赴死，我们甚至不知道她们是怎么死的。而卡米尔，这世间一个普通得不能再普通的警察，一个矮小得如同精灵的刑警，一个自高自大却又充满爱意的精灵，此刻他正抚摸着一个女人无与伦比的腹部，一个带给他无限惊喜、堪称世界奇迹的腹部。这个世界不应该是这样的。当最后一幅画面筋疲力尽地闪过时，他看到自己要集中精力追求的两个终极目标：第一个目标，是尽一切可能去爱这个他正在轻抚的女人；第二个目标，是去寻找、追捕、找到那些粗鲁地杀害那些女人的凶手，那些曾经占有她们、强奸她们、杀害她们并侮辱尸体的人。

在睡着之前，卡米尔才有时间说出最后一个困扰：

"我真的太累了。"

二〇〇三年四月八日　星期二

1

卡米尔在地铁里阅览了报纸。他的担忧，或者说，就像那些悲观主义者说的一样，他的判断得到了应验。媒体已经得知，此案件被证实与特朗布莱案有某些关联。这样的信息能以如此之快的速度被刊登到报纸上，既令人惊叹，又似乎有些合理。小报记者们被委派到各个警局间游走，况且，很多警察会给媒体泄露消息，这是众所周知的事情。卡米尔还是花了点时间思考，从昨天下午到现在，这条信息到底是经由什么路径走漏出去的，然而实在毫无头绪。事实已经摆在了眼前。媒体宣称警方已在库尔贝瓦案凶手和特朗布莱案凶手之间找到了某种关联，对于前者他们掌握的信息还十分片面；然而，对于后者，他们都掌握了十分翔实的材料。于是，报纸上出现了各种耸人听闻的头版头条，标题写手们显然是满心欢喜地使出了全力：《小皇冠区的开膛手》《特朗布莱屠夫重现于库尔贝瓦》，或者《继特朗布莱后，库尔贝瓦大屠杀》。

他走进鉴定部，朝指示的房间走了过去。

马勒瓦尔看问题的角度时常过于简化。在他看来，世界上的人总共分为两种，一种是牛仔，另一种是印第安人，这不过是在原始模式下，让传统区分变得更现代化，即粗暴地把人划分为外向和内向两种范畴。尼居杨医生和卡米尔，这两人都是印第安人，他们总是默不作声，富有耐心和观察力，总是全神贯注。他们从来不需要说太多的话，只消一个眼神，就能心领神会。

也许，这个越南偷渡客的儿子和这位微型警察，正是在逆境中建立起某种心照不宣的互助之情。

伊芙琳娜·鲁弗雷的母亲就像是乡下人进了城。她穿得奇形怪状，身上的衣物勉强贴合身材。卡米尔突然觉得她看起来比前一天更矮了。也许是因为痛苦吧。她身上散发出一股酒味。

"这要不了多久。"卡米尔说道。

他们走进了房间。桌上摆着的东西让人几乎难以想象，这曾经是一具完整的身体。所有的部分都被仔细地遮盖起来。卡米尔扶着这个女人一路走到这里，然后示意穿白大褂的家伙小心地掀开了头部的遮盖物，但他没有掀开太多，只停在了脖子的位置。

那个女人不解地看着这一切，眼神里空洞无物。摆在桌上的那颗头颅就像剧院里的仿造品，只不过那里面装着的，是死亡。那颗头颅既不像任何人，也不像任何东西。女人只说了声"是的"，然后一副目瞪口呆的样子。卡米尔一直扶着她，直到她昏倒过去。

2

走廊上，一个男人正在等人。

跟所有人一样，卡米尔会以自己的身高为标准去目测别人。对他来说，这个人不算太高，大概一米七。令他一眼就感到印象深刻的，是此人的眼神。他应该有五十来岁，是那种把自己照顾得很好、有着良好的生活卫生习惯、不论寒暑每个周日早晨都要跑上二十五公里，还十分警醒的人。他穿着得体，却又不过分讲究，谨慎地拿着一个皮质挎包，耐心地等着。

"爱德华·克雷医生，"他边说边伸出手来，"我是德尚法官指派过来的。"

"感谢您来得如此迅速。"卡米尔边说边跟他握手，"我申请了您的协助，因为我们需要了解这些人的心理特质以及他们的潜在动机。我已经给您复印了几份初步报告。"他边说边把一个文件夹递过去。在医生匆匆翻阅前几页时，卡米尔更加细致地观察着他。"真是个英俊的家伙。"他心里这样想，却不知为何又联想到了伊雷娜。一股嫉妒之情瞬间涌上心头，但他马上就把它打发走了。

"需要多久？"卡米尔问道。

"尸检报告出来以后我再跟您说吧，"克雷回答道，"这取决于我能从中收集到多少信息。"

3

乍一眼看去，卡米尔就感觉此情此景不同寻常。在案发现场看到伊芙琳娜·鲁弗雷那令人害怕的人头是一回事，然而要对她进行尸检，参与一个毛骨悚然的拼图游戏，又是另外一回事了。

克雷医生和尼居杨医生握了握手，这架势像是参加某项重要会议一般。疯狂的代表人向残暴的代表人表达了庄严的致敬。

尼居杨随即戴上了眼镜，确认了他的磁带录音机运行正常，然后选择从腹部开始检查。

"我们正在检查的，是一名欧洲女性，年龄大约……"

4

菲利普·比松也许不是最优秀的记者,但绝对是最死缠烂打的人之一。"目前事件还在调查中,范霍文警官不便与媒体交流。"这句话对菲利普来说,未曾引起任何不安。

"我不是让他发表声明,只是想跟他聊一会儿。"

他从前一天傍晚就开始打电话了。

这天一大早,他又打来了电话。到了十一点,前台总机明显不耐烦地通知卡米尔,这是他的第十三个电话了。

比松并不是个明星记者。尽管他身上缺乏一些伟大记者的重要特质,但也能称得上是个优秀记者,因为他在自己的领域当中,有着相当骇人的准确直觉。也许正是因为十分清楚自己的局限和优点,比松选择成为一个社会杂闻记者。事实证明,这样的选择是十分明智的。他显然不是个以文笔著称的人,他的笔墨却十分有信息量。他因跟踪报道几件轰动一时的事件而备受关注,在这些事件中,他曾成功地发现了一些新线索。线索不算新颖,却十分讨巧地获得了巨大收益。比松是个没什么天赋的记者,所以他仰赖于大量挖掘信息。剩下的,就纯粹是运气作祟了:英雄和恶棍似乎都是命运之神最爱眷顾之人。

比松刚好碰上了特朗布莱案，或许也是第一个嗅到其中有利可图的人：这将给他带来众多读者。他从头至尾跟踪报道了这则社会新闻。所以，在两起案件发生交集之时，他在库尔贝瓦的调查中现身，也就不足为奇了。

卡米尔从地铁里走出来的时候，一眼就认出了他。这是个高大的家伙，三十来岁，打扮时髦，嗓音不错，但稍显聒噪，是个魅力十足，却阴险狡诈、诡计多端的人。

卡米尔马上把自己封闭起来，并加快了脚步。

"我只占用您两分钟的时间。"比松上前攀谈道。

"如果我有两分钟时间的话，我会很乐意给您的。"

卡米尔疾步走着，只不过他的疾步，也只是比松这般身高的人的正常步伐罢了。

"督查，最好还是说两句吧，不然记者们该胡编乱造了。"

卡米尔停了下来。

"您可真是老派，比松。人们早就不用'督查'这个称呼了。至于说胡编乱造，您想让我怎么理解呢？这是您的论据还是威胁？"

"都不是。"比松微笑着回答道。

卡米尔停下脚步，这已经是一个错误选择。相当于比松已经抓住了他的衣角。卡米尔马上就反应过来。两人相互对视了几秒钟。

"您知道，"比松继续说道，"得不到消息，记者们就会胡乱猜想。"

比松有自己的一套说辞，总是把错误归结于旁人，把自己撇得一干二净。他的眼神让卡米尔觉得，此人什么事都做得出来，最坏的事都不在话下，甚至还能比这更糟糕。优秀的猛兽和伟大的猛兽之间唯一的区别，就是它们的直觉。显然，在这个行当中，比松拥有一种基因里自带的敏锐直觉。

"既然现在已经牵涉到特朗布莱案了——"

"消息可真灵通啊。"卡米尔打断道。

"特朗布莱案是我全程跟踪报道的,所以我对这次的案件很感兴趣。"

卡米尔抬起头,心里想道:"我不喜欢这个家伙。"且他马上就能感到,这种反感是相互的,不知不觉间,两人之间已经建立起一种无言的厌恶,也许他们都无法摆脱了。

"您得到的消息不会比别人更多,"卡米尔松口道,"如果您希望获取评论,请您找别人谈去吧。"

"您的意思是,去找您的上级吗?"比松垂下目光,问道。

两人简短地交换了眼神,方才失礼的话让两人都有些错愕。

"抱歉……"比松低声说道。

卡米尔松了一口气,有时候,轻蔑的态度反而是一种安慰。

"唉,"比松继续道,"真抱歉,刚才失礼了——"

"我没在意。"卡米尔打断了他。

然后,他继续走了起来,这位记者紧随其后。两人之间的气氛已经明显不同。

"您至少给句话吧。现在进展到什么地步了?"

"无可奉告。调查还在继续。您想要消息的话,去问勒冈警官,或者直接问法院。"

"范霍文先生,这些事件已经开始引起许多讨论。编辑部的人一个个兴奋得像跳蚤一样。我敢说,不出一星期,那些小报和哗众取宠的文章就会给您找出一些像样的嫌犯,然后提供一些画像,到时候一半法国人都会觉得另一半法国人长得像嫌犯。如果您不透露一些严肃的信息，将让一些人变成偏执狂。"

"如果我能决定所有事情，"卡米尔冷漠地解释道，"在凶手被抓到以前，就不应该通知媒体。"

"您会让媒体禁言吗？"

卡米尔再次停下脚步。现在已经不再是尊重或者策略的问题了。

"我会阻止媒体引发'偏执症'，或者，换句话说，我会阻止他们胡说八道。"

"所以对于警局，我们什么也指望不上吗？"

"错了，你们可以指望警局抓住凶手。"

"所以您认为您不需要媒体吗？"

"目前来说，是这么回事。"

"目前来说？您可真是厚颜无耻。"

"有话直说而已。"

比松像是思考了片刻，接着说道："听着，我觉得我可以帮上一些忙，如果您愿意的话。关于您个人的忙，只跟您有关的。"

"大可不必。"

"可以的，我可以对您进行宣传。这个礼拜我接了个人物专访，带头版大幅照片的那种。我已经开始采访一个家伙了，但是，这事儿可以再等等。所以，如果您感兴趣的话——"

"不劳驾您了，比松。"

"别啊，我是认真的！这是个礼物，可不能拒绝。只需要您再给我两三条比较个人的信息，我就能给您写出一篇轰动天下的专访，我向您保证。作为交换，您给我稍微提供一些这次案件的消息，这也不是什么有损名誉的事。"

"比松，我说了，不劳驾您了。"

"卡米尔，跟您共事可真难。"

"范霍文先生！"

"我建议您还是不要用这种语气说话，'范霍文先生'。"

"范霍文警官！"

"行吧！随您的意吧！"比松语气冰冷地说道。这让卡米尔犹豫了一下。

比松马上原路折回，就像来的时候一样，大步流星地离开了。有时，卡米尔被看作是个对媒体友好的人，但这显然不是得益于他的谈判才能。

5

鉴于他的身高，卡米尔总是保持站立的姿势。而因为他从来不坐下，没有人认为自己有坐下的资格，于是乎所有新来的人都默认了这一行为准则：在这里，开会的时候大家都得站着。

前一天，马勒瓦尔和阿尔芒花了不少时间收集邻居的证词。然而，他们并不抱什么希望，因为那里根本就没有邻居。尤其是在晚上，那个街区就好比开在天堂的妓院一样，几乎无人造访。若泽·里韦罗在等女孩们给他发出信号时，也没有看到任何人在附近经过。但也有可能，在他离开之后，有人去过那里。他们步行了两公里以上，才找到了几个活人，是几个在郊区独立房屋里做生意的人。他们也无力提供任何潜在来往人员或车辆的信息。没人观察到任何异常情况，没有卡车，没有小货车，也没有送货员，甚至连住户也没见到。要是只看这些初步信息，人们会以为那两个受害人像是变魔法般凭空出现的。

"显然，这家伙挑了个好地方。"马勒瓦尔说道。

卡米尔出神地看着马勒瓦尔，开始做起了比较：马勒瓦尔站在门边，从他的夹克里掏出一本饱经沧桑的记事本，而路易站在办公桌旁，两手交叉地拿着他的笔记本，这两个人之间有什么差别呢？

两人都十分优雅，都在以自己的方式吸引别人，差别就在于两性生活。卡米尔的思维在这个奇怪的念头上停留了片刻。马勒瓦尔想得到女人，而且他身边也有一些，只是他从来不满足。他的所有行为似乎都以性生活为导向，浑身上下都散发出一种诱惑和征服的欲望。卡米尔想，他应该不想多多益善，只是无法专情于一人，因为总会出现另一个让他朝思暮想的人。实际上，马勒瓦尔追求的都是一些少女。只要发现任何潜在机会，他就会随机应变，休闲或是正式装扮，他总能信手拈来、随意切换，总是保持高效，为一切做好准备。他的情人就像即穿即走的成衣。而路易的情人，则跟他的衣物一样，只能是量身定制的。在今天的初春阳光中，路易穿着一件漂亮的浅色西装，好看的灰蓝色衬衫，配上斜纹领带，还有他的鞋子……"真是一等一的品位。"卡米尔这样想道。不过，关于他的私生活，卡米尔并不那么清楚，或者说，他对此根本一无所知。

卡米尔不禁疑惑这两人之间保持着什么样的关系。应该还不错吧。马勒瓦尔来警局的时间只比路易晚了几星期。他们之间的氛围很好，刚开始的时候甚至还偶尔一起出去玩。卡米尔之所以知道这事儿，是因为某次出游的第二天，马勒瓦尔曾对卡米尔说过："路易总是一副纯洁的样子，其实他就是个爱故弄玄虚的人。贵族一旦放纵起来，简直荒淫无度。"路易当时什么也没说，只是用手撩了撩头发。卡米尔想不起来他用的是哪只手了。

马勒瓦尔的声音把卡米尔从思绪中拉了回来。

"那幅人类染色体图的印刷画，"马勒瓦尔说道，"几乎所有的广告公司和出版商都做过，总之，就是个烂大街的货。那张假牛皮就更别说了。现在这东西已经没那么流行了，但是有段时间，这玩意儿就跟小面包一样总是卖断货。想要找出这东西的来源，恐怕……浴室的黑白墙纸似乎倒是比较新的，但目前也没有任何线索能指向它的出处。还得问问那些墙纸制造商。"

"可真是让人泄气啊。"路易说道。

"没错，至于音响设备，更是有几百万台的销售量，而且机器编码已经被凶手抹掉了。我把东西都送到实验室检测了，他们觉得这应该是被酸性物质腐蚀的。说得更清楚点的话，我们应该没什么机会。"

马勒瓦尔看了看阿尔芒，把发言权转交给他。

"我这边也没什么收获。"

"好的，谢谢你，阿尔芒。感谢你的建设性贡献，你可帮了大忙了。"

"可是，卡米尔……"阿尔芒的脸开始红起来。

"我开玩笑呢，阿尔芒，我开玩笑呢！"

他们已经认识超过十五年了，又是同一时期入行的同辈，所以两人总是以"你"相称。阿尔芒就像是他的同窗，马勒瓦尔更多地像个败家子，路易则是个高贵的皇子。"我对他们来说，又是什么呢？"卡米尔有时也会不禁如是自问。

阿尔芒的脸已经红了，他的手也很容易发抖。有时，出于一种对痛苦的同情心，卡米尔会忍不住想靠近他。

"所以呢？你也一无所获吗？"卡米尔边说边用鼓励的眼神看着他。

"还是有些东西，"阿尔芒稍微放下心来，继续说道，"但可能也很渺茫。房子里的床上用品是个常见的品牌，到处都有卖的，男士背带也是一样，但是，那张日式床——"

"嗯？"卡米尔说道。

"人们称之为榻米。"

"可能是叫榻榻米。"路易和蔼地说道。

阿尔芒慢慢地翻了翻他的笔记,这稍微花了点时间,却完全体现出他本人的优良品质。任何没有经过严格检验的东西,都不能被视作理所当然。真是个有条有理的人。

"对。"他终于抬起头来,隐约地向路易投去了钦佩的目光,"确实是叫榻榻米!"

"然后呢,这张榻榻米?"卡米尔问道。

"这东西是从日本直接进口的。"

"啊,从日本进口的。从日本进口日本货,这事儿本身也不稀奇。"

"没错,"阿尔芒说,"是不稀奇。"

屋子里突然陷入了沉默。所有人都了解阿尔芒,他做事总是踏踏实实,这一点无人能敌。他的一个省略号,有可能都代表着两百小时的工作。

"你倒是解释清楚啊,阿尔芒。"

"这事儿确实挺常见,不过这张床是京都的一家制造商生产的,他们主要做家具,尤其是用来坐或者躺的家具。"

"啊。"卡米尔说道。

"所以,这张——"阿尔芒又翻了翻笔记,"这张榻榻米是从那里来的。不过,最有意思的是,那张大沙发也是来自同一家生产商。"

众人再次陷入了沉默。

"那张沙发尺寸十分可观,所以卖得不多,而且它是今年一月份生产的,他们一共卖了三十七张。库尔贝瓦的沙发就是这个批次的。我已经列出了买主名单。"

"真是见了你的鬼，阿尔芒，你就不能直接说完吗？"

"马上就完，卡米尔，马上就完。在这卖出去的三十七张沙发里，有二十六张还在零售商那里，有十一张是直接从日本卖出的，其中有六张是被日本人买走的，剩下的则是通过邮购的方式。有三张是卖到法国的，第一张是一个零售商给他的一个客户买的，一个叫希尔万·西耶热尔的客户，就是这个——"

阿尔芒从口袋里掏出一张沙发的电子打印照片，跟库尔贝瓦公寓的那张沙发完全一致。

"这是西耶热尔先生拍给我的。当然，我还得去现场验证一下，不过照我看，这条线索可能到这儿就断了。"

"那另外两张呢？"卡米尔问道。

"这个问题就更加棘手一点儿了。剩下的这两张是直接在网上被订走的。如果是个人买家直接购买的话，想要从虚拟信息中找到来源，就要花上很长时间。所有操作都是在电脑里进行的，得要找到对的联系人，还得凭运气找几个高手，去查看一些文件。第一张是被一个叫克雷斯皮的人买走的，第二张是被一个叫邓福德的人买走的，两个都是巴黎人。我没能联系上克雷斯皮，已经留了两条信息，但是他没给我回电话。如果明天上午还没有消息的话，我就去一趟。但是，如果你要问我的意见的话，我觉得这里面应该也不会有什么收获。"

"这意见免费吗？"马勒瓦尔笑着问道。

阿尔芒沉浸在自己的笔记和思路中，完全没注意到马勒瓦尔的玩笑。卡米尔向马勒瓦尔投去厌倦的眼神，他可真是会挑时间开玩笑。

"但我联系上了他的清洁工，她说沙发就在他们家。现在就剩下最后一个邓福德。这个家伙，"他边说边抬起头来，"我认为他就是我们要找的人。我根本无法找到他的踪迹，他的支付方式只有国际支票或现金,我明天应该能有确切消息。他先是把沙发运到了热纳维利埃的一个家具仓库。据仓库的店家说,有个男的第二天就开着一辆小货车来把沙发取走了。他想不起有什么特殊的细节了。不过我明天上午要去记录他的证词,看看明天他会不会想起什么。"

"没有任何证据能证明就是他。"马勒瓦尔评论道。

"你说得对,但好歹我们还是有一点儿线索了。马勒瓦尔,明天你跟阿尔芒一起去一趟热纳维利埃。"

四人又沉默了片刻,但是显然每个人的想法都一样,这一切都太渺茫了。所有线索都指向了同一个点,那就是几乎毫无所获。这个凶手不只是深思熟虑,他应该进行了极度周全的准备,没有任何东西是偶然留在那里的。

"我们不能放过任何细节,因为没有别的办法,这就是游戏规则。但是,我们不得不做的这一切,都有可能把我们引入歧途,从而偏离重点。重点是什么呢?重点是先要弄清楚'为什么',而不是'怎么样'。"他思考片刻后,又继续问道,"还有别的事吗?"

此时路易边查看笔记边说道:"约瑟安娜·德伯夫,第二个受害者,她原来住在庞坦。我们去跑了一趟,公寓里空无一人。她一般在拉沙佩勒城门干活儿,少数时候也会去万赛纳城门。她是四五天前失踪的,没人知道任何消息,她没有认识的朋友。我们在这方面也不会有什么收获。"

路易把一张纸递给卡米尔。

"啊对,还有这个,"他戴上眼镜,若有所思地说道,"频繁出差的完美商务人士,他所需要的必需品。"他快速浏览了那张清单,上面写着的是留在案发现场的行李箱的具体内容。

"尤其是,这些东西都很奢侈。"路易说道。

079

"是吗？"卡米尔谨慎地问道。

"我是这么认为的，"路易继续说道，"而且阿尔芒刚才的话也印证了我的观点。从日本订购一张巨大尺寸的沙发，就为了谋杀两个女孩，这还算不上是最离奇的。现场留下的拉夫劳伦行李箱应该值三百多欧元，这也十分奇怪；还有箱子里的那些东西也是，布鲁克斯兄弟牌西装、巴尼家的鞋拔子、夏普的口袋打印机，这些东西已经价值不菲了；再加上可充电电动剃须刀、运动手表、皮质钱包、高档吹风机……所有这些可不是一笔小钱。"

"行吧，"沉默良久后，卡米尔终于说道，"剩下的还有指纹的事，尽管这是用墨水印章印上去的，但也是个极其特殊的痕迹。路易，你查证一下，是不是已经被提交给欧洲信息中心了，也许会有收获呢。"

"已经提交过了，"路易回答道，"二〇〇一年十二月四日，在特朗布莱案的调查过程中就已经提交了，最终什么也没发现。"

"好的。但最好还是重新申请一下。你把所有信息再重新提交给欧洲信息中心，好吗？"

"只是——"路易说道。

"只是什么？"

"这需要法官来做决定。"

"我知道，你暂时只需要负责重新申请的事，我晚点儿再去办手续。"

卡米尔把昨天夜里写下的简短备忘录分发给众人，上面总结了特朗布莱案的一些主要信息。路易被指派去重新收集证人证词，希望能重现那个年轻妓女的最后几天时间，再顺藤摸瓜找出所有可能出现的常客名单。卡米尔总是觉得，把路易派到那些阴森的地方去，是件别有风情的事。他能想象路易穿着油光锃亮的鞋子和优雅的阿玛尼西装,毫不费力地爬上黏腻的楼道,闯进乌烟瘴气的卖淫窝点时的场景,简直令人直呼过瘾。

"要完成所有这些任务,我们的人手可不算多。"

"路易,你的委婉精神令我敬佩。"

路易抬起右手撩起了头发,与此同时,卡米尔又心事重重地说道:"你说的显然没错。"

他看了看手表。

"好了,尼居杨答应我傍晚时会给我初步报告。老实跟你们说,这可真是及时。自从电视台八点档新闻播了我的画面,然后今天上午媒体又发表了那么多文章,法官已经有些按捺不住了。"

"明确来说呢?"马勒瓦尔问道。

"明确来说,她召集我们所有人在下午五点去她那里汇报调查情况。"

"啊,"阿尔芒说道,"调查情况……那我们说什么?"

"这就是问题所在了。我们没什么可说的,少数能说的也没什么意义。这一次,我们要来玩个障眼法。克雷医生会提供一份凶手的心理分析报告,尼居杨则会谈论他的初步结论。不过,我们还是得抓住一条线索说一说。"

"你有什么主意吗?"阿尔芒问道。

接下来又是短暂的沉默,这一次跟前几次相比已经氛围大变。卡米尔就像个迷路的人,一脸迟钝。

"我一点儿主意也没有,阿尔芒,一点儿也没有。我认为,有一点我们大家都会认同,那就是我们已经掉进粪坑了。"

这话说得不太文雅,却完全代表所有人当下的心声。

6

卡米尔和阿尔芒一起赶往法官所在地，路易和马勒瓦尔则直接与他们在那里会合。

"德尚法官，"卡米尔问道，"你认识她吗？"

"我不记得她。"

"那是因为你没见过她。"

他们在车流中穿行，直接走了公共汽车道。

"你呢？你记得她吗？"阿尔芒问道。

"我可忘不了。"

德尚法官享有十分清白的声誉，这倒是个好兆头。在卡米尔的印象中，她与自己年纪相仿，身材苗条，但不至于清瘦，一张不对称的脸上安着鼻子、嘴巴、眼睛和颧骨，所有五官单独来看都十分正常，但放在一起就像打翻了颜料盘，面相中既透出聪慧，又显出某种整洁的杂乱感。她的穿戴总是十分昂贵。

卡米尔和阿尔芒跟法医一起赶到的时候，勒冈正坐在办公室里。马勒瓦尔和路易也匆匆赶到。法官居高临下地坐在办公桌后，完全就是卡米尔印象当中的样子，不过她其实比卡米尔年轻，也比卡米尔想的更加瘦小。她的脸上透出来的更多的是修养，而不是智慧；她的衣服也不只是昂贵，甚至价值连城。

克雷医生几分钟以后也到了。他与卡米尔干脆地握了握手，给了个含糊的微笑，然后在门边坐下，像是不打算在这里逗留太久。

"我们需要大家都发挥出自己的聪明才智。你们已经看到电视新闻和报纸报道了，这起案件将成为所有人谈论的焦点，所以我们必须速战速决。我也十分清楚大家的处境，不会要求你们完成不可能完成的任务。但我的信息需要得到实时更新，并且我要求大家对调查情况进行绝对保密。媒体肯定会对你们穷追不舍，但我坚决不会在保密命令上妥协让步。我希望我已经表达得够清楚了。看样子，我走出办公室的时候一定会被围追堵截，我必须透露几条信息给他们。但是我还得听听你们一会儿要说的，才能决定可以对媒体说什么内容。希望这样能让他们消停一会儿。"

勒冈狠狠地点了点头，似乎他就是这个团体的发言人。

"好了，"法官继续说道，"尼居杨医生，我们洗耳恭听。"

法医清了清嗓子，说道："分析报告还要等好几天才能拿到，但是从尸检报告中已经可以得出一些结论。尽管这次案件造成的伤亡看起来十分惨重，但我们所面对的凶手似乎是独自作案。"

接踵而至的沉默令人心颤。

"凶手很有可能是一名男性，"尼居杨继续说道，"他使用了不少工具，先是使用了电钻，上面装配了一个直径很粗的水泥钻头，然后还有盐酸、电锯、钉枪、刀具和打火机。显然，我们很难还原事情发生的时间顺序，这些事有时看起来，怎么说呢……令人十分费解。总的来说，我们在两名受害者身上都发现了一些证据，凶手的这些行为看起来十分……放纵。对于这些罪行，我们掌握的信息甚少，所以还不知道是按照什么时间顺序发生的。但是，有些情况显然是可以排除的，这多少可以给我们一些指引。"

沉默的氛围开始变得凝重起来。尼居杨抬起头停顿片刻，扶了扶眼镜，继续说道："两名受害者可能多次被喷洒窒息气体。她们先是被打晕过去，可能是用电钻或者钉枪的手柄干的，这只是一种假设，但可以确定用的应该是同一个工具。两名受害者都受到了同样的撞击，但是力度不足以使她们昏迷很长时间。换句话说，我们可以推测，两名受害者被催眠，被窒息，被打晕，但直到最后一秒钟，她们对自己的遭遇都是有意识的。"

尼居杨再次拿起笔记，犹豫片刻，然后继续说道："您可以在我的报告中找到更多细节。第一名受害者伊芙琳娜·鲁弗雷嘴唇上的伤口可能是翘头尖剪造成的。她的腹部和两条腿也遭到切割。她的腹部有腐蚀的痕迹。在介绍约瑟安娜·德伯夫的情况之前，还有几个细节。"

"你还有很多要说的吗？"卡米尔问道。

"还有一些，"法医继续说道，"约瑟安娜·德伯夫被他用六对背带绑在了床边，我们在公寓里找到了这些背带。凶手先是用火柴烧了她的眉毛和睫毛，然后对她进行了侵害。还有一些难堪的细节，我就不一一赘述了。总之，凶手把手伸进过她的喉咙。正是用这名死者的血，凶手在墙上写下了'我回来了'几个大字。"

众人继续沉默。这时勒冈发话了：

"还有什么问题吗？"

"这个案子跟特朗布莱案有什么关联？"法官转向卡米尔问道。

"我昨晚对卷宗进行了研究，但还缺少很多印证信息。毫无疑问的是，两起案件的印章指纹是一模一样的。在这两起案件中，指纹似乎是凶手故意展示的签名。"

"这可不是什么好兆头,说明这家伙很想出名。"法官说道。

"到目前为止,他的行为都很典型。"克雷此时插话了。

这是他第一次参与到讨论中来,所有人都转向了他。

"抱歉。"他接着说。

不过,从他镇定的语气中我们可以感觉到,这句抱歉是经过掂量的,且他并不打算乞求任何人的包容。

"没关系。"德尚法官回答道,似乎即便克雷已经发表了言论,她依然是那个批准发言权的人。

克雷穿着一件灰色西装,搭配一件开衫,风度十分优雅。卡米尔看着他走到房间正中间,不禁想到,克雷的名字是爱德华,一个优雅的名字。我们得承认,有些父母在取名字这件事情上真的很在行。

医生清了清嗓子,一边翻阅笔记,一边说道:"从心理学角度来看,我们面对的是一个结构典型的案例,只不过在行为模式上有些不同寻常。从心理结构上来讲,凶手是个强迫症。与表象不同的地方是,他也许并不是个破坏狂,而是个有强烈占有欲的人。这种占有欲以破坏欲的形式得到体现,然而这并不是他所追求的第一要义。他想占有女人,只是这种占有并不能给他带来内心的平静,所以他才会杀死她们。但是杀戮也起不到任何作用,就算他占有她们,强奸她们,折磨她们,杀死她们,就算他继续杀红了眼,也不会得到任何平静。他所追寻的东西在这个世界上并不存在。他模糊地意识到自己永远也无法得到安宁。于是他再也停不了手,因为他知道自己的追求永无止境。随着时间的流逝,他对女性积累了一种名副其实的厌恶之情,他并不是讨厌她们本身,而是怨恨她们无法给自己带来平静。此人内心深处十分孤独,近乎悲惨。他不是个冷漠的人,并非对人类的痛苦没有感觉，只是个虐待狂，如果您更愿意这么说的话。这是个悲惨的男人，他对女人穷追不舍，而究其原因，是因为他不能放过自己。"

克雷医生说话十分讲究且语速很慢，显然对自己的解释才能十分自信。卡米尔观察着他从两侧一直秃到头顶的头发，突然觉得，这个男人在四十岁以后，从未如此魅力四射。

"我的第一个疑问——我认为你们应该也跟我一样，是他对现场摆设所倾注的如同发丝般的细心。一般来说，我们会在这样的罪犯身上发现一些符号——没错，就是这个词的本义。这些符号被用来标记他们的'作品'，且通常与他们的幻想有关，甚至经常与他们的初次幻想有关。印在墙上的指纹似乎也让我得出了同样的结论，'我回来了'这几个字更是进一步证实了我刚才说的话，因为这是在明示他的罪行。但是，根据您发给我的初步结论看，"他边说便转向了卡米尔，"这样的符号太多了，实在太多了。物证、地点、现场摆设，无一不清晰指向这条理论：凶手会留下一些痕迹，单纯是为了给自己的罪行签上名字。我认为现在应该换个方向思考。现在我们能知道的，是他十分细心地准备了所有材料，显然他有一个经过精心谋划、反复思考的计划。在他眼里，每一个细节都很重要，甚至至关重要，但是如果我们要去思考每件物品出现的意义，那将是徒劳的行为。与其他类似案件不同的是，这起案件的关键，甚至不是去寻找每件物品在他的个人生活中占据什么样的位置。因为从某种意义上来说，每件物品都不重要，重要的是这个整体。费尽心力地去思考每件物品代表着什么将毫无意义，这就好像我们试图弄懂莎士比亚戏剧里的每个句子。如果这么想的话，那我们永远也看不懂《李尔王》。我们应该寻找的，是这个整体的意义。但是——"他又转头看向了卡米尔，"以我的知识储备，也只能分析到这里了。"

"从社会学角度看,这是个什么样的人?"卡米尔问道。

"是个有一定教养的欧洲人。不一定是文化人,但总归是个脑力劳动者。年龄在三十岁到三十五岁之间。独自生活,可能是鳏夫,或者离异人士,不过我认为他更可能是单身。"

"我们可以估算出这是他第几次犯案吗?"路易问道。

"这是个棘手的问题。在我看来,应该不是第一次。我觉得他的罪行应该是逐渐渗透的,或者更准确地说,是从圆心扩散的,从轴心至外围。他应该是先从强奸妇女开始,然后开始折磨她们,最后再发展到杀死她们。这是个可预见的过程。他的固定作案对象可能不算太多。我们可以肯定的是,他的目标是一些年轻妓女,先是折磨她们,然后杀死他们。除此之外——"

"他有没有可能有精神病史?"阿尔芒问道。

"有可能,也许有一些轻微的行为紊乱。但这是个聪明的男人,他已经习惯了欺骗自己,所以也能毫不费力地欺骗旁人。没有人可以给他带来安宁。女人就是他最后的希望。他狂热地要求这些女人提供她们无法做到的事。他投身于某种永无止境的登峰,除非你们抓住他,否则他再也无法停下来。他为自己的冲动找到了某种解释逻辑。而这种逻辑,就像我方才提到的那样,这种复杂的现场布置……正因如此,他的冲动才能化为行动。但是,在我看来,这种逻辑是没有尽头的。你们会说,这是所有连环杀手的情况。但是,他还稍许有些不同。他所展示出来的极度谨慎,表明了他对自己的行为具有某种高度认知。倒不是说他有某种至高任务,不是这样。不过,也可以说是同一层面的东西吧。一旦他感到自己投入这项任务中去,有两件事是几乎确定的:第一,他永远不会停手;第二,从某种意义上来说,他的犯罪力度将会不断升级。"

克雷看了看法官,然后又看了看卡米尔和勒冈,最后尴尬地扫了一眼所有人:"这个家伙有可能会犯下我们想象不到的惨案,又或者这样的惨案已经铸成。"他最后总结道。

众人沉默。

"还有别的事吗?"法官把两手按在桌上问道。

7

"真是个疯子!"

那天晚上,伊雷娜在餐厅吃晚饭时评论道。

自从她宣布怀孕以来,日子就过得飞快。她的腹部渐渐鼓了起来,继而是她的脸,然后是她的身形、她的髋部,还有走路的样子,一切都变了样,变得更加沉重,也更加缓慢。而在卡米尔眼里,这些变化的到来似乎不像想象中的那般缓慢,它们如同突至的浪潮,一阵阵地涌现。有一天回家的时候,他突然发现伊雷娜的雀斑突然间增多了。他温和地把这件事告诉了她,因为他觉得这很美,但也有些令人惊讶。伊雷娜微微一笑,轻抚着他的脸庞。

"亲爱的。这不是突然之间增多的。也许是因为我们已经十多天没有一起吃晚饭了吧。"

他有些不悦。伊雷娜丢给他一个陈旧过时的画面:男人在外工作,女人在家里等待。他不知道自己最不能忍受的是什么,是无法忍受现状,还是无法忍受自己的平庸。伊雷娜总是占据着他的思想,甚至他的生命,他每天都会想她一百次,想到孩子即将出生,每天都会被冲昏头脑一百次,这让他在工作时无法集中精神,让他以一种新的方式来看待自己的一生,就好像刚刚结束手术的白内障病人。所以,抛弃伊雷娜的指责让他难过。但是,在内心深处,他再怎么否认也无济于事,他知道自己错过了某个转折点。头几个月里,并没有遇到什么问题。伊雷娜工作也很忙,有时也工作到很晚。长期以来,他们为了适应这种不便,已经对生活做出了相应安排。有些时候,他们会不谋而合地在各自办公室的中间地点找到一个餐馆共进晚餐,他们互相打电话,然后气恼地发现已经快晚上十点钟了,然后赶忙跑到小区的电影院去看最后一场电影。那是一段简单的时光,充斥着各种简单的快乐。总之,他们玩得很开心。在伊雷娜不得不停止工作后,一切就发生了转变。她会整天地待在家里。"有他陪着我呢。"她总是一边抚摸肚子,一边说道。卡米尔则继续像以前一样工作,一样晚归,并没有意识到,他们的生活已经不再同步。所以,这一次他可绝对不能搞砸。傍晚的时候,他犹豫了很久之后,终于下定决心向路易寻求意见,毕竟路易在得体礼仪方面可称得上是个专家了。

"我需要找家合适的餐厅,你明白吗?一家非常好的餐厅。是为了庆祝我们的结婚纪念日。"

"那我向您推荐'米歇尔家',"路易向他保证道,"绝对是个完美的地方。"

卡米尔正准备询问价格,但他的自尊心亮起了红灯,禁止他做出任何举动。

"不然的话,还有'餐盘'这家。"路易继续说道。

"谢谢你,路易,'米歇尔家'就很好,我可以肯定。谢谢!"

8

伊雷娜准备得如此充分，可以看出来，她早就准备好了。卡米尔正准备抑制看手表的想法。

"好了，"伊雷娜微笑着说道，"毫无疑问是迟到了，但是还能接受。"

当他们朝车的方向走过去时，卡米尔担心地看着伊雷娜的步伐。她的脚步更加沉重了，脚像鸭掌一样，腰弯得更加厉害，肚子也垂得更低了。她身上的一切看起来都很疲倦。于是卡米尔问了一句："你还好吗？"

伊雷娜停留了片刻，把手放在手臂上，意味深长地微笑，然后回答道："我很好，卡米尔。"

不知道为什么，他感觉伊雷娜回答的语气，甚至她的姿势中，都透出一股恼火，就好像他已经问过同样的问题，却没有注意她的回答。他开始责备自己从来没有给伊雷娜足够的关心，并因此感到愠怒。他的确爱这个女人，但也许他并不是一个好丈夫。于是他们在沉默中走了几百米，两人都没有说话，感觉这沉默像没来由的斥责。经过电影院门前时，卡米尔瞥见了一个女演员的名字，格温德琳·普雷恩。打开车门时,他在想这名字好像在哪里见过,却什么都想不起来。

伊雷娜默默地坐到车上,卡米尔不禁心想,这是个怎样的心结,他们又是如何走到这一步的。伊雷娜心里应该也在想同样的问题,但是她表现得更加机智一些。在卡米尔准备发动车之时,她抓住他的手,放在了大腿上面,离紧绷的肚子很近的地方,然后她突然抓住他的后颈,把他拉过来,久久地吻了上去。然后,他们相互看着对方,震惊于这么快就从刚刚深陷的坏气氛中逃离出来。

"我爱你们。"伊雷娜说道。

"我也爱你们。"卡米尔边说边深情地看着她。

他的手指慢慢地滑过伊雷娜的额头,滑过她的眼周,最后停留在她的嘴唇上。

"我也爱你们。"

"米歇尔家"的确不错,是个很有巴黎风格的餐厅,到处都是镜子,服务生们穿着黑色裤子和白色上衣,人声鼎沸,如同在火车站大厅。餐厅的麝香白葡萄酒冰凉。伊雷娜穿着一条黄红印花裙,尽管她已经预先买了大尺寸,但随着孕期体重的增加,裙子还是显得有些紧了,当她坐下来的时候,扣子开始微微半开。

餐馆里的人不少,周围的噪声也为他们创造了完美的私密环境。他们开始谈论起伊雷娜不得不中断剪辑的电影,但她的几个朋友依然会告知她项目的进展,伊雷娜也向卡米尔询问他父亲的近况。

伊雷娜第一次到卡米尔家时,他的父亲接待了她,那场景就好像他们已经相识很久一样。吃完饭后,他送了伊雷娜一个礼物,是巴斯奎特的一幅作品。卡米尔的父亲有不少钱。他曾高价售出自己的药房，然后早早退休。卡米尔不知道他卖了多少钱，但是这笔钱足以让他维持一间显然过大的公寓，雇用一个并不需要的女清洁工，买下看不完的书、听不完的音乐，以及进行近两年开始的偶尔的旅行。有一天，父亲向儿子征求意见，希望能把他母亲的画作卖出去，自从画室关闭以来，很多画廊老板一直对这些画垂涎不已。

"这些画就是为了给人看的。"卡米尔回答道。

他只留了少数几幅画，而父亲则只留了两幅：第一幅和最后一幅。

"卖画的钱是留给你的。"他的父亲谈到想要出售的画作时，跟他这样说道。

"你把它花掉吧。"卡米尔一边这样说，一边又含糊地希望父亲不要动这笔钱。

"我给他打过电话了，"卡米尔说，"他很好。"

伊雷娜吃得狼吞虎咽。卡米尔则贪婪地盯着她看。

"你转告路易，这家餐厅真的很棒。"她边说边把餐盘轻轻推开。

"我会把账单也转交给他的。"

"小气鬼。"

"我爱你。"

"最好是这样。"

等到吃甜点时，伊雷娜问他：

"所以你的案子进展得怎么样了？我刚刚在广播里听到那个法官……叫什么来的？德尚，是吗？"

"是的。她说什么了？"

"没说什么要紧的话，但我觉得事情好像挺恐怖的。"

看到卡米尔用眼神追问她，她继续说道："她说有两个年轻女人在库尔贝瓦的一处公寓里被杀害了，是两个妓女。她没有谈论太细节的东西，但我感觉好像挺可怕的。"

"算是吧。"

"她还宣布这起案件跟另外一起旧案有关联，是特朗布莱案，对吗？当时也是你负责的吗？"

"不，本来不是我负责的，但现在是了。"

他没有什么心思来讨论这些，心绪十分复杂。没人会在结婚纪念日跟自己怀孕的妻子谈论死去的女人。但是，也许伊雷娜察觉到了，这几个死去的女人一直占据着他的思想，即便有时她们已经走出去，但总有人或事能再次将她们召唤回他的脑海里。卡米尔浅显地解释了事情的现状，吞吞吐吐的样子，显得笨拙不堪。有些话他不愿说出来，有些细节他不愿明示，还有些画面他不愿谈论，于是他的谈话间充满了各种尴尬的沉默、犹豫的句型以及环顾餐馆四周的眼神，他似乎试图在餐馆里找回他丢失的词语。鉴于此，他只是谨慎地开了个头，然后马上就开始苦于找不到合适的句子和词语，于是他无奈地摊了摊手。伊雷娜明白，他没能解释的东西确实是无法解释的。

"这家伙简直是个疯子。"她就自己的理解，做出了最后总结。

卡米尔解释说，在他的职业生涯中，这样的故事可能只会发生在百分之一的警察身上，然而一千个警察里也挑不出一个愿意站在他位置上的人。在卡米尔看来，伊雷娜跟很多人一样，对警察职业的理解完全基于她看过的一些侦探小说。卡米尔这样跟她说的时候，伊雷娜回答道："你什么时候看到我读侦探小说了？我讨厌这种类型。"

"你读过一些吧？"

"我只读过《无人生还》！当时我正要去怀俄明待一段时间，我父亲认为这是让我习惯美国思维的最好方式。他的地理一直很烂。"

"看来，你跟我也差不多，我也很少读侦探小说。"卡米尔说道。

"我更喜欢电影。"她的微笑如猫咪般乖巧。

"我知道。"卡米尔回答道，脸上挂着哲学般的微笑。

这语气中的责备透出夫妻间心知肚明的把戏。卡米尔用餐刀在桌布上不断画着树的轮廓。然后，他看着伊雷娜，从口袋里掏出一个方形的小盒子。

"纪念日快乐。"

伊雷娜应该在想，她的这个老公可真是缺乏想象力。两人结婚当天，他送了妻子一件首饰，在妻子宣布怀孕时又送了首饰。现在，才过去了几个月，他再次送了同样的东西。她并没有抱怨，因为她知道，比起很多只有在周末才能得到丈夫宠幸的女人，她已经十分幸运了，她已不再想太多。这时她掏出了一件巨大的礼物。方才坐下时，卡米尔看到她把这件礼物放在了旁边的椅子上。

"你也是，纪念日快乐。"

卡米尔记得伊雷娜送他的所有礼物，每次都不一样，他感到了些许羞愧。在邻桌惊讶的眼神中，他拆开包装纸，从里面拿出一本书：《卡拉瓦乔之谜》。书的封面印着《老千》这幅画的细节，画面里有四只手，其中一只戴着白手套，另外一只拿着即将打出的牌。卡米尔知道这幅画，于是马上脑补出了全幅内容：一个戴着红帽子的女人，眼神瞥向一个女仆，桌上摆着一些硬币，给自己的警察老公送上一本凶手画家的画册，这确实是伊雷娜能想出来的主意。

"你喜欢吗？"

"非常喜欢。"

他的母亲也很喜欢卡拉瓦乔。他还记得母亲对《手提歌利亚头颅的大卫》这幅作品给出的评价。此时他翻着画册，刚好翻到了这幅画。他的眼神停留在歌利亚的脸上。确实,他这一整天满脑子都是被砍下的人头。

"人们肯定会说,这是一场善恶之争,"他的母亲这样说道,"你看大卫,他疯狂的眼睛,还有歌利亚,他痛苦而平静的表情。哪里是善,哪里是恶呢?这可真是个大问题。"

9

从餐馆出来以后,他们又牵着手散了会儿步,一直走到林荫覆盖的大街上。在外面或是在公众场合时,卡米尔从来都只能牵伊雷娜的手。他也想可以环抱她的肩膀或者腰,倒不是因为想跟别人一样,只是觉得缺乏一种标记所有权的动作。随着时间的流逝,这样的遗憾也逐渐变得淡薄。如今他已经变得满足,简单的牵手也是一种低调的标记所有权的方式。伊雷娜缓缓地放慢了脚步。

"累了吗?"

"对,好累啊。"她喘着气微笑着说道。

她把手放在肚子上,像是在抚平一个不存在的褶皱。

"我去把车开过来。"卡米尔建议道。

"不用了。"

然而,这还是很有必要的。

当时天色已晚,林荫道上依然有很多行人。他们约好,伊雷娜在一家咖啡厅露天平台等卡米尔开车来接她。

走到林荫道的街角时,卡米尔回头看了看伊雷娜。他的脸色也变了,心里突然紧了一下,因为他感到一段无法逾越的距离正迫使他们两人分离。伊雷娜把手放在肚子上，尽管她的眼神依然在好奇地打量着夜色里过往的行人，但是她已经活在了自己的世界里，活在了她的肚子里，卡米尔感到自己被排除在外。他的忧虑最终还是平息下来，因为他知道他们之间的距离并不是因为感情出了问题，而是出于一个简单的理由：伊雷娜是个女人，而他是个男人。这才是他们之间不可逾越的鸿沟，不管是昨天还是今天，这条鸿沟并没有任何变化。甚至正是由于这种不同，他们才会相遇。想到这里，他不禁微笑起来。

当他陷入沉思时，伊雷娜已经消失在他的视线中。一个年轻男子跟他一样来到人行道边等待过马路，他的身影横在了卡米尔和伊雷娜两人中间。卡米尔发现自己的视线只能与他的肘部齐平，不禁想道："现在的年轻人可真是高得离谱。"等走到林荫道的另一头，他把手插进口袋里搜寻车钥匙时，追逐了大半个晚上的那条记忆链突然间蹦进脑海。刚刚在电影院瞥见的那个女演员的名字，格温德琳·普雷恩，让他想起的是《笑面人》里的主人公格温普勒，还有那句他本以为已经遗忘的话："伟大的人可以成为他们想成为的一切，而渺小的人只能成为他们能够成为的一切。"

10

"用油画刀,我们可以控制颜料的厚度。你看——"

母亲并不经常花时间给别人提供建议。画室里弥漫着松脂的味道,母亲潜心画着各种红色。她在画作里运用了出人意料的大片红色:血红、胭脂红、暗如夜色的深红。画刀在压力的作用下呈现出弯折,母亲把大团颜料铺在画布上,然后慢慢推开。母亲喜欢各种红色,我有一个喜欢红色的母亲。她慈祥地盯着我说:"卡米尔,你也喜欢红色,不是吗?"出于害怕,卡米尔本能地往后退去。

凌晨四点刚过,卡米尔突然从梦中惊醒。他侧身找到了昏睡的伊雷娜,然后屏气凝神地听她缓慢而均匀地呼吸,听身怀六甲的她发出轻微的鼾声。他小心翼翼地把手放在伊雷娜的肚子上。碰到她温热的皮肤,感受到她被撑开的光滑肚皮,卡米尔这才慢慢找回呼吸。他依然未从惊醒后的迷糊中缓过神来,两眼四处环顾着黑夜中的房间,看到光线从窗户的缝隙里透进来,漫出一些散光。他试着抚平自己的心跳。"这完全不对劲啊。"他发现自己的额头上渗出大颗汗珠,流到眉毛上,继而模糊了他的视线。

他小心地起身，用冷水久久地按摩着脸。

卡米尔平时很少做梦。"我的潜意识从不来叨扰我。"他总是说着这样的话。

他去喝了一杯冰牛奶，然后坐在沙发上。浑身上下都非常疲惫，大腿十分沉重，背部和肩颈也僵硬无比。为了放松自己，他从下至上、从左到右地慢慢晃动着脑袋，尝试把库尔贝瓦公寓里两个女孩尸体的画面赶出脑海。他的思想一直在害怕中转圈。

"我这是怎么了？"他心里想道，"你得振作起来。"但是，思维仍然一团混乱。"深呼吸！想想你这辈子遇到的所有恐怖事件，以及所有残缺的尸体，这两具只是更恐怖一些，但它们不是你最先见到的，也不会是你最后见到的。你只是在完成自己的工作，仅此而已。卡米尔，这只是一份工作，不是一项任务。既然接受了这份工作，就要全力以赴。尽你最大的努力，找出这个家伙，但是，不要因为这件事毁了你的生活。"

然而，梦境的结尾突然间涌入脑海。母亲在墙上画了一个年轻女孩的脸，正是在库尔贝瓦死去的那个年轻女孩的脸。这张黯淡的脸突然活了过来，像花一样慢慢绽开，一朵重重叠叠的暗红色的花，就像一朵雏菊，或者牡丹。

卡米尔猛地停了下来。他站在客厅中央，意识到身体里正在发生某件他无法名状的事。他一动不动地等待着，肌肉再次变得僵硬，呼吸也变得小心翼翼。他不想破坏任何东西，一条纤细而脆弱的线索正在他的身体中舒展开来。他纹丝不动，双眼紧闭，探寻着被钉在墙上的那个女人的头像。但是梦境里的关键不是她，而是那朵花。还有别的东西，这种确切的感觉在卡米尔身体里油然而生。他不再移动，思维如浪潮般涌现，然后在他身后远远退去。

思潮每涌动一次，这种确切的感觉就更进一步。

"见鬼！"

这个女孩是一朵花。是什么花？该死的，什么花？卡米尔已经完全清醒过来，大脑以光速运转着。有很多花瓣的花，长得像雏菊，或者牡丹。

突然，思潮把这个词带到了眼前，显然这一切是如此清晰可见，简直令人难以置信。卡米尔终于明白他错在哪里了：他的梦境牵涉到的不是库尔贝瓦案，而是特朗布莱案。

"不可能吧——"卡米尔难以置信地想。

他匆忙走进书房，一边咒骂着自己的笨拙，一边暴力抽出特朗布莱案的犯罪照片。所有的照片都在这里，他一张一张地快速翻阅着，想找眼镜，却没能找到。于是，他把照片一张张举起来，凑到窗户的蓝光前。他慢慢凑近正在寻找的照片，终于找到了。照片里这个女孩的脸，嘴巴上的伤口从左耳连到了右耳。他又重新翻阅了卷宗，找到了那张尸体的照片。

"真是难以相信。"卡米尔边说边看向客厅。

他走出书房，直愣愣地站在书柜前。矮凳上堆满了这几个星期以来的书和报纸，他把这些书和报纸移开，同时脑子里一节一节盘点着那些链条：格温普勒，《笑面人》，带着"全开"微笑的女人的头像，笑面女人。

至于那朵花，牡丹花，代表什么呢……

卡米尔踩上踏步梯，手指在书背间游走。这里是几本西姆农的书，有几个英国作家的，有美国作家的，这里是霍勒斯·麦考伊，紧随其后的是詹姆斯·哈德里·切斯的《兰花的肉体》。

"兰花……肯定不是。"他最后在高处选中一本，把书碰落下来。是大丽花。

"这完全不是红色。"

他坐到沙发上,把书拿在手里端详了片刻。书的封面画着一个年轻的黑发女郎,看起来像是二十世纪五十年代的肖像画,也许是发型的缘故吧。他机械地看了一眼版权页:

一九八七年。

在书的封底,他看到下面这段文字。

一九四七年六月十五日,在洛杉矶的一片空地上,人们发现了一具赤裸的尸体。死者是一名二十二岁的年轻女性,名叫贝蒂·肖特,外号又叫"黑色大丽花"。

他清晰地记得故事的情节。眼神在书页中快速游离,不时截获一些短小片段,然后他停在了第九十九页上。

地上躺着一具裸体女尸,遭受了损毁,部分器官不见了,所有伤口都深可见骨,但最可怕的还是女孩的脸。

"你在干什么,你不睡吗?"

卡米尔抬起头来,看到伊雷娜穿着睡裙站在门边。

他把书放下,走到伊雷娜身边,手放在她的肚子上。

"去睡吧,我马上就来,马上就来。"

伊雷娜就像一个被噩梦惊醒的孩子。

"我马上就来,"卡米尔又说道,"快去睡吧。"

他看着一脸倦意的伊雷娜摇摇晃晃地回到了房间。刚刚放下书的时候，他把看的那一页反过来盖在了沙发上。"真是个蠢主意。"他心想。但他还是坐回沙发上，再次拿起书。

他把书翻过来，找了一会儿，继续看起来。

  这张脸完全被紫色的瘀伤覆盖，鼻子被打得深深内陷，嘴巴从左耳到右耳被割成了一个不怀好意的微笑，像是在嘲笑身体遭受的其他凌虐。我知道我会把这个笑容带进坟墓。

"我的天！"

卡米尔继续翻了一会儿书，然后把它放下。他闭上眼睛，眼前又出现了年轻的曼努埃拉·康斯坦萨的照片，还有她脚踝上的绳索勒痕……

他继续看了起来。

  漆黑的头发没有缠上血块，干净得仿佛杀手在弃尸前用香波给她洗了头。

他再次把书放下，想回到书房去，再看看那些照片。还是算了吧，仅凭一个梦。简直是一派胡言。

二〇〇三年四月九日　星期三

1

"说实话，卡米尔，你真的相信这些鬼话吗？"

早上九点，两人在勒冈办公室里交谈。

卡米尔凝视着上司沉重而疲惫的两颊，心想：里面究竟装了什么东西，看起来这么沉？

"在我看来，"卡米尔说道，"让我震惊的是，之前没有任何人想到这一点。你不得不承认，这十分蹊跷。"

勒冈一边听卡米尔说话，一边继续阅读，快速跳过一个又一个标签。

然后他摘下眼镜，放在身前。卡米尔在这间办公室的时候，总是保持站立的姿态。有一次，他曾经尝试在勒冈对面的一张扶手椅上坐下，但那感觉就如同在一个铺满枕头的井底，从椅子上下来时，他只能垂死挣扎般地从中脱身。

勒冈把书翻过来看了看封面，撇了撇嘴表示怀疑。

"没听过。"

"你可别怪我，我得跟你说这是本经典作品。"

"这样啊。"

"我明白了。"卡米尔说道。

"听着，卡米尔，我觉得我们的麻烦已经够多了。显然，你给我看的这些东西……怎么说呢？是很令人不解……如果你愿意的话……但是，这能说明什么呢？"

"这说明那家伙参照了这本书。别问我为什么，我也不知道。但是这一切都对应上了，我又重新读了那些报告。目前为止，调查里所有说不通的那些问题都在这本书里找到了存在的理由。死者的身体被一分为二，我就不跟你提那些烟头的烫痕，还有脚踝上一模一样的绳索勒痕了。当时没人能弄明白凶手为什么给死者洗了头发。现在这一切都说得通了。你再看看尸检报告。没人知道为什么现场少了部分脏器。现在我告诉你，他这么做是因为书里是这么写的。没人能解释为什么我们找到了一些——"卡米尔在思考用什么词语更准确，"一些无关紧要的标记，在身体上似乎有一些鞭子抽过的痕迹。让，这概括了所有因素，没人能搞懂这一切代表着什么，但这本书已经概括了所有，一切都在书里找到了对应。所有的东西都白纸黑字地写得清清楚楚，明明白白。"

有时候，勒冈会用一种十分奇怪的方式看着卡米尔。他十分倾慕卡米尔的智慧，即便后者有时也会胡说八道。

"你会把这些话说给德尚法官听吗？"

"我不会。但是你呢？"

"我可怜的老兄——"

勒冈朝放在桌脚的公文包弯下腰去，然后把当天的报纸递给他。

"在发生这件事以后吗？"勒冈问道。

卡米尔从外套的内侧口袋里掏出眼镜，然而不需要眼镜他也能看清自己的照片和文章的标题。他坐了下来，心跳明显加速，手心也变得湿润起来。

2

《晨报》最新头版。

照片里是从上往下俯拍的卡米尔,他正抬头往上看,一副不好惹的样子。照片应该是他跟媒体说话的时候被拍下的,而且明显被修过。他的脸看起来比现实中的更宽,眼神也更加严厉。

"专访"两个大字下面有一个标题:

大人院里的警察

我们的报纸正在追踪报道的库尔贝瓦惨案,在有必要的情况下,又扩展出一个新的维度。据专门负责审理此案的德尚法官说,此次案件中发现了一枚用橡胶印章盖上去的清晰可见的假指纹。这项证据毫无争议地把这起案件与另一起发生于二〇〇一年十一月二十一日的同样悲惨的案件联系在了一起。这是阴云密布的一天,人们在特朗布莱的一个垃圾场发现了一具年轻女尸,凶手至今依然逍遥法外。

对范霍文警官而言,这是件好差事。他奉命牵头调查这起不同寻常的双重案件,这将进一步突出他作为杰出警察的光辉形象。当然这一切无可厚非。当一个人需要维护自己的名声时,就必须抓住一切可以抓住的好机会。

对一件事说得越少,就显得我们知道得越多。卡米尔·范霍文将这句话奉为座右铭,并主动加上了言语简练、用词神秘两条原则,全然不顾媒体对于消息的渴望。显然,卡米尔·范霍文对此毫不关心。不,他想要的,是成为一流的警察,一个不需要解释案情,只需要解决案件的警察,一个只关注行动和结果的人。

卡米尔·范霍文有自己的原则和上司。不过,即便你去澳尔菲弗尔河岸的警局去找到这些人也无济于事。不,对于一个自命不凡的人来说,这样的手段太过平庸。总的来说,他效仿的更多是福尔摩斯、迈格雷或是山姆·斯佩德之类的大侦探,又或许是鲁尔塔比伊一类的人物。他热衷于收集这些人身上的特质,培养此人的敏锐直觉,学习彼人的耐心,又或者是第三者的悟性,再从第四人身上学来所有人都想得到的东西。他的谨慎让众人着迷,但只要离他足够近,就不难看出他是多么渴望成为一个神话。

他的野心或许有些过分,但是这样的野心立足于如下事实:卡米尔·范霍文是个十分优秀的专业警察,有着不同寻常的履历。

作为画家莫德·范霍文的儿子,卡米尔从前也有过作画经历。他的父亲是一名已经退休的药剂师,他对儿子的画作低调地评论道:"画得还不赖。"卡米尔早期遗留下来的一些作品(一些隐约透着日式风格的风景画,还有几张专心致志的肖像画，看得出来是花了些工夫的），依然被他的父亲虔诚地收藏在一个纸箱里。卡米尔清楚地知道，如果想要成名，自己拥有什么样的才能优势，同时又会碰到什么样的困难。尽管如此，他还是更倾向于选择法学院。

当时，他的父亲希望他成为一名医生，但是年轻的卡米尔并不急于取悦父母。他既没有成为画家，也没有当医生，而是以优异的成绩取得了法学硕士学位。毫无疑问，他的做法是明智的：他可以选择做大学教授，也可以成为律师，总之他有选择的余地。但是，他想上的是国家警察学院。他的家人对此感到疑惑。

"这真是个奇怪的选择，"他的父亲若有所思地说，"卡米尔是个古怪的男孩。"

古怪的男孩，没错，年轻的卡米尔总是能逃出所有预测，成功打败所有规则。因为他喜欢出人意料的感觉。我们可以想象，招生评委们看到他以后，一定在猜测他的残疾将会带来什么样的后果，于是他们交头接耳，决定在入学考试中把这个身高一米四五的男人收入警察学院。鉴于他的身高，他只能使用特制汽车，在许多日常生活场景中，常常必须依赖身边的环境。但这又有什么关系呢？卡米尔知道自己想要的是什么，他以第一名的成绩通过了入学考试。然后，为了显示自己的实力，又以同届第一名的成绩通过了毕业考试。他的职业生涯看起来一片光明。那时卡米尔·范霍文就已经十分关心自己的名声，他从不要求任何特殊照顾，也从不犹豫申请最苦的岗位，于是他来到了巴黎郊区，因为他坚信，这些岗位迟早会把他送到自己最希望停泊的港湾：警局。

原来，他的朋友勒冈警官在这里任职，几年前两人曾经共事过。他在郊区经历了动荡的几年，积累了一些经验，也留下了愉快的回忆，只是工作履历算不上令人印象深刻。在这之后，我们的英雄人物终于来到了刑警大队这个能让他的才干大放异彩的地方。这里使用了"英雄"这个词，是因为在流言蜚语中人们已经对他如此相称。可到底是从谁开始的呢？我们不得而知。卡米尔·范霍文从未揭穿此事，他维护着自己勤奋而专注的警察形象，破了几桩鲜有媒体报道的案件。他总是惜字如金，做出一副才能可以代表一切的派头。

卡米尔·范霍文对人总是敬而远之，但是他毫不避讳地认定自己是不可或缺的人物，并乐于营造神秘的氛围。在刑警大队或是别的地方，人们对他的了解仅限于他主动透露的信息。在谦虚的面具下，隐藏着一个狡黠的男人：这个独行侠显然是在卖弄自己的克制，希望在电视舞台前展示自己的谨慎。

如今，他手里握着一桩极其丑恶且十分离奇的案件，连他自己也说，这是一起"十分残忍"的案件。除此之外，我们别无所知。但是此话已出，短短一个词，却极具力量，且十分高效，这完全就是英雄人物说出来的话。只需要一个词就说明他现在负责的并不是常规案件，而是特大刑事案件。范霍文警官十分擅长操控言论，精通欲擒故纵之艺术。他先是在沿路无心埋下一些媒体炸弹，将它们延迟引爆后，又假装露出震惊的表情。一个月后，他将升级成为人父，但这并不是满足他不朽的野心的唯一途径：在所有内行人的口中，他已经成为那个人们所谓的"伟大警察"，正怀着无限耐心不断打造着属于自己的神话。

3

卡米尔小心地把报纸折好。勒冈不喜欢这位朋友的突然沉默。

"卡米尔,就当他们放屁,你听明白了吗?"

卡米尔依然保持缄默,勒冈继续问道:"你认识这个家伙吗?"

"昨天他蹲点逮我,"卡米尔松口道,"我对他没那么熟悉,但是他似乎很了解我。"

"最重要的是他好像不太喜欢你。"

"这我一点儿也不在乎。让我感到烦恼的,是这件事将产生的滚雪球效应。其他报纸会捧过接力棒,然后——"

"而且,法官对昨天晚上的电视访谈已经很不满了。现在案件调查才刚开始,你就已经吸引了所有媒体的注意力,你明白吗?我知道,这不能怪你,但现在又出了这篇文章。"

勒冈把报纸拿起来,然后夹在腋下,像一幅肖像画,又像团狗屎。

"整个版面都是你,你的照片,还有这些乱七八糟的东西。"

卡米尔盯着他看。

"现在只剩下一个办法了,卡米尔,你跟我一样心知肚明:必须速战速决。特朗布莱案里的印证信息应该能帮上你，然后——"

"你看了特朗布莱案吗？"

勒冈开始用手挠着脸颊一侧。

"我知道，这玩意儿不简单。"

"不简单，这是挑好听的说了。我们什么都没有，任何线索都没有。仅有的信息都只能让案件变得更加复杂。我们只知道要对付的是同一个人，而且连他到底是不是独自作案都不确定。在库尔贝瓦，他以各种方式强奸了两名死者；而在特朗布莱案中，没有任何强奸的迹象。你能看出这有什么关联吗？在库尔贝瓦，凶手使用了屠夫刀和电钻；而在特朗布莱，他不惜气力地清洗了死者，至少清洗了留在现场的尸体。等你找到关联你就打断我行吗？在库尔贝瓦——"

"行了，"勒冈妥协地说道，"这两个案件的关联也许帮不上什么忙。"

"确实，也许帮不上忙。"

"但这也不能说明你的这本书，"勒冈把书的封面翻过来，显然他根本没记住书的名字，"你说的这本《黑色大丽花》——"

"莫非你有更好的推论？"卡米尔打断了他，一边在外套的内侧口袋里翻找，一边继续说道，"你来给我解释解释，我来记笔记。"

"别说这种蠢话了，卡米尔。"勒冈说。

两人沉默了片刻，勒冈盯着书的封面，卡米尔则仔细观察着这位老兄紧皱的眉头。

勒冈有很多缺点，这是他几位前妻的一致观点，但愚蠢绝不是其中之一。他甚至曾跻身于最优秀的警察行列，有着过人的智慧。只不过，根据彼得原理，一旦人们被提拔至无法很好发挥才能的岗位，就会成为一个无所作为的人。卡米尔与勒冈是很老的朋友，看着自己的老友在负责人的职位上消磨着自己的才能，卡米尔为此感到十分痛心。勒冈则坚持不去怀念往日时光，在那些日子里，他对工作过于着迷，以至于付出了三段失败婚姻的代价。在负担赡养费这件事上，他已经成了冠军。卡米尔认为，这些年勒冈不断积累的体重是一种出于自我保护的条件反射。在他看来，勒冈以此来逃避任何新的婚姻关系，且他满足于应付从前的婚姻，眼睁睁地看着自己的工资被生活的窟窿吞噬殆尽。

他们的相处模式已经成为定式：勒冈忠诚地坐在上级的位置上，当卡米尔的论据足以令他信服的时候，他就会从一个挑战者的角色变成同谋者。他在扮演这两个角色时所展现的才能，可以说是旗鼓相当。

这一次，他却犹豫了。对卡米尔来说，这可不是个好消息。

"听着，"勒冈正脸看着他，终于说道，"我没有更好的推论，但是你的说法并没有因此更占理。什么？你找到了一本书，书里有类似的罪行描写？自古以来就有男人杀害女人，他们几乎已经穷尽了所有犯罪情节。积累到一定时间以后，自然就会出现雷同的情节。所以，卡米尔，你没有必要去书柜里找这些东西，这世上的所有戏码都在你的眼皮底下上演。"

然后，他用一种痛苦的眼神看着卡米尔。

"这还不够，卡米尔。我会支持你，尽我最大力量支持你。但是我现在就可以告诉你，这些证据还不足以说服德尚法官。"

4

"詹姆斯·艾尔罗伊。确实,这挺出人意料的。"

"你就只有这句评论吗?"

"不,不,"路易抗议道,"我是说,这确实十分——"

"十分蹊跷,是吧?我知道,勒冈也跟我说了同样的话。他甚至还向我提出了一个绝佳理论,从人类出现的那一刻开始,就有男人杀女人这种事,你知道他想说什么吧?我根本不在乎他怎么说。"

马勒瓦尔把手插在口袋里,背靠在办公室门口,摆出他早晨惯用的脸色,尽管才不过上午十点钟,他看起来甚至比平时更加疲惫。阿尔芒几乎跟挂衣架融为一体,若有所思地盯着自己的鞋子。至于路易,卡米尔让他暂时坐在办公桌前去读那本书的内容。他穿着一件漂亮的绿色外套,是用轻柔的羊毛料制成的,搭配一件奶油色衬衫和一条斜纹领带。

路易和卡米尔的阅读方式大相径庭。卡米尔指定他坐到扶手椅上去时,他便舒舒服服地坐下,然后一只手摆在书页上,认真地读了起来。这场景让卡米尔想起了一幅画,却怎么也记不起来这画叫什么名字。

115

"您是怎么想到《黑色大丽花》的?"

"这很难解释。"

"您认为,从某种程度上来说,特朗布莱案的凶手是模仿了这本书?"

"模仿?"卡米尔问道,"你可真会说话。他把一个女孩一分为二,残忍地对待她的尸体,又把尸体清洗干净,用洗发水给她洗了头发,然后扔在了一个公共垃圾场!如果这是个搞模仿表演的人,那万幸他没有用语言模仿。"

"不,我是想说——"

路易羞愧得涨红了脸。卡米尔看着他的其他两位伙伴。路易用洪亮的声音读着书里的内容,随着内容的进展,他的声音慢慢变了样。读到最后几页时,他的声音已经低到几乎听不见,要竖起耳朵才能分辨。听完以后,大家都默不作声。卡米尔不知道他们的态度到底是因为书里的内容还是因为他的这种推论。办公室里弥漫着沉重的氛围。

卡米尔突然间明白了,这种态度也许并不是因为当下的情况,而是因为他的队员们都看了今天早上的报纸。这篇文章应该已经在整个警局传阅开来,并火速传到了德尚法官那儿,甚至传到了法院那里。这样的信息就像是癌细胞,自带某种传播生命力。他们如何看待此事,又从中得出了怎样的结论呢?沉默似乎不是个好的迹象。如果他们对他表示同情,那应该早就有所表达;如果他们毫不在意,就应该早已遗忘此事。但是他们一言不发,显然并未言明心中所想。整个头版都在谈论他,文章不怎么讨喜,却给他做了个漂亮的广告。他们真的相信这是串通好的?卡米尔也对此感到十分满意吗?文章对他的团队只字未提,不管写得讨不讨喜,这些文字通篇都只在谈论卡米尔·范霍文。而今天,这个伟大的男人带来了他愚蠢的推论。他身边的所有人似乎都消失了，现在他们用沉默来回应这种消失，既不表示反对，但也不是完全漠视，而是感到了失望。

"有可能吧。"马勒瓦尔谨慎地松口道。

"那这意味着什么呢？"阿尔芒问道，"我是说，这跟我们在库尔贝瓦找到的东西有什么关联呢？"

"我不知道，阿尔芒！我们摊上了一件十八个月前的旧案，作案细节跟书里的描写十分雷同，除此之外，我什么也不知道！"

所有人都沉默了，他又继续说道："你们说得对，这是个愚蠢的想法。"

"所以，接下来怎么办？"马勒瓦尔问道。

卡米尔接连看了看眼前的三个男人。

"我们要去问一个女人的意见。"

5

"确实,这有几分蹊跷。"

他本以为德尚法官会有所怀疑,但奇怪的是,电话里的声音丝毫没有质疑的语气。她只是简单地说了这句话,像是在自言自语。

"如果您的猜测是对的,"法官说道,"库尔贝瓦案的罪行应该也在詹姆斯·艾尔罗伊的某本书里或者别的什么书里出现过。我们必须进行验证——"

"这倒不一定,"卡米尔说道,"艾尔罗伊这本书的灵感来源于一则真实的社会新闻。一九四七年,一个叫贝蒂·肖特的年轻女孩正是在这样的情形下被杀害的。这本书以这起事件为中心,重新编写了一个虚构故事。这起事件在当地一定十分有名。他把这本书献给了自己的母亲,后者于一九五八年被人杀害。有好几条可能的线索。"

"确实,这不太一样。"

法官思考了片刻。

"听着,"她终于说道,"在法院那边,这条线索有可能看起来不太严肃。这里面确实有一些重合因素,但是目前我看不出该如何利用它们。我很难想象,要如何下令让整个警局的人看完詹姆斯·艾尔罗伊的所有作品，我不能把警局办公室变成图书馆阅览室，您明白吗？"

"当然。"卡米尔认同道，意识到自己并未对她的回答抱太多期望。

显然，德尚法官人并不坏。从她的声音中可以听出来，她十分真诚地感到失望，因为她无法给出其他答复。

"听着，如果找到任何可以印证这个推论的东西，我们到时再看。目前，我觉得最好还是……从更传统的角度继续调查，您明白我的意思吗？"

"我明白。"卡米尔回答道。

"警官，您也清楚，现在的情况有些……特殊。假如事情只涉及你我，那我们也许还可以把这个推论认为是一种可能的基础，但是现在我们不是独自面对——"

"终于要切入正题了。"他在心里想。他的胃部突然之间绞在一起，并非因为害怕，而是担心自己受到伤害。他已经被人捉弄了两次。第一次是鉴定部门的技术人员在记者面前把尸体抬出去的时候，第二次就是这名记者在最坏的时机潜入他的私人生活。卡米尔不想成为受害者，更不想否认自己的笨拙，尤其是当这一切十分明显的时候。总之，他对眼下正在发生的一切十分不满，在这些事情接踵而至时，他已经被逼到了边缘。勒冈、法官，甚至他的团队成员，没有一个人认真看待他的推论。奇怪的是，他竟因此感到了一丝释然。这条线索与他习以为常的路径相差甚远，他实在有些力不从心。不，让他感到受伤的，是他极少谈及的事情。比松发表在《晨报》上的文章回荡在他的脑海里久久不散。有人闯入了他的生活，窥探他的私人生活，谈论了他的妻子、他的父母，提及了"莫德·范霍文"这个名字，观看并谈论了他的童年、他的学业、他的画作，并向众人解释了，他马上就要成为人父。在他看来，这真太不公平了。

快十一点半时，卡米尔接到了路易的电话。

"你在哪里？"卡米尔有些紧张地问道。

"在拉沙佩勒城门。"

"你在那儿搞什么鬼？"

"我在塞费里尼这里。"

卡米尔认识古斯塔夫·塞费里尼这个人。他是个生意兴旺的情报专家，经常给持械抢劫犯提供优质情报并在事后获得一些精心计算的抽成。在酝酿作案时，那些人常常委派他去获取定位情报，他也因为自己的好眼力而获得了稳固的声望。不过这家伙是个谨慎的流氓，在二十多年的职业生涯后，他的案底依然跟他的女儿一样清白。他的女儿是个叫阿黛尔的年轻残疾女孩，他一直悉心照料着她，并对她倾注了动人的温情。因此，即便他曾帮忙组织持械抢劫，在二十年时间中，也曾造成四人死亡，但人们还是认为他是个令人感动的家伙。

"如果您有空，最好过来一趟。"

"这事儿着急吗？"卡米尔边看着自己的手表边问道。

"着急，不过应该不会占用您太多时间。"路易估计道。

6

塞费里尼住在一栋小房子里,窗户外就是环城大道,房子前面有一个落满灰尘的小花园。高速公路上川流不息,再加上房子地基下面就是地铁,不管白天还是夜里,我们时常能感到房子在抖动。看到这所房子和停在人行道上的那辆几乎已经散架的标致306,卡米尔不禁纳闷儿,塞费里尼赚来的钱最终都去了哪里。

卡米尔毫不客气地走了进去,就跟在自己家里一样。

他看到路易和房主坐在厨房餐桌前。厨房里装潢用的是二十世纪六十年代常见的富美家防火板,桌上盖着一张已经起蜡的帆布,原来的印花图案早已成为久远的记忆,桌上还有一只多莱斯玻璃杯,里面盛着咖啡。看到卡米尔走进来,塞费里尼似乎不是很开心。路易没有移动位置,只是捏着手里的玻璃杯轻轻晃动着,一副完全不想喝的样子。

"所以,到底是什么事?"卡米尔把唯一的一把空闲椅子拉过来,然后问道。

"嗯,是这样,"路易看着塞费里尼说道,"我正在跟我们的朋友塞费里尼解释他女儿阿黛尔的事。"

"哦，确实。对了，她在哪里呢？"卡米尔问道。

塞费里尼用黯淡的眼神指了指楼上，然后继续埋头看着桌子。

"我正在跟他解释，"路易继续说道，"谣言总是传得飞快。"

"啊。"卡米尔谨慎地说道。

"是啊，这些谣言真让人恼火。我正在和我们的朋友解释，他与阿黛尔之间的关系让我们感到担心，"路易看着卡米尔继续重复道，"非常担心。有人说你们之间有肢体接触，你们的关系是乱伦的，应该受到谴责。我急忙解释，对这些流言蜚语我们是一个字也不信！"

"当然了！"卡米尔帮腔道，他已经看出路易正在把话往什么方向带了。

"我们肯定不信，"路易继续说道，"但是那些社区助理，她们就不一定了。我们了解塞费里尼，知道他是个好爸爸，但是，能怎么办呢？她们已经收到一些投诉信了。"

"投诉信真是太烦人了。"卡米尔说道。

"见鬼！你们才烦人！"塞费里尼喊道。

"塞费里尼，这太粗俗了，"卡米尔说道，"见鬼！一个有孩子的人说话得注意点。"

"所以，"路易抱歉地继续说道，"我在附近路过，心里想着，唉，我要去跟我们的朋友塞费里尼打个招呼，他跟大块头朗博特也是'老朋友'了。我还跟塞费里尼解释了，在我们帮他完全洗白之前，要把孩子送到收容所。这不是什么大事，就是几个月的时间而已。我不知道塞费里尼和阿黛尔能不能一起团聚、吃上圣诞晚餐，但如果我们坚持的话——"

卡米尔的天线顿时开始抖动起来。

"好了,我的塞费里尼,你跟范霍文警官说吧,我相信他可以帮上阿黛尔不少忙,对不对?"

"那当然,事情总是能商量的。"卡米尔确认道。

塞费里尼从一开始的时候就已经在盘算。尽管他一直垂着头,但从他紧皱的眉头以及快速闪过的眼神,都可以看出他正在殚精竭虑地思考。

"行了,我的塔塔夫,快把这一切给我们解释清楚吧。大块头朗博特——"

曼努埃拉·康斯坦萨,就是在特朗布莱被找到的那个年轻女孩,在她被害当天,图卢兹发生了一桩抢劫案。塞费里尼对此十分了解,因为是他发现了商场的安全漏洞,制订了计划,并精确安排了所有操作流程。

"你的这个事对我来说有什么用呢?"卡米尔问道。

"朗博特当时并不在那里。这一点是可以完全确定的。"

"他总得有个强大的理由,否则不会承认自己参与了明明没参与的持械抢劫。这个理由一定足够充分。"

在各自上车之前,两人站在人行道边上看着市郊阴森的景色。路易的手机响了起来。

"是马勒瓦尔打来的,"他挂掉电话后说道,"朗博特在两个星期前得到了假释。"

"必须速战速决。如果有可能,现在就要行动。"

"我来负责吧。"路易边说边拨起了电话。

7

德拉其大街十六号,没有电梯的四楼。再过几年,当死神开始在房子里游荡时,父亲要怎么办呢?卡米尔时常想到这个问题,但又马上把这个想法赶走,他总是心怀不切实际的幻想,希望这样的状况永远不会发生。

楼道里弥漫着地板蜡的味道。父亲在药房里过了一辈子,身上永远散发着药品的味道,母亲则总是一身松脂油和亚麻油的味道。卡米尔的父母都是有味道的人。

他感到疲惫不堪,忧伤同时袭来。有什么要跟父亲说的呢?父亲就像最后的一道护身符,我们从来不知他能派上什么用场,除了看着他好好地活着,把他留在身边不远的地方,就只剩下跟他说说话了吗?

自从母亲过世以后,父亲就卖掉了他们的公寓,继而在第七区巴士底狱广场附近安顿了下来。从此他便存心过上一种低调的现代鳏夫生活,微妙地把孤独和秩序井然融合在一起。他们像往常一样,笨拙地行了贴面礼。这是因为,不同于其他人的情况,父亲的身形依然比他高大。

他们在脸颊上快速地贴了一下,卡米尔闻到了勃艮第牛肉的味道。

"我买了份勃艮第红酒烧牛肉。"

这就是他的父亲,善于重复显而易见的事实。

他们面对面地坐在扶手椅上,喝了点开胃酒。卡米尔总是坐在同一个地方,他把果汁杯放在茶几上,双手交叉,然后问道:"所以,你最近过得好吗?"

"所以,"卡米尔问道,"你最近又过得好吗?"

一走进房间,他就看到一份折好的《晨报》摆在父亲扶手椅旁的地上。

"你知道,卡米尔,"父亲指着报纸说道,"我对这事儿感到很抱歉。"

"算了。"

"他没打招呼,就这么突然闯了进来。我马上就给你打了电话,你知道——"

"我猜到了,爸爸,算了,这不重要。"

"但是,当时你的电话占线。然后我们就开始聊了起来。这位记者好像很喜欢你的样子,我当时也没有起疑心。你知道,我会给他的上司写信的!我要去申请解释权!"

"我可怜的爸爸,这篇文章里的信息都是确实存在的。而且,这是角度问题。从法律上来说,解释权是另外一回事。算了,相信我,别管了。"

他差点儿就脱口而出:"你已经够添乱了。"但还是忍住了。不过父亲也许还是听到了。

"这件事应该给你添了不少麻烦吧?"他松口说道,然后沉默了。

卡米尔微微笑了一下，想转换话题。

"所以，你还在期待着抱孙子吗？我希望——"

"既然你坚持要惹你的父亲生气——"

"这可不是我说的，是做超声波的医生说的。而且，如果我有了儿子让你这么生气，只能说明你也不是个好父亲。"

"你们要给他取个什么名字？"

"我还不知道。我们不停地在讨论、协商，决定之后又反悔。"

"你母亲给你取这个名字是因为卡米耶·毕沙罗。虽然她后来不喜欢那个画家了，但还是一如既往地喜欢你的名字。"

"我知道。"卡米尔说。

"一会儿再说你的事吧，你先跟我说说伊雷娜的情况。"

"我觉得她很烦恼。"

"马上就结束了。我见到她时，觉得她有些累。"

"什么时候？"卡米尔问道。

"上个星期她来看我了。我感到很羞愧，她有孕在身，照理说我应该去看她才对，你也知道我这个人，我早已决定深居简出。她来的时候也没打招呼。"

卡米尔马上就能想象到伊雷娜艰难爬上楼梯的画面，每爬一步就要喘口气，也许还得一直扶着肚子。他清楚地知道，这不是一次单纯的拜访，在这后面还藏着别的深意，藏着一种责难的情绪。伊雷娜来看他的父亲，照顾着他的生活，而他却不能很好地照顾伊雷娜。他突然想马上打电话给她，但是又知道，他并不想道歉，只是想与她分享自己的难堪，告诉她自己的感受。他简直太爱她了，然而却不知如何好好爱她，更为自己笨拙的爱而感到痛苦。

两人像在进行世俗仪式般地聊着家长里短，突然，范霍文老先生装作漫不经心地高声说道：

"考夫曼。你还记得考夫曼吗？"

"是的，我记得很清楚。"

"他十几天前来看过我。"

"已经很久没见了吧？"

"嗯，自从你母亲走了以后，我就见过他两三次。"

卡米尔感到一阵微微战栗，几乎难以察觉。显然，他并不是因为母亲老朋友的突然回归感到担心（而且，他也十分欣赏这位朋友的作品），而是因为父亲的语气。他的声音里有某种刻意的疏离，带着一丝难堪和窘迫。气氛有些尴尬。

"行了，你快解释清楚吧。"看到父亲不停地搅动勺子，一副犹豫不决的样子，卡米尔鼓励地说道。

"哦，卡米尔，如果你愿意听，我就告诉你吧。我本来完全不想提这件事，但是他坚持要我跟你说。这可不是我的想法啊！"他突然抬高了声音，像是在为自己辩解一般。

"行了，快说吧。"卡米尔松口道。

"要我说的话，我肯定会拒绝，但是，这事情并不取决于我。考夫曼打算搬离他的画室，他已经不再续约了，而且那里也太小了。你知道，他现在的作品可都是大尺寸的！"

"然后呢？"

"然后他问我，我们有没有想过把你母亲的画室卖出去。"

父亲的话还没有说完，卡米尔已经明白了。他一直担心着这个消息的到来，但也许是因为一直害怕这件事，他早已习惯了。

"我知道你会怎么想，而且——"

"不，你不知道。"卡米尔打断了他。

127

"的确,但我在猜想。我已经跟考夫曼说卡米尔不会同意的。"

"但你还是来问我了。"

"我来问你,是因为我对他做出了承诺!而且,我在想,看现在的情况。"

"什么情况?"

"考夫曼出了个好价钱。现在你的孩子就要出生了,你可能会有新的打算,或许想买大一点儿的房子,我也不清楚。"

卡米尔对自己的反应感到有些意外。

实际上蒙福尔算得上是个名副其实的地方。沿着克拉马尔森林的公园边上,原来有个小村庄,蒙福尔就是这个村庄最后的遗迹。如今,这里开始大兴土木,建起了各种各样的房屋,沿路都是浮夸的居民区。森林边缘已经不再是卡米尔孩提印象中的荒芜边境,那时他常常陪伴母亲走去那里。画室的这栋房子原本是一户有钱人家的安保屋,由于几代继承者的经营不善,主屋已经消失不见,只剩下了这栋安保屋,母亲做主把屋子里的所有隔墙都推倒了。卡米尔曾在这里度过一个又一个漫长的下午。或是看母亲作画,或是坐在母亲给他搬来的支架前画画,整个人被包裹在颜料和松脂的味道中。到了冬天,旁边还会搁上一个柴火炉,散发出带着木香的浓重暖意。

如果仔细看这间画室,并不能觉出它的魅力。墙壁只用石灰进行了简单的粉刷,老旧的小红砖在脚下摇摇晃晃,用来透光的窗户在一年之中三分之二的时间里,都是灰扑扑的样子。老卡米尔每年来一次,让画室透透气,也尝试着打扫灰尘,但很快就会泄气,最终他总会坐在画室中央,悲伤地凝视着曾如此深爱的妻子的遗迹。

卡米尔还记得最后一次去那里的场景。伊雷娜曾想去看看莫德的画室,但看到卡米尔不情愿的样子,她也没有坚持。有一天,他们周末度假回来时刚好经过蒙福尔附近。

"你想去看看画室吗？"卡米尔突然问道。

两人都很清楚，是卡米尔想去看看。于是他们绕了回去。父亲每年都会给邻居一些酬劳，拜托他看管画室，以及修剪花园里的草木丛。但是显然，这位邻居对此事并不挂心。卡米尔和伊雷娜跨过一片荨麻丛，在马赛克花盆下找到了常年放在这里的钥匙，打开了大门。门发出低沉的嘎吱声。

屋子里的所有东西都已清空，显得比往常任何时候都要宽敞。伊雷娜毫无拘束地参观着，偶尔想翻看画框或想把油画搬到窗边以便看得更清楚时，才会向卡米尔投去询问的目光。卡米尔不自觉地坐在了父亲独自凭吊时所坐的地方。伊雷娜能对那些油画做出精准的评价，这让卡米尔有些意外。她在母亲晚期的画作之一前停留良久，这是一幅还没有完工的画，画面是一整片带着狂怒泼洒而出的深红色。伊雷娜用手臂环抱着它，卡米尔只看到这幅画的背面。那上面有莫德用粉笔写下的几个字："疯狂的痛苦"，字迹庞大而奔放。

这是为数不多的她愿意题名的画作之一。

当伊雷娜放低手臂把画放下来时，看到卡米尔正在哭泣。她把他久久抱在怀里。

从那以后，他就再也没回去过。

"我会好好想想的。"卡米尔最终松口道。

"你想怎么办就怎么办，"父亲慢慢地喝完杯里的东西，说道，"无论如何，这笔钱留给你，还有你儿子。"

卡米尔的手机响了，是路易发来的简讯："朗博特不在老巢。我们埋伏起来吗？"

"我得走了。"卡米尔站起来说道。

父亲像往常一样向他投来惊讶的目光，似乎在震惊时间过得如此之快，他的儿子竟然马上就要走了。但是，在卡米尔的脑海里，有个奇怪的声音总会在某刻响起，告诉他到了该走的时候了。然后，他就会变得焦躁不安，迫不及待地想要离开，觉得自己应该要离开了。

"关于那个记者的事——"父亲起身时又说道。

"你别担心了。"

两人贴面互相道别，不一会儿卡米尔就已经走到了人行道上。他抬起头往父亲的公寓望去，毫不意外地看到他撑在阳台栏杆上，一如既往地向他招手示意。每次看到这场景，卡米尔就会想，有一天，这将是他最后一次见到父亲。

8

卡米尔给路易回了个电话。

"我们又得到一些关于朗博特的新消息，"路易说道，"他在假释第一天就回了家，那是二号的时候。据他周围的人说，他看起来状态不错。其中有一个叫穆拉德的人，是克利希的一个毒贩。他说周二那天，朗博特要出去旅行，同行的应该还有丹尼尔·鲁瓦耶，这人是个打手，我们也没了他的消息。然后，就没有任何进展了。我们正在组织去朗博特家埋伏。"

"塞费里尼得把自己掩护好。我们只有两天时间，不能再多了。过了这个期限，朗博特就要消失很长一段时间。"

他们讨论着如何分派人手去朗博特可能出没的地方进行埋伏，最后列出了两个主要地点。或许是卡米尔的坚持起了作用，又或许是奇迹显灵，总之勒冈知道卡米尔人手不足，无法保证任务的完成，于是派了两支临时队伍过来，路易负责对他们进行调配。

9

  他把厚厚一叠书堆在了办公桌上：《布朗的安魂曲》《自杀坡》《迪克·孔蒂诺的布鲁斯》《亡命杀手》《私法行动》，以及"洛城四部曲"。最后这套书由四个故事组成，分别是《黑色大丽花》《无际荒原》《洛城机密》《白色爵士》。最后，还有《美国小报》。

  他随手拿了一本，《白色爵士》。这动作也许并非出于偶然：这本书封面上的女人肖像与《黑色大丽花》上的那个女人有着奇怪的相似之处。画作的线条、风格以及女人的类型都十分雷同，只不过《黑色大丽花》上的女人有着更加浑圆的脸蛋，发量更加充盈，看起来更加严肃，脸上的妆容更加精致，还戴着耳环。插画师舍弃了《黑色大丽花》的那种更加自然的风格，转而偏向有些低俗的方向，让人想起好莱坞电影里的吸血鬼形象。卡米尔依然没能发现这三个女孩之间有什么样的相似之处。在库尔贝瓦案件中，我们不太费力就能找出伊芙琳娜·鲁弗雷和约瑟安娜·德伯夫之间的相似之处，但是这两个女孩跟特朗布莱案的曼努埃拉·康斯坦萨能有什么共同点呢？

  他在垫纸上潦草地写了几个字，然后又写上"路易"，又在下面画了两条线。

"这可是个困难重重的任务。"

"困难重重"。路易是怎样做到如此措辞的,这是个未解之谜。

"这些是你的任务,那些是我的。"卡米尔说道。

"啊!"

"我们要找的关键信息是:大公寓,两个被强奸并分尸的女孩。应该可以快速浏览完。"

书的内容越来越粗涩。在他看来,头几本书的内容还比较传统:一些"私家侦探"在肮脏的办公室里发霉,一边小口喝着咖啡,一边吃着薄煎饼,眼前是堆成山的未支付的账单;或是失去控制的疯狂杀手突然屈服于自己的病态心理。然后这些作品就开始换上另一种风格,越来越凶残,也越来越赤裸。詹姆斯·艾尔罗伊开始大段描写野蛮、残酷的剧情。城市里的贫民阶层似乎成了毫无希望的绝望人类,爱情也带上了城市悲剧的辛辣口味。性虐待、暴力、残忍,我们能想象到的最不堪的一切,与故事里的不公、赎罪、被殴打的女人、血腥谋杀等情节不谋而合。

下午的时间很快就过去了。

刚开始感到疲倦时,卡米尔很想快速地粗略翻完剩下的几百页,一目十行地寻找那些关键字眼,可是关键字是什么呢?最后,他还是抑制住了这种想法。调查者急于进展,没有采用必要的系统化程序,有多少调查因此而原地停滞,甚至最终失败呢?有多少无名杀手依然逍遥法外,而这一切都归结于警察疲惫时的一时疏忽呢?

每隔一个小时,卡米尔就会走出办公室。在去接咖啡的路上,他总会在路易办公室的门槛前停下,看这个年轻人像学理论的学生一样认真研究。他们什么也不说,只需要交换一下眼神,就能明白双方的进展,本来充满希望的寻找,已经变成一项让人泄气的任务;写得到

133

处都是的笔记也证明了，再次阅读只会徒劳无功，且直到他们读完所有书、研究完所有人，情况也不会发生任何改变。

卡米尔把笔记写在一张白纸上。线索的盘点令人十分沮丧。书里有穿着内裤窒息而死的青少年，内裤里被灌满了丙酮胶；有被倒吊在床上方的赤裸女人；有心脏中枪，继而遭受金属锯的女人；还有被强奸，接着被用刀捅死的女人……放眼看去，书里的世界充满了离奇色彩而非自然真实，充斥着怪异事件以及暴力解决争端的行径，与库尔贝瓦以及特朗布莱的案情都相去甚远。唯一令人生疑的相似点就是《黑色大丽花》。特朗布莱案的情节与大丽花的故事几乎一模一样，而与之截然不同的是，书里找到的与库尔贝瓦案的相似点却十分模糊。

路易已经列出了自己的清单。他走进办公室来报告时，卡米尔先问询地看了他一眼，然后马上明白他的运气也没有好到哪里去。路易扫了一眼笔记本，已然一副心不在焉的样子，笔记本上是他用考究的笔迹写下的一些发现：枪击案、持刀杀人案、美国赤手杀人案、强奸案、新的上吊案……

"行了，你不用说了。"卡米尔说道。

10

下午六点，团队成员聚集在卡米尔的办公室，进行当天的第一次总结。

"谁先来？"卡米尔问道。

其他三人面面相觑。卡米尔一声叹息。

"路易，你来吧。"

"我们把詹姆斯·艾尔罗伊的其他作品看了个遍，老板认为——"他马上打住，说了句"抱歉"。

"路易，我有两点要说明，"卡米尔微笑着回答道，"第一，你为叫我'老板'而道歉，这很好，你很清楚我对这个称呼是什么看法。第二，关于那些书，请你挑明了说。"

"好的，"路易微笑着接过话茬，"确切地说，我们几乎翻遍了詹姆斯·艾尔罗伊的所有作品，没有找到任何线索可以证明，这涉及书里某个场景的再现。这样可以吗？"

"很好，路易，你真是个绅士。我再补充一下，我们两人白白浪费了半天时间。这是个愚蠢的想法，我认为关于这一点，该说的都已经说了。"

其他三人露出了微笑。

"好了,马勒瓦尔,你这边有什么收获?"

"除了一无所获之外,还能有什么?"

"比一无所获还少。"路易插话道。

"还少三倍。"阿尔芒谨慎地说道。

马勒瓦尔继续说道:"比三倍还要少。那张假牛皮看不出任何品牌,无法追踪到任何购买和制造信息。浴室的那张黑白壁纸不是法国产的,要等到明天才能拿到主要的外国制造商清单,应该至少有五百家。我会进行一次全面搜索,但是我觉得我们要找的人不太可能公开露面,更不用说拿着身份证去购买壁纸。"

"确实不太可能。"卡米尔说道,"然后呢?"

"伊芙琳娜·鲁弗雷第一次去的那家美居酒店,她的顾客——后来杀害她的凶手——是用现金订的房间。没人能想起任何信息。实验室也没能恢复那些视听机器的产品编号:电视机、CD机等。每台机器都有上千销量,线索到这里就断了。"

"我明白了。还有别的吗?"

"还有,不过也是死胡同。如果您想听的话——"

"但说无妨。"

"那盘录像带的内容来自U.S.-Gag频道的一个美国周播节目,已经播了十多年了,很流行。录像带里的那一段内容是四年前播的。"

"你怎么找到的?"

"法国电视一台买下了这套节目在法国的版权,但是节目质量很差,以至于他们自己都放弃播放完整版了,现在只在一些节目间隙,播放一些他们认为最精彩的片段用来充数。那段狗剥橙子的片段是去年二月七日播出的。这家伙应该是在那时录下来的。至于说火柴盒,确实是个仿冒品。这本来是个很常见的商业火柴盒,在所有烟铺都能买到。帕利奥这个商标是用彩色打印机打出来的,这种打印机法国总共得有四万台,用的纸很普通,用来黏合所有东西的胶水也是很常见的类型。"

"这应该是个夜总会的名字,或者类似的东西。"

"也许,是个酒吧的名字?不过,这都差不多。"

"对,几乎没有什么两样,我们什么都挖不出来。"

"基本可以这么说吧。"

"那倒不一定。"路易从笔记本里抬起头来,说道。

马勒瓦尔和阿尔芒向他看去。卡米尔看着自己的脚,继续说道:"路易说得对,这事儿还不能这么下定论。这是一种高级布局,我们可以把线索分为两个类别:一类是我们找不到线索的商业物品;另一类是经过精心准备的东西,比如你说的那张日式榻榻米。"他边说边抬头看向阿尔芒。

阿尔芒从沉思中惊醒过来,赶紧打开了笔记本。

"对,如果你愿意这么看的话。只是那个邓福德,我们连他的影子也没找到。这是个假名字,支付方式用的是国际支票,榻榻米被送到了热纳维利埃的一个家具仓库,留的名字是——"他翻阅着自己的笔记本,"皮斯(Peace)。总之,追到这里也无路走了。"

"Peace?就是和平的那个Peace?可真搞笑。"

"跳梁小丑。"卡米尔松口道。

"为什么要用这么奇怪的名字?"路易问道,"这很奇怪啊。"

"照我看,他就是个赶时髦的势利鬼。"马勒瓦尔断言道。

"还有吗?"卡米尔问道。

"关于那本杂志,"阿尔芒继续说道,"这就更有意思了。我

137

是说,这是《绅士季刊》三月刊,是一本英国男性时尚杂志。"

"是美国杂志。"路易明确道。

阿尔芒查了查笔记:"对,是美国杂志,你说得对。"

"所以呢?这能带来什么别的线索?"卡米尔迫不及待地问道。

"巴黎有好几家卖英语书的书店都在卖这本杂志,但其实总数也没有那么多。我给两三家书店打了电话,运气还不错:大概三个星期前,有人在欧佩拉大街的布伦塔诺书店订购了一本该杂志的过期刊,正好就是三月刊。"

阿尔芒再次把头埋进笔记里,显然急于找出他追溯到的详细线索。

"简要点,阿尔芒,简要点。"卡米尔松口道。

"马上。订杂志的人是个男的,书店老板对此十分确信。他是在周六下午去的书店,这一天的这个时间段客流量通常不小。他下了订单,并用现金进行了支付。老板记不清他的体态特征了,只说是个男的。一星期后的同一天,同一个时间段,他回到书店取杂志,同样没有引起注意。书店老板完全想不起他的样子。"

"干得真漂亮。"马勒瓦尔说道。

"箱子里的东西也没能提供任何别的线索,"阿尔芒继续说道,"我们还在继续研究。这些东西都是些奢侈品,但是都挺常见的,除非运气好——"

卡米尔突然想起了什么:"路易,那个家伙,他叫什么来着?"

路易像猎狗般一路嗅着卡米尔的思维,马上回答道:"豪伊瑙尔。让·豪伊瑙尔。在他身上也没有找到任何线索,他不在那些文件里。我发起了一项搜查,详情就不赘述了。我们找到的让·豪伊瑙尔要么就是年龄不符,要么就是死了,或者是早就离开了巴黎,再也没有回来过。总之,我们还在继续查,但是也不抱太大希望。"

"好的。"卡米尔回答道。

诚然，这样的总结令人心情沉重，但还是得出了一条线索。犯罪形迹的缺失，准备工作的细致，这些都不是毫无意义的，这本身就是一种指征。卡米尔在想，现在的一切迟早都将指向某一个难解的点，他有预感，这起案件不会像其他案件那样，慢慢呈现出清晰的轮廓，就像洗照片时那样，影像会慢慢浮现，这次的案件属于不同性质。一切都将在某个时刻恍然明朗，需要的只是耐心和韧劲。

"路易，"他继续说道，"你试着把库尔贝瓦案的两个女人和特朗布莱案的女人进行比对，看看她们有没有共同的出没地点，就算彼此不认识，看看是不是有共同认识的人。你知道怎么做的。"

"好的。"路易边记笔记边回答道。

三人同时合上了记事本。

"明天见。"卡米尔说。

三人退出了办公室。

路易在片刻后折了回来。他抱着一堆刚刚翻阅过的书，放在了卡米尔的办公桌上。

"真是可惜啊，对不对？"卡米尔说道，似乎有点被逗乐。

"确实，太可惜了。这本是个优雅的解决办法。"

然后，在走出办公室的时候，他转过头来对卡米尔说道："也许，我们的职业并不像小说那样浪漫。"

卡米尔心想："也许确实如此吧。"

二〇〇三年四月十日　星期四

1

"我觉得,法官不会喜欢这件事的,卡米尔。"

库尔贝瓦-特朗布莱案
虚构却又真实的小说

　　负责预审库尔贝瓦案和特朗布莱案的德尚法官透露,在现场找到了一枚伪造指纹,这使得此次案件与曼努埃拉·康斯坦萨谋杀案有了关联。这名二十四岁的年轻妓女,在二〇〇一年十一月遭到杀害,她的尸体在一个公共垃圾场被找到。根据各种可能性,我们可以得知负责案件调查的范霍文警官,正在调查一起连环杀人案。一般来说,这有利于案件的侦破,然而此时案件却似乎因此变得更加复杂了。最令人惊讶的是作案方式:一般来说,连环杀手在接连发生的案件中,使用的都是同样的手段。然而,从这个角度上讲,这两起案件似乎没有任何关联,这些年轻的女人被杀害的方式完全不同。这不禁让人猜想，在库尔贝瓦找到的伪造指纹，是否为假线索，又或者……

又或者我们可以从另一个角度来解释，正是这些不同之处，把这两起案件联系在了一起。至少，范霍文警官似乎提出了这样惊人的假设，把特朗布莱案与美国小说家詹姆斯·艾尔罗伊的一本小说联系了起来。在这部小说中……

卡米尔粗暴地合上报纸。
"一派胡言，简直是在放屁！"
他再次打开报纸，读完了文章的结论。

然而我们可以打赌，尽管存在如此惊人的相似之处，德尚法官也不会轻易相信这种"小说般浪漫"的推测，毕竟她可是位出名的实用主义者。目前来看，除非有其他反面证据，我们期待着范霍文警官能给出一些不那么虚幻的线索。

2

"真是个混蛋。"

"也许吧,但要说他的消息,可是真灵通。"

勒冈像头抹香鲸一样稳稳地坐在巨大的扶手椅上,聚精会神地看着卡米尔。

"你想到了什么?"

"我不知道,我一点儿也不喜欢这个局面。"

"法官也一样,"勒冈肯定地说道,"她第一时间给我打来了电话。"

卡米尔向他的老朋友投去询问的目光。

"她很冷静,毕竟是见过世面的人。她很清楚,你是无辜的。但再怎么说,她也是个普通人,跟其他人没什么两样。遇到这样的事,再怎么冷静也无济于事,最终都会以发怒收场。"

卡米尔对此心知肚明。来勒冈办公室之前,他先去了趟自己的办公室。那时已经有六七家报社和电台,还有三家电视台在请求证实《晨报》披露的信息了。路易身着优雅的米灰色西装、同色系衬衣,脚上蹬着浅黄色的鞋子。看到老板过来时,他马上摆出一副接待员的姿态，开始用左手撩起自己额前的碎发，每隔二十秒就重复一次，似乎想用这种英式冷漠避开危险话题。

"集合！"卡米尔的声音轻得几乎听不见。

几秒钟后，马勒瓦尔和阿尔芒都进了办公室。前者夹克衫口袋里露出当天的《赛马报》，已经用绿色圆珠笔做好了批注，后者手里拿着一张叠成四分之一的黄纸，还有一截宜家的黑色铅笔。卡米尔没有看任何人，空气中散发出暴风雨的气息。

他把报纸打开翻到第四页。

"这个家伙的消息格外灵通，"他开口说道，"我们的任务将会变得更加复杂。"

马勒瓦尔还没有看过文章。至于阿尔芒，卡米尔十分确信已经看过了，因为他很熟悉阿尔芒的套路。阿尔芒总是会提前整整半个小时出门，然后在一个地铁站里找位置坐下，那本不是他要去的地铁站，但他可以在那儿守着三个纸篓。每当有路人扔下一份报纸，阿尔芒就会弹起来，检查报纸的名称，然后再坐下。在报纸方面，他的感情十分吝啬：他只喜欢《晨报》，因为上面有填字游戏。

马勒瓦尔读完文章，轻轻吹了声口哨表示赞叹，然后把报纸放回卡米尔的办公桌上。

"没错。"卡米尔总结道，"我知道经手这起案件的人很多，鉴定部门的人、实验室的人、法官的工作团队……泄露消息的有可能是这些人当中的任何一个。但是，比起从前，我们要更加小心。我说得够清楚了吗？"

卡米尔马上就后悔了，最后的这个问句，听起来像是一种指控。

"我只要求你们做一件事，那就是跟我一样，闭口不谈此事。"

团队成员纷纷低声表示赞同。

143

"朗博特那边呢？还是什么都没查到吗？"卡米尔缓和了语气，试图安抚众人。

"我们没能进行更加深入的调查。"路易说道，"我们在几个地方秘密地调查了一些人，避免在他的圈子里打草惊蛇。如果他知道我们在调查他……现在我们已经确信了，因为他已经消失了，目前没有人知道他的目的地，也没有人知道目前他可能藏身于什么地点。"

卡米尔沉思了片刻。

"如果一两天之后，我们还是什么都查不到，那就在他的关系网里展开搜捕行动，可以把事情挑明了。马勒瓦尔，你给我列个名单出来，要在时机到来前做好准备。"

3

回到办公室,卡米尔又看到堆成了山的艾尔罗伊小说,沮丧地叹了口气。垫纸上堆满了草稿纸,因为他需要不停地记笔记来帮助自己思考。他在垫纸仅存的空闲角落里,写下了几个字:"特朗布莱＝黑色大丽花＝艾尔罗伊"。

他努力把注意力集中至刚刚写下的几个字,眼神却触碰到另一本书,一本完全被遗忘的书。那是他在巴黎书店买回来的书,书名叫《侦探小说:一种主题》。

他把书翻过来,读了起来。

侦探小说在很长时间内被认为是一种不入流的创作类型。经历了一个多世纪,它才被承认是"真正"的文学。它被长久地贬至"泛文学"的行列,不仅是源自读者、作者以及出版者长期以来形成的对于文学的定义,也就是说,源自我们的文化习惯,而且大家普遍认为,这更是源自它本身的题材内容,也就是犯罪主题。这种显而易见的谬论与这种写作类型的历史一样久远,人们似乎忽略了,谋杀与调查是经典作家们最青睐的主题，从陀思妥耶夫斯基到福克纳，从中世纪文学到莫里亚克，无一例外。在文学领域里，犯罪主题和爱情主题的历史一样久远。

"这是本很不错的书，"书店老板看到卡米尔翻阅这本书时，曾这样说道，"巴朗乔是个行家，一位名副其实的专家。很遗憾，这是他出版的唯一作品。"

卡米尔望向窗外，眼神停留了片刻。在这种情形下……他看了看手表，然后抓起电话。

4

从外面看，这所大学隐约像极了一家没人愿意在此接受治疗的医院。随着楼层的增加，那些公共标牌似乎也变得越来越无精打采。写着现代文学系的牌子迷失在迷宫般的走廊里，这里铺天盖地贴满了各种社团的计划书和倡导书。

幸好，法比安·巴朗乔的"侦探文学：黑色小说系列"这门课就在课程表的最下角，一个刚好适合卡米尔的高度。

他花了半个小时的时间找到了授课教室，却又不忍心打扰正在上课的三十几名学生，于是又花了半个小时找到一个巨大的咖啡厅，然后又适时重新出现在教室，混到了一群正在问问题的年轻学生中间。一个枯槁的高大男人正简短地回答着每个人的问题，同时还不安地在塞满文件的黑色书包里不停翻找着什么。教室里有几组学生在讨论着什么，声音之大，让卡米尔不得不提高嗓门，好让自己被听见。

"我是范霍文警官，刚刚给您打过电话。"

巴朗乔垂下眼帘看向卡米尔，停下了翻找。他穿着一件极其宽松的灰色开衫。即便是什么也不做的时候，他的眼神也总是充满焦虑，一副有事要忙的样子，是那种无论发生何事，都在不停思考的人。他皱了皱眉头，似乎在说并不记得接过这通电话。

"范霍文警官，司法警局的。"

巴朗乔环顾了一下教室四周，似乎在找什么人。

"我没有多少时间。"他开口说道。

"我正在调查三个女孩的碎尸案，我也挺忙的。"

巴朗乔再次盯着他。

"我不知道我——"

"如果您给我几分钟，我会向您解释这一切的。"卡米尔打断道。

巴朗乔把开衫的袖子一只一只卷起来，就像其他人扶眼镜的动作一样。他终于挤出一丝微笑，但显然不是那么情愿，他看起来不像是会无端微笑的人。

"行。等我十分钟。"

过了不到三分钟，他就走出教室，来到走廊，卡米尔在那里等他。

"我们有大概一刻钟的时间。"他一边说，一边好奇地握了握卡米尔的手，好像他们刚刚才碰见一样。为了紧跟他的步伐，卡米尔不得不加快了脚步。

巴朗乔在他的办公室门口停下，掏出三把钥匙，接连打开三把锁，然后解释道："去年我们的电脑被偷了两次。"

他把卡米尔请了进去。这里有三张办公桌、三台电脑屏幕、几个书架，以及沙漠绿洲般的沉寂。巴朗乔给卡米尔指了把椅子，然后在他对面坐下，一言不发地仔细盯着他看。

"几天前，库尔贝瓦的一套公寓里发现了两名被碎尸的年轻女性。我们掌握的信息非常少。我们知道她们曾遭受性虐待。"

"是，我听说过这件事。"巴朗乔说道。

他往办公桌后退去，两只手肘分别放在分开的膝盖上，眼神十分专注，十分坚定，像是想帮助卡米尔说出某个难言之隐。

"这起案件与之前另一起案件有关联。一个年轻女孩被一分为二，在一个公共垃圾场被找到。这事儿您有印象吗？"

巴朗乔突然坐了起来，一脸苍白。

"我应该有印象吗？"他冷冷地问道。

"不，您别担心，"卡米尔说，"我是在向您请教。"

人与人之间的关系常常就像铁轨线路。当两条铁轨分道扬镳，渐行渐远时，就需要等待一个岔道，才能有机会并排前行。巴朗乔感觉自己受到了怀疑，卡米尔则提供了一条岔道。

"也许您听说过这件事。这是二〇〇一年十一月发生在特朗布莱的案件。"

"我很少看报纸。"巴朗乔说道。

卡米尔感觉到他坐在椅子上，全身变得僵硬。

"我不知道我能扯上什么关系，跟这两个——"

"没有任何关系，巴朗乔先生，请您放心。我来找您，是因为，虽然只是一个推断，但这些案件可能跟侦探文学有联系。"

"此话怎讲？"

"我们对此还一无所知。特朗布莱案的案情与詹姆斯·艾尔罗伊的《黑色大丽花》有十分离奇的相似之处。"

"这可真古怪！"

卡米尔无从知晓，巴朗乔的反应，到底更多的是宽慰还是惊讶。

"您知道这本书吗？"

"当然。那，是什么让您想到——"

"我不便向您透露调查的细节。我们的推断是这两起案件之间有诸多关联。既然第一起案件是从詹姆斯·艾尔罗伊的小说中获得

149

了灵感，我们在想，其他案件是否——"

"是否来自艾尔罗伊的另一本书？"

"不，我们已经验证过了，并不是。我想说的是，其他的罪行是否源自其他书，不一定是艾尔罗伊的。"

巴朗乔又把手肘放在膝盖上。他用一只手扶着下巴，眼睛盯着地面。

"所以您想问我——"

"坦白跟您说，巴朗乔先生，我不怎么喜欢侦探文学。我在这方面的修养可以说是……十分贫乏。我在找一个可以帮助我的人，然后我就想到了您。"

"为什么是我呢？"巴朗乔问道。

"您写了一本关于黑色小说的书，我在想，也许——"

"哦，"巴朗乔说道，"那是很久以前的东西了，现在可能得更新一下了。从那时起，很多东西都发生了变化。"

"您可以帮我们吗？"

巴朗乔用手抓着下巴，看起来就像个即将宣布坏消息的医生，一脸的尴尬。

"我不知道您是不是上过大学，范……先生？"

"范霍文。我在索邦大学读了法律，但是时间确实有些久远了，这一点我得向您坦承。"

"哦，那事情应该还没有改变太多。大家还是术业有专攻。"

"所以我才来这里找您。"

"我不是想说这个。我选择了侦探文学作为专业。这是个非常宽泛的领域。我的研究主要集中在伽利玛出版社出版的黑色小说系列。我的研究对象仅限于该系列的前一千本小说，对于这些小说，我确实十分了解，但是毕竟这只涉及一千本，而这个文学领域所囊括的小说应该有几百万本。诚然，黑色小说系列的阐释学研究也要求我对其他的领域有所涉猎。您跟我谈到的詹姆斯·艾尔罗伊，并不在我的研究主体范围内。他不属于，至少目前还不属于这个文学类型的典型作家。我知道他，是因为我读过他的作品，但我不能声称自己是这方面的专家。"

卡米尔有些恼怒，巴朗乔正在照本宣科地解释，他读得还不够多。

"您可以说得更明白点吗？"卡米尔问道。

巴朗乔看了他一眼，愠怒中夹杂着惊愕，就像是在看他最差的学生。

"更明确地说，如果您说的案件是在我的研究主体范围内，也许我可以帮您，但这范围很有限。"

运气真不好。卡米尔搜了搜外衣的内口袋，拿出两张叠好的纸条，递给了巴朗乔。

"这是我跟您说的那个案件的简述。无论如何，如果您能稍微看一眼的话，说不准会有收获。"

巴朗乔接过纸条，打开来，然后又决定一会儿再看，就把纸条放进了口袋。

这时，卡米尔的手机在口袋里振动起来。

"请您原谅，我可以接个电话吗？"他这样说着，却并不等人回答。

电话是路易打过来的。卡米尔急忙从口袋里掏出记事本，潦草地写了几个也许只有他自己才能看懂的符号。

"你去那里跟我会合。"他马上说道。

他突然之间站了起来。巴朗乔也十分局促地立马起身，像是被突然电了一下。

"巴朗乔先生,"卡米尔边往门口走边说,"恐怕我的这番叨扰是白费力气了。"

"啊?"巴朗乔莫名有些失望地回答道,"所以方向不对吗?"

卡米尔的脑海中像是突然闪过了某个念头,继而说道:"不久之后,我很有可能还会来向您求助。"

坐在驶往巴黎市中心的出租车里时,卡米尔在心中盘算他至今读过的书有没有超过一千本,然后他开始计算起大致的数字,如果按照一年二十本的数量算(而且还得是好的年份),大约是四百本。对于自己知识面的匮乏,他不禁感到一丝苦涩。

5

  卡迪纳尔-勒姆瓦恩大街。这是一家老式书店，跟那些闪闪发光的专卖店完全不是一种风格。打蜡的地板、上了清漆的实木书架、亚光铝质楼梯、柔和的光线，无一不透出一种匠人的气质。这种安静的氛围令人印象深刻，让人本能地想压低嗓音，似乎提前尝到了永恒的滋味。乍一看的时候，这里的一切给人一种灰扑扑、杂乱无章的感觉，但是再定睛一看，就会发现一切都自成逻辑，经过了仔细的打理。右边的所有书目呈现出一片鲜明的黄色，而在更远的另一边，则排列着黑色小说系列的书目，也许整套都有。人们走进这里，与其说是进入了一家书店，不如说是进入了一种文化。穿过门洞，人们仿佛马上置身于一个属于专家们的神秘场所，一个介于隐修院和邪恶场所之间的地方。

  他们进来的时候，书店里空无一人。门上的铃铛响过之后，一个高大的身影不知从什么地方突然出现。这是个四十岁左右的男人，一张严肃甚至是忧心忡忡的脸，身着蓝色裤子和蓝色开衫，谈不上优雅，鼻梁上架着细窄的眼镜。他浑身上下隐约散发出一种怡然自得的气息，他瘦长的身影好像在说"这是我的地盘，我是这里的主人，我是一个专家"。

"请问有什么能帮您的吗?"他问道。

他向卡米尔走过来,但没有走得太近,似乎是为了避免过于居高临下。

"范霍文警官。"

"啊,对。"

他转头去身后取了个东西,然后把一本书递给卡米尔。

"我看了报纸上的文章。我觉得,这毫无疑问——"

这是一本小开本的口袋书。书店老板用黄色标签标记了书中某一页的某个段落。卡米尔先看了封面。在仰视视角下,一个脖子上打着红领带,头上戴着帽子,手上戴着皮质手套、握着一把刀的男人。他也许是站在一个楼梯上,又或许是什么别的地方。

卡米尔掏出眼镜戴上,读了读标题页。

B. E. 埃利斯

《美国精神病》

版权©1991

翻译版版权©1992

他翻了一页,然后两页。序言下的署名是米歇尔·布罗多。

B. E. 埃利斯,一九六四年出生于旧金山……他的文学经纪人给他争取到三十万美元预付款,让他写一本关于纽约连环杀手的小说。等到交稿之时,受到惊吓的出版社放弃了那些预付款,拒绝了小说的出版。这部作品仅凭几个流出的样稿片段就引起了公愤，忤逆了民意，冒犯了女权主义运动者。尽管如此（或许正因如此），Vintage出版社毫不犹豫地决定出版该小说……埃利斯收到了大量的谩骂和死亡威胁，不得不为自己聘请贴身保镖，并在美国出售了几千本《美国精神病》。

路易不愿越过老板的肩头来看书的内容，于是开始在书店里转悠起来。与此同时，书店老板则两腿叉开，把手背在身后，透过窗户看着街边景色。

卡米尔感到身体里涌起一股近似于兴奋的情绪。

书店老板贴上标签的段落里，有一些十分可怖的描写。卡米尔一言不发，聚精会神地开始读了起来。他的脑袋一会儿歪向右边，一会儿歪向左边，嘴里还在默念"不是吧"。

路易终于受不住诱惑了，卡米尔把书稍微摊开，以便他的副手可以跟他同时阅读。

午夜，我与两个小妞交谈。两人都十分年轻，头发金黄，真是人间尤物。谈话没有进行多久，因为我很难控制自己，当时我已处在十分混乱的状态。

老板说：

"我还用十字符号标记了一些我认为十分……重要的段落。"

卡米尔没有听他说话，又或者他已经听不到旁人在说什么。他继续读着。

这让我变得没有那么兴奋……

托莉先醒了过来，她朝天躺着，被绑在床沿，满脸是血——因为我用指甲剪剪了她的嘴唇。蒂凡尼则被绑在床的另一侧，用的是属于保罗的六条腰带。她害怕地呻吟着，看着发生在自己身上的残酷事实，吓得无法动弹。我把她安置在另一边，是想让她亲眼看着我将如何对待托莉，让她无法逃避这一切。跟往常一样，我怀着理解女人是什么的希望，拍下了她们死亡的过程。为了拍摄托莉和蒂凡尼，我使用了一台超微型相机Minox LX，9.5mm胶片，15mm f/3.5 镜头，内置曝光调节和密度滤光片，相机被架在一个三脚架上。我在床头上方的CD机里放了一张漂泊合唱团的唱片，以掩盖那些持久的尖叫声。

"见鬼！"

卡米尔这话是对自己说的。他的眼睛追逐着那些字句，读得越来越慢。他努力想思考，然而徒劳，感觉自己已经被那些在眼前跳动的文字吸了进去。他必须集中注意力，上千种想法、上千种印象在他的脑海里互相冲撞。

接下来，我把她重新翻过来，看着被恐惧麻痹的她，然后……

卡米尔抬头看向路易。他看到了与自己相同的表情，如同复制、粘贴一般。

"这是什么样的书啊？"路易不解地问道。

"这是什么样的家伙啊？"卡米尔边回答边继续看了下去。

我把手伸向其中一具尸体的肚子，然后用一根沾满血的手指，在客厅里一张假牛皮壁板上方，写下了鲜血淋淋的几个字："我回来了！"

6

"我只能说：真棒！"

"你别挖苦我——"

"不，卡米尔，"勒冈向他保证道，"我一开始确实不相信你。好吧，我承认。但是，卡米尔，首先，我有一件事要问你。"

"问吧。"卡米尔一边回答，一边用空出来的手打开邮箱。

"你可以向我保证，你没有背着德尚法官，去欧洲信息中心申请调查吗？"

卡米尔抿紧了嘴唇。

"我会把手续补上的——"

"卡米尔，"勒冈疲倦地回答道，"我们的麻烦还不够多吗？我刚刚接到了法官的电话，她大发雷霆。从第一天开始，就有电视台的事情，隔天就是报纸上关于你个人的通稿。现在呢，又出了这档子事！你是在做收藏，是吧？我可帮不了你了，卡米尔，我什么也做不了。"

"我会自己想办法应付她的，我会向她解释——"

"听她说话的语气，你可有罪受了。不管怎样，她认为我应该为你做的蠢事负责。明天一大早，去法官那里开紧急会议。"

见卡米尔没有回答，他又说道："卡米尔，你听到我说什么了吗？一大早！卡米尔，你在吗？"

"范霍文警官，我收到了您的传真。"

卡米尔马上就察觉到她语气里的冷漠和粗暴。要是换作其他时候，他肯定已经做好点头哈腰的准备了。这一次，他只是在办公室里来回走着：打印机的位置太远了，他没法够到刚刚传过来的文件。

"我刚刚读完了您发给我的小说段落，这么说您的推测是正确的。您可以想到，我会去找检察官面谈。而且老实说，这并不是我去找他面谈的唯一原因。"

"是的，我明白。分局局长刚刚已经给我打过电话了。听着，法官先生——"

"请叫我法官女士！"她打断道。

"抱歉，我说话没有分寸。"

"尤其是没有行政分寸。我方才证实，您利用我的权威，去欧洲部门展开了调查行动。您应该知道，这是违规的。"

"很严重吗？"

"非常严重，警官先生。我不喜欢这样。"

"听着，法官女士，我会补齐手续——"

"可是，警官先生！要去补手续的人是我！我才是给你们赋权的人，您似乎已经忘了这一点。"

"我全都明白。可是，法官女士，您看，尽管我在行政上犯了错误，但是我在技术上是做对了。而且，我甚至认为，马上补办手续是一件十分明智的事。"

法官在两人之间留下一段瘆人的沉默。

"范霍文警官，"她终于说道，"我觉得我会向检察官提出申请，将您调离此次案件。"

"您是有这个权力，"卡米尔边看手里的文件边说道，"那您跟他说把我调走的时候，顺便也跟他说一句，我们现在手里有了第三起案件。"

"什么？"

"应您的搜查请求，调查员——"他花了一秒钟时间在邮件上方找到了寄信人的名字，"来自格拉斯哥警局的提摩西·加拉格刚刚进行了回复。他们有一起二〇〇一年七月十日的未破案件，死者是名年轻女性。她的身上有一枚伪造指纹，与我们传过去的指纹一模一样。如果您要问我意见的话，我认为我的继任者应该赶快给他打个电话。"

挂断电话后，他重新拿出他的清单：

特朗布莱案＝《黑色大丽花》＝艾尔罗伊

库尔贝瓦案＝《美国精神病》＝埃利斯

然后又写下几个字：

"格拉斯哥案＝？＝？？"

7

调查员暂时不在，路易打过去的电话被转给了此人的上司斯莫利特主管。从口音可以听出来，他是个土生土长的苏格兰人。在路易的询问之下，他解释道，苏格兰是最后一波加入欧盟警方信息共享系统的，所以，在人们对特朗布莱案凶手留下的指纹进行第一次搜查时，他们并不知情。

"问问他，还有哪些国家属于这最后一波？"

"希腊和葡萄牙。"路易边听边复述了斯莫利特主管的话。

卡米尔记下了这两个国家，准备对之进行搜索申请。在他的指令下，路易向对方要了这起案件主要信息的复印件，还请加拉格调查员能尽快回电。

"问问他，加拉格会不会说点法语。"

路易用左手捂住话筒，脸上挂着尊敬的微笑，语气里却混杂着一丝嘲讽，他给卡米尔翻译道："您运气真好，他母亲是法国人。"

挂电话之前，路易跟对方又继续聊了几句，继而笑了起来。

看到卡米尔不解的眼神，他解释道："我刚刚在问他麦格雷戈的伤势有没有恢复。"

"麦格雷戈——"

"他们的橄榄球队前锋。十五天前,他在跟爱尔兰的比赛中受伤了。如果星期六他不上场的话,苏格兰对威尔士的比赛,他们就没什么胜算了。"

"然后呢?"

"他已经恢复了。"路易带着一丝满足宣布道。

"你对橄榄球很感兴趣吗?"卡米尔问道。

"那倒不是,"路易回答道,"但是如果我们需要苏格兰人帮忙,最好投其所好。"

8

卡米尔晚上七点半才心事重重地回到家。他住在一个安静的街区，小区里却很热闹。他隐隐又想起父亲的提议。换一种生活或许也不是坏事。电话响了起来，他看了看屏幕，是路易的短信。

"别忘了买花。"路易审慎地说道。

"谢谢你，路易。你好得简直无可取代。"

"希望如此。"

卡米尔已经沦落至此：他已经需要自己的伙伴来提醒，要想着自己的太太。方才已经走过了花店却视而不见，他恼火地折了回去，却迎头撞上一个男人的胸膛。

"抱歉。"

"没关系，警官，不要紧。"

不需要抬头，卡米尔已经认出了他的声音。

"您现在是在跟踪我吗？"卡米尔愤怒地问道。

"我刚刚一直想赶上您。"

卡米尔一言不发地继续赶路。比松则紧跟他的步伐，显然，这对比松来说很轻松。

"您不觉得这场景似曾相识吗?"卡米尔突然停下来问道。

"我们能找个时间喝点什么吗?"比松一脸谄媚地指着一家咖啡厅说道,就好像两人是偶然碰到,十分欣喜一样。

"您也许有这个时间,可我没有。"

"这话也是,听了好多遍了。听着,警官,我为这篇文章向您道歉。我当时,怎么说呢,有些惊慌失措了。"

"哪篇文章?第一篇还是第二篇?"

两人都停了下来,杵在了本就不算宽敞的人行道中间。过往的路人赶在商店关门前刚买完菜,一脸行色匆匆,不得不绕道而行。

"第一篇。第二篇只是在陈述事实。"

"正因如此,比松先生,在我看来,您的消息有些过于灵通了。"

"这是做记者的基本功,不是吗?您可不能因为这个而埋怨我。不,我是因为您父亲的事而感到抱歉。"

"您应该也愧疚不了多久吧。显然,您就是喜欢容易上当的猎物。我希望,您还利用那次机会让他订阅了你们的报纸。"

"好啦,警官。我请您喝杯咖啡。就五分钟。"

然而,卡米尔已经转身继续赶路。看到记者依然不离不弃,他又问道:

"您到底想要什么,比松?"

比起愤怒,此时卡米尔的语气中更多的是疲倦。通常来说,这就是这位记者屡屡得偿所愿的撒手锏:把人纠缠到厌烦。

"您真的相信小说这回事吗?"比松问道。

卡米尔不假思索地回答道:"老实说,我不信。这只是个令人困惑的相似点,仅此而已。"

"看来您是真的相信!"

164

比松比卡米尔想象中更加善于揣测心理。卡米尔在心里暗自发誓，不能再低估了这家伙。他已经走到了自家楼下。

"我跟您一样，您信我就信。"

"你们还发现了别的东西吗？"

"就算我们有什么别的收获，"卡米尔一边按密码，一边回答道，"您真的认为我会对您和盘托出吗？"

"这么说，库尔贝瓦案和埃利斯的小说，也是个'令人困惑的相似点'吗？"

卡米尔停下了脚步，转身看着这位记者。

"我提议，我们来做笔交易。"比松接着说。

"我不是您的人质。"

"我会对信息暂时保密，几天后再放出去，不会影响您的进展。"

"用什么来交换呢？"

"接下来，您给我一点儿提前知情权，几个小时就好，仅此而已。我是很真诚的。"

"不然呢？"

"哦，警官！"比松佯装遗憾地长叹一声，回答道，"您不觉得我们可以合作吗？"

卡米尔死死盯着他的眼睛，继而微微一笑。

"再见吧，比松。"

他推开门，走了进去。看来第二天又将迎来一场恶战。

推开公寓大门时，他大喊了一声：

"见鬼！"

"亲爱的，发生什么事了？"伊雷娜的声音从客厅里传来。

"没事。"卡米尔回答道，心里却在想："忘了买花。"

二〇〇三年四月十一日　星期五

1

"她喜欢吗?"路易问道。

"什么?"

"那些花,她喜欢吗?"

"你简直难以想象。"

路易从他的语气中可以听出来,应该发生了一些事情,于是不再坚持。

"路易,你有今天的报纸吗?"

"有,在我办公室。"

"你看了吗?"

路易只是撩了撩头发,这次是右手。

"我二十分钟后必须赶到法官那儿,你给我做个概述。"

"库尔贝瓦案=《美国精神病》,所有报纸都知道了。"

"这个混蛋!"卡米尔嘀咕道。

"哪个混蛋?"路易问道。

"哦,路易,这世上不缺混蛋,但比松可真算得上是头号混蛋了。"

然后，他便讲述了昨天的遭遇。

"他没有满足于把消息透露出去，还广而告之所有同行了。"路易评论道。

"还能说什么呢？这家伙可真是慷慨呢。人就是本性难移。你可以给我叫辆车吗？要是再迟到，可就雪上加霜了。"

回来的时候，卡米尔坐在勒冈的车上，才终于有兴致翻开那些报纸。法官只是做了简短的引述。这一次，他一眼看到标题，就明白了她为何如此愤怒。

"在这件事情上，我是不是就像个呆子？"他一边翻阅前几页，一边问道。

"唉！"勒冈开口说道，"我觉得你也没别的办法。"

"你真是个好上司。我会给你捎件苏格兰短裙回来的。"

报纸已经给凶手取了个名号，叫"小说家"，开启了他的荣耀生涯。

"照我看，他会喜欢这个名字的。"卡米尔边戴眼镜边说道。

勒冈有些惊讶地转头看向他。

"看来，你并没有受到多大影响嘛。你可能会因为僭越职权或擅自泄密而被停职，但你还是精神昂扬的样子。"

卡米尔把双手摊在报纸上，摘下眼镜，看着他的朋友。

"让，我已经被烦透了。"他开口说道，"我真的受不了了，你不知道我有多烦！"

2

这天傍晚，卡米尔走进阿尔芒的办公室时，阿尔芒正好放下电话。他并不急于抬头看卡米尔，而是不紧不慢地用仅剩几毫米的宜家铅笔在一个信息本上画下一条横线。信息本里的折页被展开，从办公桌上一直滚落到地上。

"这是什么？"卡米尔问道。

"墙纸分销商清单，有出售斑点狗图案的那些商家。"

"你进展到哪里了？"

"呃……已经问了三十七家。"

"然后呢？"

"所以，我正准备问第三十八家啊。"

"显然。"

卡米尔扫了一眼马勒瓦尔的办公桌，

"马勒瓦尔在哪里？"

"在里沃利大街的一家商店里。有个女售货员好像记得，三周前曾经卖出一个拉夫劳伦行李箱，卖给了一个男人。"

马勒瓦尔的办公桌永远乱得离谱：除了档案袋、文件、卷宗里的照片、老旧的笔记本，还有纸牌、赛马杂志、前三四名独赢的分析表格……这一切不禁让人想起一个孩子的房间在假期里的状态。马勒瓦尔身上就是有这样凌乱的一面。在他们刚开始共事的时候，卡米尔曾向他指出这个问题，他的办公桌要是再整洁一点儿就再好不过了。

"要是你临时需要有人顶替——"

"我状态好着呢，头儿。"

"反正早上不怎么好。"

马勒瓦尔对此报以微笑。

"有个家伙说过，世界上有两种秩序，一种是生死攸关的秩序，一种是几何秩序。我选择的，是生死攸关的秩序。"

"出自柏格森。"路易当时这样说道。

"什么人？"

"亨利·柏格森，一个哲学家。"

"有可能吧。"马勒瓦尔松口道。

卡米尔露出了微笑。

"在警局，可不是所有人都有引用柏格森的能力！"

虽然做出了如是评论，卡米尔当天晚上还是去查了百科全书，了解了一下这位作家。他曾获得过诺贝尔奖，然而卡米尔没有读过他的任何文字。

"那路易呢？"

"他在逛妓院。"阿尔芒回答道。

"这倒不出我所料。"

"我是说，他在盘问曼努埃拉·康斯坦萨以前的同伙们。"

"你难道不想去逛妓院，反而更喜欢留在这里受这些墙纸的罪？"

"哦,你知道,那些妓院,一旦你去过一家——"

"好吧。我周一要去格拉斯哥,所以今晚不能太晚回去。我走啦。如果有什么事——"

"卡米尔!"

他正准备走,阿尔芒又叫住了他。

"伊雷娜还好吗?"

"她有点疲惫。"

"你应该多陪陪她,卡米尔。我们这里反正也没什么进展。"

"你说得对,阿尔芒。我这就去。"

"代我向她问好。"

在走之前,卡米尔经过路易的办公室,又停留了片刻。一切都井然有序的样子,所有物品都被分门别类地整理好。兰姿的垫纸、万宝龙的墨水笔……还有按主题整理的各种档案袋、笔记、备忘录……甚至连库尔贝瓦和特朗布莱两起案件的受害者照片,都被从上到下整齐地钉在软木板上,像是展览中的一个个相框。这里散发出的气氛并不是阿尔芒那种吹毛求疵的细致,而是理性有序,却不过分偏执。

从办公室出去的时候,卡米尔突然想起某个细节,停下了脚步。他转过身,眼睛四处搜寻,却没有找到,于是又朝出口走去。然而,这种印象挥之不去,就像突然在广告中听到某个词或在报纸上看到某个名字的感觉……他已经到了走廊,但是显然这样的印象依然没有消散。如果带着这样的疑惑离开,就像突然想到一张脸,却记不起名字,让人十分难受。他有些恼火,又踱了回来。就在这时,他想起来了。他走近书桌,就在左下角,摆着路易曾跟他提起的让·豪伊瑙尔的列表。他顺着索引,寻找着那个在他脑海里转瞬即逝的名字。

"我的老天!阿尔芒!"他大声喊了起来,"赶紧动起来!"

3

在警灯的帮助下，他们不到十分钟就赶到了瓦尔米河岸。两人赶在关门前几分钟闯进了S.O.G.E.F.I.公司的大楼，马上就要到七点了。

接待员做了个手势，说了句话，试图拦下他们。但是他们的步伐如此坚定，她只能跟在后面一路小跑。

他们像龙卷风一般袭进科泰的办公室。空无一人。女秘书后脚就到了。

"先生——"她正要说话。

"您在这里等着。"卡米尔做了个手势，阻止了她。

然后，他走向办公桌，绕了一圈，爬上了科泰的椅子。

"当老板的感觉应该很好吧。"他一边默默说着，一边伸长了脖子往前看去，但是他的脚无法碰到地面。

于是，他气愤地从椅子上跳下来，再次敏捷地爬上去，跪在了椅子上。但对这个方法感到不满，最终又站在椅子上，脸上露出了讥讽的笑容，这使他的脸部轮廓更加突出了。

"现在轮到你了。"他从扶手椅上下来，对阿尔芒说道。

阿尔芒不解地围着办公桌转了一圈，继而落在领导的位置。

"毫无疑问。"他往窗外望去，满意地回答道。窗户在办公室对面的另一端，可以看到最近几处楼顶边缘，有闪着绿色霓虹灯的"豪伊瑙尔交通"招牌。

"所以，我们到哪里可以找到弗朗索瓦·科泰先生？"

"我正要说，没人知道他在哪里。他周一晚上就失踪了。"

4

　　两辆车停在了科泰的家门前。一个垃圾桶被不凑巧地遗忘在过道里，阿尔芒的车把它碾得粉碎。

　　真是不缺钱的主儿呢，这是卡米尔站在科泰家门口的第一反应。这是一座高大的三层建筑，宽大的阶梯连接着一个小小的封闭式花园，靠近街道的这一侧，则是一排精工制作的栅栏门。随行人员从车里下来，打开了栅栏门。三辆汽车一路行驶至台阶处。车还没有停稳，四个人就已经从车里走出来，卡米尔也身在其中。一个女人打开了房门，像是被警笛声从睡梦中吵醒，尽管现在入睡还太早。

　　"科泰夫人？"卡米尔边走上台阶边问。

　　"是我。"

　　"我们正在找您的先生。请问他在家吗？"

　　女人的脸上突然闪过一丝若有若无的微笑，好像突然明白，警方是来包围她家的。

　　"不在，"她把门轻轻推开，回答道，"不过你们可以进来。"

　　卡米尔对科泰的印象十分深刻，对他的外形和年龄都记得很清楚。他的妻子是个身材苗条修长的女人，应该比他大十岁左右，这与卡米尔的想象相差甚远。尽管她的魅力已经有些黯淡，但是步伐和仪态都显露出一种品位，甚至是优雅，这与她的丈夫大相径庭，后者完全是一副暴发户的姿态，可以说根本不是一个级别。她身着一条不似往日风光的家居裤，一件十分普通的衬衣，举手投足间散发出优雅的文化气息——这到底是出自她轻柔的走路姿态还是缓慢的动作？

阿尔芒和两位同事很快就包围了整间房子。他们打开了所有房间和壁橱，翻找着所有证件。与此同时，科泰夫人正喝着威士忌，这似乎很能说明她的容颜是如何老去的。

"科泰夫人，您可以告诉我们，您先生在哪里吗？"

她一脸惊讶地抬起眼帘，居高临下地看一个如此矮小的男人，让她觉得有些尴尬。她舒服地稳坐在沙发上。

"我猜，应该是在那些婊子那里。怎么了？"

"他已经去了多久了？"

"其实我对此一无所知。怎么称呼您？"

"范霍文警官。那让我来换种方式问：他已经多久没回家了？"

"让我想想。今天是星期几？"

"星期五。"

"已经星期五了？那就应该是从星期一开始，对，应该是星期一。"

"应该是吗？"

"是星期一，我确定。"

"已经四天了，但是您看起来好像一点儿也不担心。"

"哦，您知道吗？如果每次我老公去……'散步'，这是他的原话，我都得担心的话——"

"那您知道，他一般会去哪里'散步'吗？"

"我怎么知道,我又不会跟着去。"

卡米尔用余光打量着客厅,观察着这里宏伟的壁炉、独角圆桌、油画,还有地毯。

"您一个人住吗?"

"您觉得呢?"

"科泰夫人,您的先生涉嫌一起刑事案件。"

她凝神看着他,卡米尔似乎察觉到她脸上泛起一丝蒙娜丽莎式的微笑。

"我很欣赏您的幽默和超脱,"卡米尔继续说道,"但现在我们手里握着两个年轻女孩的命案,事发地点就在您丈夫租出去的公寓。我十分急切地想问他几个问题。"

"您是说,两个年轻女孩吗?两个婊子?"

"没错,两个年轻妓女。"

"我老公一般都会约在外面,不会带回家,据我所知是这样。"她边说边又起身给自己继续倒了一杯。

"您对您先生的所作所为似乎不太了解。"

"确实,"她唐突地回答道,"即便他去散步的时候,会把别人剁成碎片,他回来的时候也不会跟我倾诉。这可真是遗憾,您瞧,若果真如此,我会觉得好笑的。"

卡米尔不知道,她到底喝得有多醉。然而她明确的表达以及清晰的吐字恰恰说明了,她正在努力撒谎。

阿尔芒跟两个同事从楼上走下来。他向卡米尔做了个手势,示意他过去。

"抱歉,我离开片刻。"

阿尔芒带领卡米尔来到二楼的一处小办公室:漂亮的樱桃木桌

子、精致的电脑、几个文件袋、一些书架、一排法律书籍、一些房产宣传册，以及整整四个书架的侦探小说。

"你把鉴定部门和实验室人员都叫过来，"卡米尔下楼的时候说道，"给马勒瓦尔也打个电话，让他跟他们一起留下来，就算是要过夜也得留。万一——"

然后，他又转身道："科泰夫人，我觉得我们得稍微聊一聊您的丈夫了。"

5

"就两天,一天也不多待。"

卡米尔看着伊雷娜,她与其说是坐着,不如说是瘫在客厅沙发上。她的肚子十分沉重,两个膝盖已经合不拢了。

"所以你带花回来是为了庆祝这个吗?"

"不是,我昨天就想买了。"

"说不定等你回来的时候,你就有个儿子了。"

"伊雷娜,我又不是要去三个礼拜,我只去两天。"

伊雷娜开始找花瓶。

她微笑着说:"让我生气的是,就算我想发脾气,我也发不起来。你的花真好看。"

"是你的花。"

她一路走到厨房门口,又回过头来对卡米尔说:"我气的是,我们已经说了两次要去苏格兰,你花了两年时间来思考这件事。现在你终于决定了,却不是跟我一起去。"

"我这不是去度假,你知道的——"

"要我说,我倒宁愿是去度假。"伊雷娜边说边走进厨房。

卡米尔走到她身边,想把她抱在怀里,可是伊雷娜在抗拒。她没有用力,但是很不乐意。

这时,路易打电话来了。

"我是想说,不要太担心伊雷娜。我……告诉她,您不在的时候,我随时都可以帮忙。"

"路易,你太好了。"

"是谁的电话?"卡米尔挂断电话后,伊雷娜问道。

"我的守护天使。"

"我还以为我才是你的天使呢。"伊雷娜走过来依偎在他身上。

"不,你是怀着我的孩子的心肝宝贝。"他边说边把手放在她的肚子上。

"哦!卡米尔!"她说道,然后轻轻地哭了起来。

二〇〇三年四月十二日 星期六——二〇〇三年四月十三日 星期日

1

周六当天，所有成员在八点半集合完毕，勒冈也现身其中。

"你跟金融刑侦科说过了吗？"

"一个小时后，你就可以拿到初步结果。"

卡米尔开始分配任务。马勒瓦尔已经在圣-日耳曼街区待了一夜，脸上挂着一副胜利者的神情。阿尔芒负责调查科泰的人际关系、地址簿、工作邮件和个人邮件，还要去核实从前一天晚上开始他的外貌特征是否已经分发至各处。路易则负责调查他在银行的个人账户和公务账户、收入和支出的流水以及他的日程表。

"我们要找的凶手需要具备三个条件。首先是时间，科泰肯定有时间，因为他是自己的老板。然后是钱，这个他也不缺，只需看看他的公司和房子便知道。尽管房产项目并不总是一帆风顺。最后，他还需要有组织力。这家伙应该也有这个能力。"

"你还忘了动机。"勒冈说道。

"让，动机这件事，是我们抓到他以后再问的问题。路易，朗博特那边还是没有消息吗？"

"毫无进展。我们已经重新派人去他频繁出没的三个地方蹲守,暂时还没有看到任何人。"

"蹲守已经没用了。"

"我也觉得。我们已经尽力低调了,但流言传得飞快。"

"朗博特和科泰,我真看不出这俩人能扯上什么关系。这方面也得去研究研究。路易,这个任务就交给你了。"

"事情会不会太多了?"

卡米尔转头向勒冈复述道:"路易说事情太多了。"

"如果我有充足的人手,难道你们还会不知道?"

"好吧。谢谢你的帮助,让。我提议,对朗博特的人际关系网展开搜捕行动。马勒瓦尔,你有更新好的名单吗?"

"我统计了十一个与他亲近的人。如果想做好协调,避免漏网之鱼的话,至少需要四个小组。"

"让?"卡米尔问道。

"只是搜捕行动的话,我今晚可以招些人手过来。"

"我建议,晚上十点左右再集体行动。到了那时,我们可以把所有人安顿好。马勒瓦尔,你来组织这件事。阿尔芒,你跟他一起留在这里准备审讯工作。至于我,我暂时留下分析昨天晚上收获的信息。"卡米尔看着他的团队,继续说道,"所有人中午十二点前在这里集合。"

晌午时,卡米尔终于拼凑出科泰的晋升之路。

二十四岁时,他毫不费力地从一所平平无奇的商业学校毕业,接着进入了S.O.D.R.A.G.I.M.公司。这是一家房产推销公司,领导人兼创始人是个叫埃德蒙·福雷斯捷的家伙。起初,科泰在一个小部门工作，负责发展独立房屋业务。三年之后，他撞了第一次大运，迎娶了自己老板的女儿。

"我们当时……我们是被迫结婚的，"他的妻子这样说道，"但是，这最终也被证实毫无用处。总之，嫁给我丈夫对我来说是一起双重意外事故。"

又过了两年，科泰又撞了一次大运：他的岳父在阿登省的一条路上驾车身亡。于是，他还不到三十岁，就成了公司的老板。他马上把公司名称改为S.O.G.E.F.I.，又根据市场情形和自己投资的业务，开了好几家分包公司。不到四十岁时，他以一己之力，把一家曾经完美运营的公司扭盈为亏，这似乎也很好地说明了他在企业管理才能上的匮乏。好几次，人们都注意到他的妻子给他投注了资金。她依然拥有足够的财富来接济自己的丈夫，为他的亏本生意买单。然而，鉴于他如此锲而不舍的投资失败，我们可以想到，总有一天他会走到穷途末路。

不用说，他的妻子对他恨之入骨。

"您已经见过他了，警官，我说的这些您应该也都知道：我的丈夫粗俗得令人震惊。不过，在他混的圈子里，这说不准还是个优点。"

科泰夫人在一年半以前，曾经提起离婚诉讼。然而，由于剪不断理不清的金钱关系和律师的不断攻击，至今没有定论。值得注意的是，二〇〇一年，科泰曾和警察起过冲突。这一年的十月四日凌晨两点半，他在布洛的树林里被捕。他被一个妓女勾引到路旁，然后打了她的肚子和脸颊。妓女的老板找来打手找到了他，幸好区政府的巡逻队碰巧经过，才把他救了出来。他在医院里住了两天，然后就因为暴力和奸淫罪被判刑两个月，缓刑。从这天起，他便再也没有被捕经历。卡米尔看了看日期,他唯一的案底追溯到二〇〇一年七月十日。难道说,在这次被捕后,科泰找到了自己真正的道路?他的妻子不停地提到那些"婊子",也许更加说明了她对他怀有怎样的恨意,看着他陷入泥潭,更是无比激动。

卡米尔重新拿出克雷医生的初步结论报告。到目前为止,这些结论已经在这些初显的迹象中得到了印证。

2

十二点四十五分,他们进行了第一次总结。

"实验室一大早就完成了采样。"卡米尔宣布道。

可能还需要两到三天时间,才能拿到在他家里取得的样本分析结果。科泰的衣物、鞋子、组织纤维、头发等。无论如何,即便这些结果有些许积极意义,但只有找到科泰,它们才能真正发挥作用。

"这个科泰,我不知道他脑子里在想些什么。"阿尔芒应卡米尔的要求,开口说道,"他的妻子说得对,这个家伙就是喜欢女人。他的电脑里有成堆的照片,收藏了大量色情网站。他肯定在这些事上花了不少时间,因为这数量可……而且,应该也花了他不少钱。"他不禁这样总结道。

大家都在笑。

"我没有在他的联系人列表中找到任何妓女的联系方式。他应该是在网上联系她们的。剩下的就是一些乱七八糟的工作上的联系人,可能需要一些时间才能整理出对我们有用的东西。总之,没有任何信息能与我们掌握的线索匹配。"

"他的银行账号也是一样,"路易接着说道,"支付记录没什么可疑之处，与我们的线索远近都不相干，没有任何钉枪、拉夫劳伦手提箱或是日式沙发的购买记录。但是，让人感兴趣的是，有很多大笔现金支取记录，这样的行为已经持续了三年。这是很不正常的。经过比对，我发现在我们所掌握的案件节点前发生过支取，但是在其他时间点也曾发生过。要想把事情弄清楚，必须对他进行审问。他的日程表也是同样的情况。日程表显示，格拉斯哥案发时，科泰人在西班牙。"

"还得弄清楚他是不是真的在那里。"卡米尔说道。

"我们正在调查，下周初才能知道结果。二〇〇一年十一月，他人在巴黎，特朗布莱案是发生在巴黎近郊，这无法说明他是否去过案发现场；库尔贝瓦案也是一样的情况。还是那句话，只要我们没有抓到他——"

科泰的外貌特征在前一天晚上就发给了所有派出所和警局。大家决定分头行动，周一再碰面。路易留在原地电话待命，他对此也十分乐意。如果有任何新情况，他可以在周末任何时候去打扰卡米尔，这已经成为心照不宣的事。

3

下午回家的时候，卡米尔顺便取了一堆包裹，放到小房间里。自从停工待产以来，他的妻子就开始布置起婴儿房，准备迎接孩子的到来。最开始的时候，卡米尔还会搭把手，但很快工作就吞噬了他。这个房间以前是用来堆放杂物的，他们把一年中不需要用的东西都存放在里面。伊雷娜把房间清空并打扫干净，让人贴上了素净欢快的墙纸。这个小小的地方，门朝向他们的卧室，现在看起来就像一个玩具娃娃的家。"完全适合我的身高呢。"卡米尔心里这样想。一个月来，伊雷娜买了好些婴儿家具，所有东西都还在包装箱里，卡米尔冒出一身冷汗。伊雷娜已经到了待产的最后阶段，早就该把这些东西拆装好了。

这时，他的手机铃声响了起来，他吓得跳起来。是路易。

"没有，没有新消息。我给您打电话是因为您把特朗布莱案的档案袋忘在您办公桌上了。您不准备带到格拉斯哥去吗？"

"我忘记了。"

"我已经拿上了。您需要我给您送过去吗？"

卡米尔思考了四分之一秒，看了看正待拆封的包装箱，听到伊雷娜从淋浴间传出来的歌声。

"不用，谢谢你的好意。我可以周末去办公室拿吗？"

"没问题。我得原地待命，所以肯定会在。"

几分钟后，卡米尔和伊雷娜拆起了包装箱。卡米尔开始投入组装婴儿床的巨大行动中（把A型螺丝放在1C孔中，把F型护栏放在1C枕木里，这什么乱七八糟的，枕木是什么东西？A型螺丝有九枚，B型螺丝有四枚，在垫木B还未安装至E空间之前，螺丝不要拧紧。伊雷娜，你来看看。我可怜的爱人，我觉得你装反了……）。

真是美好的一天。

他们去餐厅吃了晚饭。伊雷娜安排着自己的日程，因为不想在卡米尔去苏格兰时独守空房，她决定前往勃艮第，去退休的父母家待上几天。

"我让路易或者马勒瓦尔送你去火车站。"卡米尔提议道。

"我打车就行了，路易有别的事要做。而且，如果你要找人帮忙的话，我更倾向于找阿尔芒。"

卡米尔笑了起来。伊雷娜很喜欢阿尔芒，甚至对他抱有某种母性关怀。他的笨拙在她眼里变得十分可爱，他的神经质也时常触动她。

"他还好吗？"

"他的吝啬值已经爆表了，亲爱的，已经登峰造极。"

"没法比以前还小气吧？"

"不，阿尔芒真的可以。这实在太可悲了。"

马勒瓦尔在十点半左右打来了电话。

"朗博特这边，我们已经抓到了所有人，只少了一个——"

"这就麻烦了。"

"不，只少了可怜的穆拉德。他昨晚被人用刀捅死了。大概正午的时候，我们在克利希的一个地窖里找到了他的尸体。这些人，你永远也无法确定拿到的是不是他们的最新名单。"

"你们需要我吗？"

卡米尔想到伊雷娜，心里祈祷了片刻，乞求上苍，在他出发去格拉斯哥之前，不要再让他离开家门了。

"不，应该不需要。我们把他们分开关了起来。路易决定留下来跟我们一起，再加上阿尔芒，我们一共三个人。如果有新消息，会马上给你打电话。"

午夜刚过，"新"消息已经传来。都是老调重弹。

"没人知道任何消息。"马勒瓦尔确认道，彼时卡米尔已经准备上床睡觉了。信息对比只得出了一个结论：朗博特在同一时间跟所有人说了同样的话。

"什么话？"

"一些废话。几乎所有人都认为，他是跟丹尼尔·鲁瓦耶一起走的。他说他要离开一段时间。他跟有些人提过，只是短暂的出行，跟他的一个女儿说的是'两天'，不会更久。没人知道他去了哪里，也没人知道他何时回来。"

"行了，你把他们都放了吧。周一再写行政材料。快去睡觉吧。"

4

趁着伊雷娜准备出门吃晚饭的间隙,卡米尔飞快地跑了趟路易家。路易家的大楼让卡米尔再次想起科泰家的奢华。这里有着精美上蜡的扶梯,公寓的门都是双开门。走到路易家门口时,他听到一些人的声音,然后又缩了回来。

他看了看手表,正准备按门铃,又听到了他们的声音。是几个男的,说话声音很大。他十分轻易地辨认出路易的声音,却听不清他在说什么。他正在热烈的讨论中。卡米尔心想自己来得真不是时候。也许最好的办法,就是给他打个电话,提前告诉他自己会过来。他正犹豫要不要下楼,但是有四层楼梯。他最终选择了爬到楼上的过道里。卡米尔正拿出手机,公寓门突然打开了。

"你不要再用你的道德教育课来烦我了!"一个男人大声喊道。

是马勒瓦尔,卡米尔心想。

他冒险从扶手上探出头来,看到一个男的正大步流星地下楼,卡米尔一眼就认出了他的夹克。

卡米尔强迫自己等了很长一段时间。他把脑海中的计时器重启了八次,每一次都觉得时间还不够久。卡米尔不清楚这两人之间的关系。也许，他们比他想象的更加亲近？他有种感觉，似乎介入了一件与自己毫不相干的事情，感到十分不适。他等到自己认为等待间隙已经足够长，才终于走下楼，按响了路易家的门铃。

二〇〇三年四月十四日　星期一

1

周一早上，科泰依然在逃。蹲守在他家附近的队伍也没有观察到什么可疑现象。周六白天，科泰夫人出门一整天，晚上才回家睡觉。一切都很正常。

卡米尔的飞机十一点半起飞。

他整个周末心绪不宁。这天一大早，大概八点半，他才明白过来，自己想这么多也无济于事，因为实际上他早就有了决定。

他给大学里的巴朗乔打了个电话，留了一条长信息。然后又拨通了书店的电话号码。

"热罗姆·勒萨热。"电话里传来书店老板沉着的声音，打断了欢迎铃声。

"今天书店没关门吗？"

"关了，但我周一经常会过来处理一些案头工作。"

卡米尔看了看手表。

"我能跟您见一面，聊几分钟吗？"

"今天周一，书店不营业。"

老板的语气算不上粗暴，只是表达了十分专业和直率的态度。在这里，警察并不比普通客人享有更高地位。更明确地说，在勒萨热书店里，警察没有权利颐指气使。

"但是你在店里——"卡米尔试探地说道。

"好吧，那您说吧。"

"我更倾向于见面谈。"

勒萨热沉思了片刻，妥协道："如果时间不长的话，我可以给您开几分钟门。"

卡米尔用食指在卷闸门上轻轻地敲了几下，书店老板就出现在旁边的门口。两人简短地握了个手，然后走进书店，入口直接通向了隔壁大楼的走廊。

沉浸在黑暗中的书店透出一种阴森的氛围，甚至给人一种咄咄逼人的感觉。书架、挤在楼梯下的小办公桌、成堆的书以及挂衣架，这一切在轻柔的光线中，呈现出一种变幻不定的形态。勒萨热开了几盏灯，卡米尔感觉根本无济于事。没有外面街道透进来的光，这地方显得沉重和神秘，就像个洞穴。

"我马上要去苏格兰了。"卡米尔不假思索地说。

"所以，您是为了通知我这件事——"

"有个年轻女孩被勒死了，二十来岁。"卡米尔回答说。

"什么？"勒萨热问道。

"她的尸体是在一个公园里被找到的。"

"我不明白。"

"我想知道，这个案件会不会也让您想起什么。"卡米尔努力耐心地解释。

"听着，警官，"勒萨热边朝他走去边说道，"您有您的工作，我也有我的工作。当我读到库尔贝瓦发生的事情时，不难发现与B. E. 埃利斯的小说有很多相近之处。我认为，把这件事告知您是再正常不过的事，但是我的'合作'仅限于此。我是个书商，您看，我不是警察，也没有换工作的打算。"

"这是什么意思？"

"就是说，我不希望三天两头被打扰，听您汇报手里的案件情节。首先，我没有这个时间；其次，我也没有这个爱好。"

勒萨热走到卡米尔身边，这一次，他没有刻意保持距离。

尽管卡米尔对此早已习以为常，但是他很少有像现在这样被"俯视"的感觉。

"如果我愿意成为警方的线人，您应该早就已经知道了，不是吗？"

"我们没有要求您做线人，可您已经做了一次。"

老板的脸开始变红。

"勒萨热先生，您的原则可真有弹性区间。"卡米尔说完，转身向出口走去。

满腔怒火的他完全忘了卷闸门是被拉下来的状态。他又退了几步，绕过一张摆满书的桌子，朝他刚刚进来的侧门走去。

"是在哪里？"勒萨热在他身后问道。

卡米尔停下脚步，转过身来。

"你说的那个女孩，案子是在哪里发生的？"

"格拉斯哥。"

勒萨热已经恢复了镇定。他低头看了一会儿鞋子，眉头紧紧皱了起来。

"还有什么特别的地方吗？"他问道。

"那个年轻女孩被强奸了。肛门处。"

"穿着衣服吗?"

"穿着牛仔裤、黄色平底鞋。据我所知,所有的衣服都找到了,除了一件。"

"内裤吗?"

卡米尔的愤怒瞬间烟消云散,突然有种不堪重负的感觉。他看了看勒萨热,感觉此人的形象从一个教授变成了癌症医生。勒萨热走了几步,只犹豫了片刻,就从书架上抽出了一本书。封面上是一个戴着毛毡帽的男人,靠在台球桌上,咖啡厅深处,还有另一个模糊不清的轮廓似乎正在向他靠近。卡米尔看了一下,威廉·麦尔文尼,《莱德劳》。

"见鬼!"他开口说道,"您确定吗?"

"当然还没法确定,但是您跟我说的情节都在这本书里出现了。我才看完不久,记得还很清楚。就像人们常说的,我们永远无法界定最坏的情况是什么。也许还有一些明显的区别,也许这并不是——"

"非常感谢您。"卡米尔边翻阅边说道。

勒萨热做了个手势,示意这个礼仪结束后,他已经迫不及待地想回去工作了。

付完书款,卡米尔把书拿在手里,看了看手表,走了出去。载他来的出租车依然停靠在路边等候。

走出书店的时候,卡米尔在想,勒萨热书店里这么多的书,代表着多少死亡数量呢?

这想法令人眩晕。

2

去机场的路上,卡米尔打电话给路易,分享了他的新发现。

"你是说,《莱德劳》吗?"

"没错。你看过吗?"

"没有。要我转告法官吗?"

"不。现在还没必要惊扰她。我还得先看一遍,再跟英国同事们讨论一下。"

"苏格兰同事!你可别在那里称他们为英国人。"

"谢谢你,路易。跟我们的苏格兰同事讨论。看案件的细节是否与书中内容相符。就是几个小时的事,我回来以后再说也不迟。"

路易陷入了沉默,显得有些尴尬。

"你不同意吗,路易?"

"我同意。我是在想别的事。那个书店老板对他的所有书都了如指掌吗?"

"我也想到了这个问题,路易,我隐隐有些担忧。但老实说,我不相信有这样的巧合。"

"他可能不是第一个主动向警察提供犯罪线索的凶手。"

"我知道,这甚至是个经典做法。你有什么想法?"

"近距离观察他,当然行动得低调。"

"就按你说的做吧,路易。至少这样我们心里可以踏实一些。"

卡米尔在登机大厅里翻着麦尔文尼的书,然而他的眼神每五分钟就会变得游离,完全无法集中注意力。十分钟过去了,他一直在紧张地用手指敲打着一本光面杂志。

"不要这样。"他在心里一遍遍默念。

直到空姐在广播里播报,十分钟之后开始登机。

这时,他终于忍不住了,掏出了信用卡和手机。

3

提摩西·加拉格一头黑发，是个枯瘦的五十岁男人，有着讨人喜欢的笑容。他手里举着一张十分显眼的名字牌，在航班到达出口等卡米尔。当他看到卡米尔的体形时，并没有表现出任何的惊讶，甚至很难想象到哪种情况会让他表现出惊讶或是任何其他情绪，他整个人都沉浸在一种平和与秩序的感觉中。

两人通过电话交谈过两次。卡米尔认为应该赞叹一下他流利的法语，话一出口却又感到后悔，因为这听起来像是一种表面的恭维，然而这些话确实是真心实意的。

"您的推论让这里的人……十分惊讶。"出租车穿越布坎南街道时，加拉格这样说道。

"不得不做出这样的推论，我们也很惊讶。"

"我明白。"

在卡米尔的想象中，这座城市只有一个季节，全年从头到尾都是阴冷多风的天气。很少有城市会如此自然地给人以理智，这个地方似乎不愿意得罪任何人。

卡米尔觉得，格拉斯哥这座城市隐匿着一些古老、漠然的东西，有着属于自己的世界。出租车把他们从机场带到了法院所在的乔斯林广场，卡米尔置身于这座城市的奇特装潢中，被一种异国风情所包围。在这座灰色和粉色相间的城市里，人们打理公园的方式，都像是怀着无限希望，希望夏天有一天终会来临。

加拉格花时间写了一份备忘录，总结了所有的调查数据。看到这位法国同事说英语时犹豫不决的样子，他自告奋勇地提议承担同传的任务。卡米尔向他微微一笑，对他表达了感谢，似乎已经接受这里的惯例。

"死者叫格蕾丝·霍布森，"加拉格开始说道，"当时十九岁，与她的父母住在格拉斯哥十字街区。她和她的朋友玛丽·巴尔尼斯在市中心的'大都市'迪厅玩了一个晚上。唯一值得注意的是，当晚她的前男友威廉·基尔马也在场。所以那天晚上她一直焦躁不安，不停地用余光打量着柜台，还喝了不少酒。晚上十一点左右，那个年轻小伙不见了，格蕾丝也站了起来。她的朋友玛丽·巴尔尼斯清楚地看到她正往出口走去。由于没看到她回来，朋友们都猜想这两个年轻人正在互相解释，所以并没有担心。到了十一点四十五分，人群开始散去，这时人们开始找她。自从她离开，再也没有人见过她。二〇〇一年七月十日上午，人们在凯尔温格罗夫公园发现了她的尸体。她死前曾被强奸，然后被勒死。那个男孩声称没有见过她，他也确实是在晚上十一点左右离开了舞厅，跟另一名女孩走到街上，并送她回了家。然后，他在将近午夜的时候回到了父母家。在回家的路上，他碰到了两个住在同一街区的朋友，他们刚从一个聚会中回来。几人互相交谈了几分钟。证词看起来都是真实的，男人的陈述并无任何与事实相悖的地方。我们发现了三个疑点。第一，女子的内裤不见了。她的所有衣物都在现场，除了内裤。第二，女子的脚趾上有一枚用橡胶墨水印章盖上去的假指纹。第三,女子的左边太阳穴上出现了一颗非常逼真的假痣。这个诡计在几小时之后她的父母来认领尸体时才现出原形。分析表明,这颗痣是在她死后做上去的。"

卡米尔问了很多问题,都得到了殷勤的回答。格拉斯哥警方似乎充满信心,并不介意保护调查信息的问题。

他们给卡米尔看了一些照片。

于是卡米尔拿出了在勒萨热那里买的书。

这个发现似乎也没有使他们感到惊奇。卡米尔向他们简单讲述了故事的梗概,与此同时,他们让人跑腿去最近的书店买回了四本英文版小说。

大家一起喝了点茶,等到下午四点会议重启。

他们把英文版本和法文版本放在一起,花了很长时间对比原文以及案件调查的各类信息,尤其是照片。

> 她身体的一部分被落叶覆盖……头和脖子呈现出一种奇怪的角度,好像在试图听清什么东西。在她的左边太阳穴处,他看到了一颗痣。女孩曾认为这颗痣会毁掉她的好运气。

作为回馈,卡米尔介绍了在法国进行的案件调查信息。苏格兰警察认真地查看着这些材料,就像在负责自己的案件一样。卡米尔似乎猜到他们在想:"我们正在查看的都是事实,都是些真实而顽固存在的事件,没有什么别的好想的,只能有一个念头:在这极其疯狂和罕见的事件里,警方面对的是一个疯子,我们的任务就是要抓住他。"

傍晚时分,加拉格带着卡米尔去了案件涉及的各个地点。气温变得越来越低。凯尔温格罗夫公园里，散步的人们仍然穿着单薄的夹克，像是在努力而心酸地相信，夏天的气温已经稳稳停驻于此，也许它也已经尽力了。他们去了格蕾丝·霍布森的尸体被发现的地方，卡米尔认为这里的环境与麦尔文尼的描述完全一致。

受害者曾居住的格拉斯哥十字街区呈现出市中心宁静的一面，一座座耸立的大楼面朝街道，每栋楼前都有涂着厚重黑色油漆的铁栅栏，已经翻新过好几次。加拉格询问卡米尔是否想与受害者的父母见一面，卡米尔礼貌地拒绝了。这不是他的案子，他不想让人觉得他来这里的目的是重新接手未破案件。接着他们去了"大都市"，这是一家由电影院改造的迪厅。它的外观跟很多同类场所一样，有很多荧光灯管和涂着红色油漆的老旧窗户，让人失去了描述的欲望。

卡米尔在市中心订了一间旅馆房间。他在房间里给在父母家的伊雷娜打了个电话。

"路易去送你了吗？"

"当然没有，卡米尔。我自己打了车，就像一个大人该做的那样。或者说，就像个肥胖的大人——"

"累不累？"

"挺累的。但是让我感到最疲惫的，还是我的父母，你知道的——"

"我能想象。他们还好吗？"

"还是老样子，这才是最糟糕的地方。"

卡米尔只去过勃艮第三四次，去见他的岳父岳母。伊雷娜的父亲从前是个数学老师，是他们村子的历史学家，还是当地几乎所有协会的主席，是当地的荣耀。自命不凡的他，总是乐此不疲地向卡米尔讲述他那不值一提的成功、微不足道的胜利以及在社团里取得的成就；

滔滔不绝几分钟后，就会提出与女婿下棋，向他复仇；接连输了三局之后，就会在剩下的时间里以胃部不适为借口，不动声色地赌气。

"爸爸希望给我们的儿子取名叫雨果。不知道怎么想的——"

"你问他了吗？"

"他说这是个胜利者的名字。"

"确实无法反驳。那你问问他'恺撒'怎么样。"

她沉默了片刻，接着说道："卡米尔，我好想你。"

"我也一样想你——"

"不可能。你那边天气怎么样？"

"这里的人说这是种'混合天气'。也就是说，昨天下过雨了，明天会继续下。"

二〇〇三年四月十五日　星期二

1

　　飞机从格拉斯哥起飞，下午两点落地。卡米尔刚走出出口大门，就看到了马勒瓦尔，他的脸拉得比平常更长了。

　　"看你这样子，我都不需要问是不是有什么坏消息了。"

　　于是两人交换了信息。马勒瓦尔接过了卡米尔的行李箱，把报纸递给了他。

　　《晨报》。

《莱德劳》，"小说家"推出第三部"作品"

　　只有一个可能：那就是书商勒萨热泄密。

　　"真是见了鬼！"

　　"我也骂了同样的话，路易就骂得更有分寸。"马勒瓦尔边启动车辆边评论道。

　　卡米尔的手机来了三通电话，都是勒冈打来的。他甚至连接电话的动作都没做，直接关掉了手机。

彼时如此回应那位记者是不是做错了？如今他还能再赢回一些时间吗？他并不是因为这件事感到沮丧，而是因为这篇文章将不可避免地引起的反响，以及第二天所有报道案件的报纸可能产生的反应。他本以为在离开格拉斯哥之前，没有必要通知勒冈和法官，他在麦尔文尼的书中找到了格拉斯哥案的关联。看来是他错了。现在他的上司从报纸上得知他已经掌握了两天的信息。他将被调离此案，这不再是被反复权衡的事，已经百分之百确定了。显然，他错过了一切，从案件的开端，他就远远落后于所有人和事。四起谋杀案后，他没有资格吹嘘找到了任何线索，或是任何确凿的证据。就连记者似乎都比他更了解情况。

他的调查正处于沉没的边缘。

在他的职业生涯中，卡米尔从未感到如此无力。

"请把我送回家吧。"

卡米尔沮丧地说出这句话，声音低到几乎听不见。

"完蛋了。"他继续自言自语。

"我们会找到他的！"马勒瓦尔激情昂扬地说。

"有人会找到他的，但不会是我们，至少不会是我。最迟今天下午，我们将不得不被调离这个案件。"

"为什么？"

卡米尔用三言两语跟马勒瓦尔解释了情况。他有些惊讶地发现，马勒瓦尔看起来十分难过，甚至比他自己更加沮丧。他不停地低声重复：

"这不是真的，这——"

然而这却是千真万确的事。

他慢慢地把文章看完，当看到落款是比松时，心中的沮丧不禁化作怒火。

继特朗布莱案与詹姆斯·艾尔罗伊的关联以及库尔贝瓦案与B. E. 埃利斯的关联后，警方又发现，这位"小说家"不仅在法国猖獗。根据可靠消息，他还有可能要为二〇〇一年七月十日格拉斯哥一名年轻女孩的谋杀案负责。这起案件是对苏格兰作家威廉·麦尔文尼在《莱德劳》中描写的一个犯罪场景的忠实再现。

在读的过程中，他好几次抬起头思考，同时不停地说着：
"混蛋。"
"我觉得，他们都这样。"
"你在说谁？"
"记者都一样。"
"不，马勒瓦尔，我想到的人不是他。"
马勒瓦尔谨慎地闭了嘴。卡米尔看了看手表。
"我回家前要先去个地方。这里右转。"

2

卡米尔手里拿着报纸，迈着果敢的步伐走进书店。热罗姆·勒萨热没什么好说的，马上站起来，两手一摊，像是按在一堵看不见的隔墙上。

"抱歉，警官。我向您保证——"

"勒萨热先生，您所掌握的信息属于调查机密。您将受到法律的制裁。"

"警官，您是来逮捕我的吗？您是不是有些忘恩负义？"

"勒萨热，您在玩什么把戏？"

"您向我询问的信息也许是属于调查机密，"书店老板说道，"但在文学上可远远算不上是秘密。人们甚至会感到震惊——"

"震惊于我们文化的匮乏是吗？"卡米尔冷冷地问道。

"那倒不至于，但确实还是有所欠缺的。"

书店老板的嘴边闪现一丝模糊的笑容。

"总之——"他开始说道。

"总之，"卡米尔打断了他，"您乐于利用您的文化给自己做个小小的广告。这就是您作为商人的职业道德。"

"警官，我们都在为自己做宣传。但是，您会注意到，我的名字并没有在宣传中出现。倒是您的名字，可是不绝于耳，如果我没记错的话。"

这个回答让卡米尔很受伤，这也正是说话人的意图。卡米尔感到来书店根本就是徒劳，后悔自己的鲁莽行事。

他把报纸扔在勒萨热的办公桌上。

他不明白书店老板出于什么原因做出了这样的举动，也不再想解释，这会对调查产生什么样的不可避免的影响。他感到十分气馁，一言不发地走了出去。

"我去把箱子放下，换身衣服，"上车的时候，他对马勒瓦尔说道，"然后我们就去总部，接受调离处罚。"

马勒瓦尔开着警灯，把车临时停在路边。卡米尔快速从信箱里取出邮件，拖着沉重的身体爬上楼梯。伊雷娜不在家，公寓空荡得令人难以置信。然而，看到房门虚掩的婴儿房在静静地等着他时，他的脸上露出了微笑。他马上就有时间照顾家人了。

本来应该只花几分钟的事，实际上比预期拖了更长时间。马勒瓦尔犹豫着要不要给老板打电话。他已经在这里停了很长时间，有些后悔没有看时间。他下了车，点了支烟，然后看了一眼卡米尔家的窗户，那里什么动静都没有。等他决定拿出手机时，卡米尔终于出现在人行道上。

"我都开始担心了。"马勒瓦尔说道。

显然，这篇文章给卡米尔带来的影响已经开始发酵了。马勒瓦尔觉得，他的表情比上楼前更加挫败了。卡米尔在人行道上待了一会儿，在手机上查看了勒冈的两条短信——现在有三条了。

第一条短信是暴怒的语气："卡米尔，你真他妈烦！所有报纸都知道了，而我什么都不知道！你一到就给我打电话，听到没有？"

第二条短信紧接着第一条，是在几分钟之后发过来的，更多的是解释性质："卡米尔，我刚刚接到法官的电话，我们最好快点谈一谈，因为——这事儿可不简单。能给我回个电话吗？"

最后一条短信就是明显的同情了："我们下午三点半前必须赶到法官那里。如果在此之前没有你的消息，我会直接去那里等你。"

卡米尔删掉了这三条短信。马勒瓦尔终于启动了车辆。一路上两人都保持着沉默。

3

勒冈先站了起来，他握住卡米尔的手和手肘，就像是在进行吊唁。德尚法官甚至没有任何表示，只是指了指办公桌前的空椅子，然后深吸一口气。

"范霍文警官，"她专注地看着自己的指甲，平静地开口说道，"这不是一个常见程序，做出这样的决定，我也并不愉快。"

德尚法官无情地打着完美的官腔。她用词准确，操着重大时刻的沉稳语气和冷漠语调。她终于抬起了头。

"您再也不能为自己的失职找任何借口或理由了。不瞒您说，我甚至没有为您做任何辩解。一切已成定局。我已经指出过您的违规行为，现在您又背着法院把消息透露给媒体——"

"事实并非如此！"卡米尔打断了她。

"严格来说，结果并无二致！我不想知道事情究竟是怎么发生的。我很遗憾地通知您，您已经被踢出了这起案件的调查。"

"法官女士——"勒冈开口了。

卡米尔马上举手示意，拦住了他。

"让，你别管！法官女士，我没有通知您格拉斯哥案与媒体报道的那本书之间存在关联,是因为当时这种相似之处还没有得到证实。如今已经证实了,所以今天我来这里是为了向您提供确认信息。"

"警官,我很高兴在报纸上读到了这个消息。但是,这起案子停滞不前,所有的媒体都在谈论您,而且只有您。而您呢,从第一天开始就毫无头绪。"

卡米尔叹了口气。他打开公文包,平静地拿出一本光面小册子,递给德尚法官。

"这本杂志叫《不眠夜》,是本侦探文学的专业周刊。人们在上面发表关于作家和访谈的最新研究文章。"卡米尔把杂志打开,翻到第五页。

"还有一些启事。主要是为了收集那些珍稀的绝版书之类的。"

他不得不从椅子上起身,把杂志递到法官手里,然后再坐下。

"我圈出了其中一条启事,在左下角。是条很短的启事。"

"'B.E.E.'?是这个吗?下面,这是……您的个人地址?"

"没错,"卡米尔说道,"B.E.E.,指的是B.E.埃利斯。"

"这是什么意思?"

"我发了一条启事,想试着联系我们要找的人。"

"您有什么权力——"

"不,法官女士,我求您了!"卡米尔打断道,"这都是之前的事了。您翻来覆去说我失职,提醒我遵守规定,补办手续,这些我都听明白了。我知道,我又犯了僭越职权的错误。可是您想怎么样呢?我是个冲动的人,事情就这样发生了。"

他又递给她两张打印纸张。

"这个,"他继续说道,"是我今天上午在邮箱里收到的。"

先生：

您终于走到这一步了。看到您的启事，我深感宽慰，甚至可以说是一种解脱。我想说，这么多年来，看着这个迟钝盲目的世界，我感到无比痛苦。人们如此麻木不仁。我向您保证，这样的时间实在是漫长。随着时间的流逝，警方给我留下了平庸无能的印象，我见过的检察员和调查员数不胜数。他们毫无直觉和策略可言，我向您保证，这些人简直就是愚蠢的化身。我本以为自己已经慢慢不再抱有幻想。在那些绝望的时刻（天知道到底有多绝望），我沮丧不已，以为再也不会有人明白这一切。

在您之前，有多少人像瞎子一样从我面前经过。您的到来瞬间唤醒了我的希望。您与他们不同，您身上有一些不一样的地方。自从您进入我用持久且缓慢的耐心亲自设定的故事场景中以来，我看着您在重要的信息前转悠，我知道您一定会找到的。然后，您就来到了这里。当我看到报纸上对您的专题报道时，就已经明白了这一点。那篇报道实在太不公平。不过，当时我还只是猜测，但是我知道您已经明白，也知道我们很快就要互相交流。

您在询问"B.E.E."的事情吗？

此事说来话长。这是一个久远的计划，我希望能精准地实现它，这样才能配得上我的偶像。B. E. 埃利斯是一位大师，能为这样的作品服务，我感到十分谦逊和卑微。当然也很幸福。不知道您是否注意到（我知道您肯定注意到了），我以多么精准的方式完成了这项计划，以多么忠诚的态度还原了大师的作品。这真是个艰难的任务。我准备了很

209

长时间，找了上千个地方，看了多少公寓！当我遇到弗朗索瓦·科泰时，马上就摸清了这个家伙的底细。真是个蠢货啊，不是吗？但是那些地方是完美的。引诱这个傻瓜上钩也不费吹灰之力，他对金钱的渴求都写在了脸上，每一个毛孔都透露出个人的失败。他以为自己得到了一笔好买卖。引诱这样的人，简直就是小菜一碟。不过我还是要帮他说几句话，他这个人还是很有责任心的，也十分乐于助人。他甚至毫不犹豫地同意签收了我租赁的那辆车……对他不能再要求更多了（您应该注意到了，那些家具都是以"皮斯"的名义订购的，这显然是参考了"血色侦程"四部曲的作者戴维·皮斯……）。显然，他不知道自己的角色在那一刻就已经结束了。周一晚上我也是毫不费力地就把他引出来了。您把他吓得够呛，他已经准备不顾一切地从这件事情当中脱身而出了。然而从根本上来说，他只是个无名小卒。我杀了他，这对我来说毫无快感。我讨厌死亡。他的消失只是必要的，仅此而已。我把他埋在荷兹森林里，您会在那里发现他的尸体，就在克莱蒙-德-鲁瓦尔兹附近（在一个被称作"拉卡尔瓦勒里"的地方往北三百米左右）。我相信您会委婉地通知他的家人。

但是，如果您愿意的话，让我们回到重点。您应该已经注意到，为了以最准确的方式重现这些场景，我进行了多么细致的准备。每件物品都有自己的位置，完美地扮演了自己的角色。我相信，埃利斯一定会很高兴的，这里的装潢安排得如此得当，如此忠诚地满足了他的愿望：行李箱以及里面装的东西是几个月前在英国购买的，沙发则是多亏了我们的朋友科泰才完成了送货。最困难的部分，是寻找B.E.E.想象中那张可怕的斑点狗壁纸（多么美妙的发现）。我不得不在美国订购这种壁纸。

挑选这场悲剧的年轻女演员，也算不上是希望渺茫的事。

B.E.E.的男主人公帕特里克·贝特曼是个受女人欢迎的黄金男孩，用他粗鄙的话来说，那些女孩有着"大胸"（"非常年轻，一些人间尤物。"他明确这样说过）。我非常关注这一点，还有她们的年龄，然而这并不是重点。最重要的是，她们的样子得像帕特里克·贝特曼喜欢的那样，这就属于直觉问题了，是一个真正的导演和一个普通监制的区别所在。年轻的伊芙琳娜是个完美对象。我第一次跟她做爱的时候并不难受。我那样做纯粹是出于计划所需，因为我必须把自己包装成一名冷静的客户，没有太多要求，只要满足基本需求，出手也很阔绰。除此之外，我没有找到其他更可靠的办法。她漠然地参与了这个游戏，也许正是她这种超脱的态度，再加上她对男性顾客需求的蔑视，让我做出了招募她的决定。当我看到她带着小约瑟安娜来到库尔贝瓦时，我真为她感到自豪。约瑟安娜也是个完美对象。我总是知道如何找到合适的人，这是最重要的事。

卡米尔，那天晚上我很紧张，可把我紧张坏了！她们到的时候，一切都已准备就绪。这场悲喜剧可以上演了，想象终于可以照进现实。更值得高兴的是，多亏了我，艺术和世界终于要融为一体了。整个傍晚，我是如此的急不可耐，以至于我担心那两个女孩会觉得我太紧张了。

我提供了一些香槟，在我的计划里，她们只需要提供最起码的东西。

我们嬉戏玩耍了一小时,我要求她们做了B.E.E.的女主角做过的所有事,然后时间到了,我的胸口开始收紧。我几乎穷尽了宝贵的耐心,才把她们的身体摆出与模特儿一样的确切姿势。当我对伊芙琳娜下手,她发出第一声痛苦的号叫时,一切都像书里的情节一样发生了,完全一样。卡米尔,那天夜里,我经历了一场真正的胜利。

是的,这就是我那天的感受。这是一场胜利。而且,我可以说,我的两个年轻女孩也有同样的感受。那天深夜,当我将屠刀伸向伊芙琳娜的时候,您真应该看看她流下了多少真实而美丽的长长的泪珠!而且,我知道,如果B.E.埃利斯决定在悲剧的这一刻保留她完整的嘴,伊芙琳娜一定会朝我幸福地微笑。我知道她也会感受到,我用尽耐心准备的这一切,正在成为我们两人的胜利。我给了她一个活着走进艺术作品的机会。我知道,在她内心深处,有一个也许自己都不了解的部分,也热爱着这样的时刻。我把她从悲惨的存在中解脱出来。这世上所有的伊芙琳娜都过着如此卑贱的生活,而我把她小小的生命升华到了命运的高度。

真正的艺术爱好者都知道,艺术家传递给我们的情感是最深层次的情感,没有任何其他情感能与之媲美。我用自己的方式找到了这至高无上的情感,这种方式就是为艺术家服务。我知道,您明白这一点。一切都得到了完美的还原,包括每一个细节。您所看到的场景,就是原文的准确画面。

我沉浸在原文中,连一个逗号也不放过。我感到这些演员已经完全脱离了文本,终于成为自己。以后您会看到的,因为我用埃利斯所描写的"9.5mm胶片超微型相机Minox LX"拍下了这一切。他没有写到把相机留在现场,所以您没能看到这段影片。真是遗憾,但这是艺术家想要的。我现在经常看这段影片,当您看到它的时候,您也会被这场悲剧的真相所震撼,这是个"苦涩的真相"。您还会听到漂泊合唱团的音乐。与此同时,我正将指甲剪伸向那个年轻女人的手指。我化身帕特里克·贝特曼,杀死了伊芙琳娜,在房间里走来走去。当您看到这些画面的时候,一定会感受到我来自地狱般的力量。真是美妙绝伦啊,卡米尔,我向您保证,美妙绝伦……

该说的话都说了吗?是否有遗漏的地方?如果您还想知道什么,请不要犹豫。我知道,不管怎样,我们还会有更多其他机会进行交流的。

祝好。

附言:事后回想,我没有任何冒犯您的意思,黑色大丽花的真名其实叫"贝蒂·肖特",我希望您没有感到不悦。这应该是您十分熟悉的情况。我给您的上司也附上一条留言:万一他们产生了把您调离案件的糟糕想法(卡米尔,您要知道,您和我,我们是一起的),请告诉他们,要是您被调走了,他们就再也别想收到我的来信……但我会继续我的创作。

德尚法官放下信,盯着它看了一阵,然后又重新拿起来,递给了勒冈。

"我一点儿也不喜欢您的做派,警官——"

"又是老调重弹!"卡米尔回答道,"比起凶手的做派,我——"看到法官的眼神,他还是把话咽了回去。

"局长先生,失陪一会儿,我要咨询一下上级。"法官终于说道。在她眼里,卡米尔仿佛突然消失了。

勒冈读完信,站在走廊里露出了微笑。

"我就知道你会触底反弹的,只是没想到是以这样的方式。"

4

"旅途愉快吗?"阿尔芒问道。他像个满足的流浪汉,吐出一口呛人的烟雾。

"糟糕的归途,阿尔芒,非常混乱。"

阿尔芒盯着两指之间的烟蒂看了一会儿,不得不承认再也抽不出第二口烟,于是不情愿地把它掐灭,放在一个写着"沙托鲁现代眼镜店"的烟灰缸里。

"有新消息了,不过是坏消息。"

"啊!"

他们听到路易的声音从走廊里传来。

"这是最后一次了!"他的声音坚定又出人意料地响亮。

卡米尔站起来,走出办公室,看到路易正面对着马勒瓦尔。

两人回头看到他,尴尬地笑了笑。无论他们是因为什么而争吵,这场争端来得都非常不是时候。他宁愿保持中立,装作什么也没看到。

"来吧,路易,准备战斗!帮我召集所有人。"他边说边往复印机走去。

大家到齐后,他给队员们分发了凶手寄来的信的复印件。看信的时候，所有人都陷入了一种教堂般的沉默。

"勒冈会给我们提供人手增援，"他宣布道，"明天还是后天，他还不知道，我们会需要这份援助。"

"嗯。"阿尔芒、马勒瓦尔和路易还没读完，齐声回应道。

卡米尔给足了他们时间。

"真是个疯子啊！"马勒瓦尔宣布道。

"我已经请克雷更新他的心理分析结果了。他就是个疯子，我完全同意这个观点。话虽如此，我们还是得到了一些新的线索。"

"这里面没有任何信息能认定他就是——"阿尔芒谨慎地说，"我是说，他写的所有东西，都是媒体已经报道过的消息。"

"几个小时后，等我们挖出科泰的尸体，我相信你会信服的。"

"他的信确认了一切，却没有向我们透露什么信息。"路易分析道。

"我也注意到了这一点。这个家伙非常小心。无论如何，我们还是来总结一下。墙纸是从美国买的，阿尔芒，你知道该怎么做吧？我们还知道，他去看了很多公寓，这就稍微难一些了。要去巴黎城区和郊区搜寻所有他可能看过的合适的房产项目。我们已经确认他是通过伊芙琳娜·鲁弗雷找到约瑟安娜·德伯夫的，所以在这方面我们不会有任何进展。也许，可以从他用过的Minox相机入手。"

"我倒是不急于看这段影片。"马勒瓦尔说。

"没人想看。但是我们还是要把这个线索放进最初的列表中。马勒瓦尔，你给家具仓库的人看一下科泰的近照。然后……就这么多了。"

"确实，没有什么进展。"

"啊，不，还有最后一件事，信是从案发地点库尔贝瓦寄出来的。这人真是太讲究了。"

5

　　荷兹森林是一片安静而忧郁的树林，是个杀害房产推销员的好地方。

　　当地派出所已经采取必要措施确保场地安全，鉴定部门也全员出动。这是个人迹罕至的安静地点，很容易从路边进入。这不禁让人猜想，科泰有可能是在别处被杀害的，尸体被转移到这里。技术人员已经在发电机驱动的强光探照灯下工作了一个小时，他们要在挖掘团队进场作业之前进行地毯式搜索，找寻所有可能出现的线索。晚上九点左右，天气开始变得非常寒冷。探照灯和警灯的蓝色光线透过树林的新叶，让整片树林染上一种诡异的氛围。

　　十点，尸体被挖出，毫不困难。

　　科泰的尸体穿着浅褐色的西装与浅黄色的衬衫。很明显，他头部中了一枪，这点尸体一挖出来就能确定。接下去，卡米尔得联系科泰夫人指认尸体，马勒瓦尔得参与验尸。一切明明白白。

二〇〇三年四月十六日　星期三

1

"科泰夫人，我会让我的同事记录您的供词。但我还有一个问题要问您。"

他们站在太平间的大厅里交谈。

"我知道您的丈夫曾经是侦探小说爱好者。"

尽管这个问题听起来很古怪，但似乎并没有让她感到惊讶。

"是的，他几乎只看侦探小说。他也只能看懂这些。"

"您能多说一些吗？"

"哦，您知道，我们很久之前就不怎么说话了。在我们偶尔的交流中，阅读也不是主要话题。"

"原谅我向您提出这样的问题。您的丈夫是个暴力的人吗？我是说，他有没有对您——"

"我的丈夫不是个勇敢的人。他确实很……粗鲁，甚至有些粗暴，但不是您想的那样。"

"更具体地说，在夫妻生活中，他是个什么样的人？"卡米尔唐突地问道。

"总是草草了事，"科泰夫人显然有些恼火地回答道，"甚至瞬间就结束了，如果我记得没错的话。没有什么扭曲的想法，想象力十分有限，一切从简。还要跟您说更多吗？"

"我想已经够了。谢谢您，科泰夫人。"

"没关系，范霍文警官，不要客气。跟一位绅士聊天，总是很愉快的。"

卡米尔决定把审问的任务交给路易。

2

卡米尔邀请路易和勒冈共进午餐。路易穿着一身漂亮的青蓝色西装，一件低调的条纹衬衣和一条深蓝色领带，领带结下方正中间别着一所英国大学的徽章。勒冈观察路易的时候，总是带着一种人类学的好奇心，似乎在惊叹，人类在穷尽了几乎所有基因组合之后，依然能创造出如此精致的样本。

"目前来看，我们手里有三个案件、三本书，还有两个失踪的人。"卡米尔边吃着韭葱边说。

"还要加上媒体、法官、法院和部长。"勒冈补充道。

"如果要把所有麻烦事都算上的话，那你说得也对。"

"《晨报》昨天占得了一丝先机，其他报社是后来才跟进的，你都知道了吧？"

"我宁愿不知道——"

"你错了。如果继续这样下去，你的'小说家'怕是会得到一致通过，捧回龚古尔奖了。我刚刚跟德尚法官通了电话，你会感到好笑的。"

"我一点儿也不奇怪。"

"听说部长很感动。"

"部长很感动？你在开玩笑吗？"

"完全没有。卡米尔，我觉得，部长被感动这件事本身就很令人感动。而且，这能提供很多便利。前一天不可能的事，现在都成了优先事项。今天下午你会得到一个新的办公场所和一些支援人手。"

"我可以自己选吗？"

"想什么呢，卡米尔？感动并不意味着大方。"

"看来是我词汇量匮乏。所以怎么说？"

"我给你三个人。大概下午四点。"

"也就是说下午六点。"

"差不多，不就是一两分钟的事？"

三人沉默地继续吃了一会儿。

"不管怎么说，"路易终于谨慎地开口说道，"因为您发布的启事，我们或多或少开始掌控整个事件了。"

"这家伙真是让人下体一紧。"

"让！这里的几个人可都是绅士。至少，今天上午，科泰夫人是这么认为的。"

"这是个什么样的女人？"

卡米尔抬头看向路易。

"她很聪明，"路易一边品尝着红酒，一边说道，"家庭出身不错。她跟她的丈夫根本就不是一个世界的人，随着时间的推移，鸿沟也变得越来越大。她几乎不了解他的私生活，彼此视而不见。"

"她比她的丈夫聪明，这可不是件坏事。那家伙真是个十足的蠢货——"卡米尔补充道。

"要操控他确实易如反掌，"路易确认地说道，"马勒瓦尔把他的照片给热纳维利埃家具仓库的人看了。毫无疑问，收货人就是他。"

"他只是个工具，对我们没有太大帮助。"

"现在已经证实的是，"路易说道，"我们要找的人在复刻侦探小说——"

"或者所有小说，"卡米尔打断了他，"目前来看，他只涉猎了侦探小说。但在他的信里，没有任何信息告诉我们，这就是计划的核心。他很有可能会为了复刻《安娜·卡列尼娜》把一个女人推下火车；或者为了复刻《包法利夫人》，在诺曼底的某个角落里毒杀一个女人；或者——"

"为了表演《广岛之恋》，去日本投一枚核弹。"勒冈补充道，急于证明自己也是个文化人。

"如果他愿意的话。"卡米尔敷衍道。

此人的内在逻辑究竟是什么？为什么他选择了这三本书，而不是别的书？在特朗布莱案之前，他已经复刻了多少案件？在我们抓住他以前，他还要复刻多少？这是他尽量避免去想的一个问题，显然，这个想法让他瞬间没了胃口。

"你觉得呢，卡米尔？"

"什么？"

"路易说的话，你怎么看？"

"我要科布。"

"这有什么关联吗？"

"听着，让，其他人我不管，但是信息人员，我就要科布。"

年过四十的科布在警局里已经是个传奇人物。他学历不高，很年轻的时候就进入信息技术科，从最底层开始做起。对于职位晋升，他单纯地寄希望于服务年限的积累，完全无法适应行政竞争。科布似乎对自己毫不起眼的岗位感到十分满足,因为在一些疑难杂案中,他的才能为他确立了至关重要的地位。所有人都曾在某天听过科布在信息技术上的伟大事迹。他的上司都曾蓄意掩盖他的锋芒,至少在最开始的时候这样想过,直到有一天,他们终于意识到无须害怕他。在他服务过的所有部门里,这样的天才都不可避免地被视作威胁,而如今,他已经变成了一个香饽饽,大家都争先恐后地争着要他。卡米尔跟他并不熟,他们最常见面的地方是食堂。卡米尔很喜欢他的风格。科布长得就像他的电脑屏幕,一张苍白的方脸,四角圆润。在他总是紧皱的眉头背后,是一种快活超然的态度,一个表面冷漠而内心幽默的人,这让卡米尔觉得十分有趣。然而,卡米尔并不是因为他的幽默而想到他。案件调查需要一位才华出众的信息技术专家,整个警局,所有人都知道没有比他更厉害的人了。

"行吧。但是路易刚刚说的那些话,你是怎么看的?"勒冈继续问道。

卡米尔压根儿就没有听到他们的谈话,他微笑地看了看自己的助理,然后说道:

"我觉得路易总是对的。这是原则问题。"

3

"当然,您必须遵守警方的保密协议——"

"当然。"法比安·巴朗乔不解地回答道。

巴朗乔坐在办公桌后,摆出思想者的姿势,耐心地看着卡米尔犹豫不决的样子,仿佛是在用眼神鼓励他,似乎试图事先给出绝对保证,以减轻他的思想负担。

"我们现在面对的是三起案件。"

"这比上次好像多了一些。"

"确实。"

"这确实不少。"巴朗乔看着自己的手回答道。

卡米尔快速向他解释了三起案件是如何发生的。

"我们现在已经确定,这三起案件分别完全复刻了《美国精神病》《黑色大丽花》和《莱德劳》。您读过这些书吗?"

"是的,三本我都读过。"

"您觉得它们之间有什么共同点?"

"理论上来说,没有什么共同点,"巴朗乔若有所思地说道,"一个是苏格兰作家,两个是美国作家。他们属于不同的流派。

《莱德劳》和《美国精神病》之间存在着巨大的鸿沟。我不知道具体的出版日期。这方面我也看不出有什么共同点。"

"如果这个推论是真的，那它们之间必然存在共同之处。"

巴朗乔思考了片刻，继而说道："也许他只是喜欢读书！"

卡米尔忍不住笑了起来，他的微笑传染了对方。

"我从没想过这一点，"他终于说道，"真是太蠢了。"

"您知道，在这方面，读者们是很挑剔的。"

"凶手就没那么挑剔了。从某种程度上来说，他们更讲究逻辑。至少，他们都有'自己'的逻辑。"

"有句话不知道当讲不当讲——"

"但说无妨。"

"我觉得，他选择的还都是些好书！"

"很好，"卡米尔再次微笑地说道，"我宁愿他是个有品位的人，这样才值得我们去找他。"

"您……您要找的凶手，他读的都是好书。这显然是个行家。"

"也许吧。可以确定的是，这家伙就是个神经病。现在我们还有个最重要的问题，他是从哪里开始的？"

"什么意思？"巴朗乔问道。

"他开始留下签名后，我们才知道哪些案件出自他的手笔。我们最多只能知道他何时犯下最近一件案子，不知道他是从何时或者从哪本书开始这一系列案件的。"

"我明白了。"巴朗乔说道，显然还是一头雾水。

"恐怕还有其他案件，也许发生在更久以前，可能早于格拉斯哥案。他的活动范围十分广，计划也极具野心。您觉得，我们掌握的这些书，属于某个类别的经典作品吗？"卡米尔问道。

"哦，这都是些极其出名的作品，也许算不上'经典'，我是说，根据大学里的标准，算不上经典。"

"那就有些出乎我的意料了，"卡米尔显然受到了鼓舞，继续说道，"如果他想向侦探文学致敬，为什么他的连环案没有以所谓的'伟大经典'作为开端呢？这岂不是更符合逻辑？"

巴朗乔的脸色开始变得明朗。

"确实，这似乎不合理。"

"您觉得，那些'伟大经典'一共有多少本？"

"哦，我也不知道，应该有很多。不过——"巴朗乔想了一会儿，又补充道，"也没那么多。在这个领域里，对于经典的定义，甚至更多的是一个社会学或历史问题，而不是文学问题。"

看到卡米尔不解的眼神，他又继续解释道："之所以是个社会学问题，是因为很多作品被学识平庸的读者奉为经典，然而在专家眼里，却完全没有得到认同。同时，这也是个历史问题。经典作品并不见得就是杰作。利伯曼的《死人之城》是一部杰作，但还不能算是经典。《无人生还》的情况则刚好相反。《罗杰疑案》既是杰作也是经典。"

"我需要更系统地了解这些小说，"卡米尔说道，"如果我是教文学的，也许还能分辨出这些细微差别，可我的工作是犯罪调查，研究那些在现实世界里残害女孩的家伙。杰作也好，经典也罢，总之就是这个领域里重要的小说，一共能有多少本？大概多少？"

"这么讲的话，我估计，大概得有三百本。"

"三百……您可以列一份作品清单吗？真正无可争议的那种，然后告诉我哪里可以找到这些书的概要。我们可以试着搜索每个故事的重要信息。"

"为什么让我来做这件事呢?"

"我在寻找一个可以把这些知识结构总结出来的专家。您知道,我们警局没什么文学专家。我本想找一个专业书店老板——"

"是个好主意。"巴朗乔打断了他。

"我们认识一个这样的人,但是他不怎么……合作。我更希望找一个,怎么说呢? 一个国家公务员。"

真是会说话,巴朗乔似乎这样想着。这个花哨的帽子扣下来,他已经很难拒绝,只能凭良心接下这个本不在他职责范围内的任务。

"是,这能实现,"他终于说道,"做清单不是很难,不过书目的选择难免比较主观。"

卡米尔表示十分理解,没有太大关系。

"我应该有一些零散的专著论文和概要。我可以请几个学生……两天时间可以吗?"

"太好了。"

4

警局的硬件配置让人看出了高层领导有多么重视有着巨大媒体效应的大案。

卡米尔被分到了一间地下大办公室。光线昏暗得如同失明一般。

"真是太蠢了,再多一个案件,我们就能拥有窗户了。"他评论道。

"也许吧,但要是没有多死这一个人,你连电脑都没有呢。"

五个计算机工作站即将被建立,工人们正在安装可供队员们张贴信息的软木板。这里有提供冷水和热水的饮水机,可以用来泡速溶咖啡。还有一些办公用品、桌子、椅子和电话线路。法官打电话给他,与他确认第一次简报会的时间。他们把时间定在了第二天的八点半。

下午六点半,团队组队完毕,只是还缺了两三把椅子。这并不碍事,因为按照传统,卡米尔举行第一次会议时,所有人都会保持站立。

"按照惯例,我先来介绍一下。我是范霍文警官,大家直接叫我卡米尔就行。这位是路易,他会协调整个团队。你们拿到的所有结果,都必须第一时间交给他。他会负责分配任务。"

四个新来的同事看着路易,沉默地点了点头。

"这位是马勒瓦尔。理论上来说,他叫让-克洛德,但是为了方便,我们都叫他马勒瓦尔。他负责硬件部分,如果需要电脑、汽车、设备等,大家可以找他。"

目光从房间的另一头转向马勒瓦尔,他举起手做了个欢迎的手势。

"终于到阿尔芒了。他跟我一样,是这里资历最深的。技术方面,你们找不到比他更厉害的了。如果你们对搜索有疑问,完全可以信赖他,他一定会倾囊相助的。阿尔芒是个非常慷慨的人。"

阿尔芒点了点头,脸红了。

"好了,现在轮到新同事了。"

卡米尔从口袋里掏出一张纸,把它展开来:"伊丽莎白——"

这是个四十来岁的女人,体形庞大,皮肤白净,身着一套不分年龄的套装。

"大家好,"她举手说道,"很高兴加入大家。"

卡米尔很喜欢她。她说话的方式十分自然,丝毫不造作。

"欢迎您,伊丽莎白。您以前参与过大案吗?"

"我参与过安琪·韦尔西尼案。"

警局的所有人都记得这个在巴黎的科西嘉人。他先是把两个孩子接连勒死,然后离家出走,成功在超过八周的时间里逃脱了所有人的搜查,直到最后的追捕时刻,他在马真塔大道被近距离射杀。这次追捕造成了很大损失,上了很多头条新闻。

"好极了,希望我们可以助您登上优胜榜单。"

"我也希望——"

她看起来似乎迫不及待地想投入工作。她快速看了路易一眼,只是简单地点了点头,给了他一个友好的微笑。

"费尔南?"卡米尔看了看名单,继续说道。

"是我。"说话的是一个五十来岁的男人。

卡米尔马上打量了他一番。此人神情严肃,眼神有些迷离,眼角还挂着眼屎,有着暗色的酒鬼皮肤。勒冈跟他说过:"我建议你选上午时间给他派活儿。在此之后,他整个人就会像丢了魂儿。"

"您是从扫黄组调过来的,是吗?"

"对,我对刑侦不太了解。"

"您会为我们带来帮助的,我敢肯定。"卡米尔补充道,想做出一副让人安心的样子,"您会跟阿尔芒一起工作。"

"我猜,您应该就是迈赫迪?"他终于看向一个年轻小伙子问道。此人看起来也就二十四五岁,穿着一条蓝色牛仔裤,身上的T恤有些刻意地展示出他的身材,这样的身材也许得益于健身房的高出勤率。他的脖子上还随意地绕着一个MP3的耳机。迈赫迪的眼神阴暗而生动,卡米尔觉得很吸引人。

"没错。我来自第八警局,不过……才刚来不久。"

"这对你将是很好的经历。欢迎你,你会加入马勒瓦尔组。"

两人默契地点了点头,卡米尔还没来得及想到,他刚刚对这个年轻人以"你"相称,对其他人则都是以"您"相称。这可以算是一条众所周知的规则了,年龄作崇吧,他毫不后悔地这样想。

"最后一个是科布,"卡米尔边说边把纸条塞回口袋,"我们都认识对方,但是从来没共事过。"

科布面无表情地看向卡米尔。

"对,暂时还没有。"

"他是我们的信息技术专家。"

整个团队一齐低声问好，科布却不为所动，只是简单地抬了抬眉头作为回应。所有人对他的丰功伟绩都有所耳闻。

　"你缺什么东西就跟马勒瓦尔说，他会帮你优先处理。"

二〇〇三年四月十七日　星期四

1

"目前,没有什么与第一次分析结果相悖的地方。这个男人憎恨女人。"

约定的时间到了,德尚法官做了第一次总结,一分一秒都掐得精准。克雷医生把他的挎包平放在桌上,翻阅着在大号方格纸上记下的笔记,内容冗长,字迹歪斜。

"他的信印证了我之前做的临床分析表,从本质上来看,并不矛盾。我们要对付的是一个有教养的人,他自命不凡,读了很多书,不仅仅是侦探小说。他完成了高中学业,肯定还学过文学或哲学,以及历史之类的东西。也许是人文学科。说他自命不凡,是因为他总想展示自己是个文化人。当然,我们还注意到,警官,他跟您说话的语气非常热情。他在向您示好,他很喜欢您,而且他认识您。"

"是我的熟人吗?"卡米尔问道。

"显然不是。不过一切都有可能。我认为他应该是像其他人一样,在电视上见过您,或者在报纸上看过您的照片。"

"老实说,我希望如此。"

两人坦率地相视一笑，这是他们第一次这样笑。两个男人之间的第一次微笑，要么是出于感激，要么就是不幸的开端。

"您发布的启事真是高明。"克雷医生继续说道。

"啊？"

"是的，您问对了问题。问题简短又不涉及个人。您请他跟您谈谈'他的工作'，这正是让他感到高兴的事。最不应该问的，就是他为何如此行事，这样会表现出您不理解他。通过您的问题，您已经默认自己了解他并理解他，他马上就感觉到，怎么说呢？一种惺惺相惜的感觉。"

"其实，我当时并没有多想。"

听到卡米尔的回答，克雷沉默了片刻，未予置评，然后又说道："您心里一定想到过什么，对不对？这才是最重要的。不过，我并不能确定我们是否更加清楚他的动机了。他的来信表明，当他完成自己所谓的'作品'时，会假装谦虚地把自己提升至他所认定的侦探文学大师的地位。"

"为什么？"伊丽莎白问道。

"这就是另一个问题了。"

"因为他是个失败的作家？"她问出了每个人都在心里默默猜测的问题。

"我们当然可以这样推测。而且，这应该是最有可能的假设。"

"如果他是个失败的作家，那肯定写过一些书，"迈赫迪接着说道，"应该去小说出版商那里找一找。"

年轻小伙子的天真没有冒犯到任何人。卡米尔低声叹了口气，轻轻地揉着自己的眼皮。

"迈赫迪，每两个法国人里就有一个会写作，另外一个还会画画。出版商每年收到的手稿就有好几千本，而出版商只有几百家。就算只追溯过去五年。"

"好吧，好吧。"迈赫迪打断了他，举起双手，像是为了保护自己。

"他的年龄呢？"伊丽莎白问道，救了小伙子的场。

"四五十岁。"

"社会阶层呢？"路易问道。

"我觉得，应该属于中产偏上。他想证明自己有文化，但做得又太过。"

"比如从库尔贝瓦寄出他的信。"路易说道。

"没错！"克雷说道，惊讶于路易的观察力，"说得很对。在戏剧中，这就像是一种'加强效应'。这有点……故意作秀。这也许是我们的突破口。他很谨慎，十分确信自己的重要地位，但也有可能露出马脚。他心里一直有一个想法，并且乐于相信，这个想法要高于他自己。显然，他是个极度需要仰慕的人，也是个极度关照自己内心的人，这也许就是他的核心矛盾。显然，他的矛盾不止一个。"

"您想说什么？"卡米尔问。

"当然，案件有很多疑点，但是我得说，其中一个疑点让我百思不得其解。我在想，他为什么要去格拉斯哥完成麦尔文尼设计的谋杀案。"

"因为那是案件应该发生的地方。"卡米尔马上说道。

"是的，我也这样想过。但是，他为什么又在库尔贝瓦再现《美国精神病》里的情节，而不是去纽约呢？那里才是故事发生的地点，不是吗？"

卡米尔不得不承认，没人想过这个矛盾。

"他在特朗布莱案中犯下的罪行，本应该也发生在国外，"克雷继续说道，"我不知道在哪里——"

"洛杉矶。"路易补充道。

"您说得对，"卡米尔终于说道，"我也不明白。"

他抖了抖身体，想暂时忘掉这个想法。

"现在我们必须思考下一条启事的信息。"他说道。

"眼下，我们必须驯服他，如果您问他的行事动机，就前功尽弃了。必须继续跟他平等对话。您必须表现为一个完全理解他的人。"

"您有什么想法？"卡米尔问。

"不要问任何有关个人信息的问题。或许，可以问问他另一个案件的相关信息，然后我们再研究。"

"杂志每周一出版。也就是说，每次发布启事之后有一星期的时间。这是很长一段时间，实在太长了。"

"我们可以快一点儿。"

科布首次发声了。

"我查过了，这本杂志有个网站，我们可以在网上发布启事。第二天就能发表。"

接下来，卡米尔和克雷医生单独商量第二条启事的内容，并把文字通过邮件发给了德尚法官。内容只有几个字："您的黑色大丽花呢？"跟上次一样，落款是卡米尔名字的首字母缩写。科布负责把启事发布到杂志的网站上。

235

2

　　法比安·巴朗乔提供的书单里包含了一百二十本小说。"稍后会给出梗概，需要五六天。"巴朗乔在书单上做了手写注释。一百二十本！排成两列的书单，要多久才能读完呢？两年，也许三年。对于决心在这个领域获得扎实文化基础的读者来说，这确实是份侦探小说爱好者的必读清单，一个理想的小型图书馆，然而对刑事调查来说，却完全无法发挥作用。卡米尔忍不住数了数清单中自己读过的作品（只有八本）和看起来眼熟的作品（总计十六本）。他有些遗憾，凶手不是美术爱好者。

　　"你读过几本？"他问路易。

　　"我不知道，"路易查阅了清单，回答道，"也许三十来本吧。"

　　应卡米尔的请求，巴朗乔以专家的身份做出了回应。但如此庞大的清单使得搜索工作变得毫无操作性可言。回想起来，卡米尔现在认为，这就是个用错力气的好主意。

　　巴朗乔在电话里显得十分骄傲。

　　"我们正在给您收集概要。我把任务分配给了三个学生。他们还是挺有干劲的,对不对?"

"巴朗乔先生,这实在太多了。"

"不,您不用担心,他们这学期不算太忙。"

"不,我的意思是,一百二十本书的清单,对我们来说没有可行性。"

"您需要多少本?"

教授的语气让人觉得,两人根本就是来自不同的星球,一个住在日常与罪犯周旋的黑暗星球,一个住在高尚的文化领地。

"老实说,巴朗乔先生,我也不知道。"

"我也没法为你们决定——"

"如果凶手是根据他的喜好来选择小说,"卡米尔假装没有察觉到教授的愠怒,继续说道,"那么我请求您写的清单就毫无用处。根据我们掌握的第一手资料,我们要找的人颇有侦探文学底蕴。无论如何,他自己的阅读清单至少有一两本经典小说。这才是对我们有帮助的信息,也是您能帮上忙的地方。"

"我会自己再列一份清单。"

卡米尔还没来得及道谢,巴朗乔已经挂断了电话。

二〇〇三年四月十八日　星期五

1

第一次见面两小时后，阿尔芒和费尔南两人已经一唱一和，俨然一对老夫老妻：阿尔芒随时享用着这位同事的报纸、笔以及笔记本，厚颜无耻地在他的香烟盒里抽取香烟（甚至还会多拿几根放到口袋里，以备晚上之需）。与此同时，他也会佯装没有注意到费尔南的短暂缺席，后者经常嘴里含着薄荷糖从厕所走出来。在路易的指示下，他们放弃了墙纸制造商的名单，因为范围实在太广了。现在他们正在集中精力，搜集凶手在寻找库尔贝瓦的公寓时，有可能参观过的房产项目。抱着撞运气的想法，迈赫迪去了一趟库尔贝瓦中央邮局，试图收集不可能收集到的证词。马勒瓦尔负责调查Minox相机的买家。路易则应法官的要求，去寻找《不眠夜》杂志的订阅用户名单。

中午，卡米尔十分惊讶地看到巴朗乔教授来了。前一天电话里的愤怒和恼火已经烟消云散，他带着一种奇怪的胆怯走了进来。

"您不必辛苦跑一趟——"卡米尔开口道。

话一出口，他就明白了，巴朗乔是受到好奇心驱使，才不惜亲自把工作成果送过来，他本可以通过邮件传达。巴朗乔带着一种参观地下墓穴的好奇心看着周围的环境。

卡米尔带着他参观了一圈，向他介绍了当时在场的伊丽莎白、路易和阿尔芒，并坚持对他自愿提供的"宝贵的帮助"表达了感谢。

"我重新做了清单。"

"您真是太好了。"卡米尔边说边接过巴朗乔递来的装订好的文件。

总共五十一本，后面还附上了简短的概要，短的只有几行字，长的有四分之一页。他快速浏览了一遍，捕捉到几个标题：《失窃的信》《勒沪菊命案》《巴斯克维尔的猎犬》《黄色房间的秘密》……他抬头看向信息技术工位。努力行完待客之道后，卡米尔现在只想尽快摆脱巴朗乔。

"谢谢您。"他边说边伸出手。

"也许我可以给您写一些评论。"

"我觉得概要已经很清楚了。"

"如果我可以——"

"您已经做得够多了。您的帮助对我们来说非常珍贵。"

巴朗乔并没有感到震惊，这有些出乎卡米尔的意料。

"那我先走了。"他只是有些遗憾地说了一句。

"再次感谢。"

巴朗乔一走，卡米尔马上冲到科布面前。

"这是一张'经典'小说书单。"

"我猜也是。"

"我们要把这些小说里的犯罪描写片段提取出来，看看是否与一些未破案件的情节有雷同。"

"你说的'我们'——"

"'我们'指的就是你。"卡米尔微笑地回答。

他走了几步,然后又若有所思地走回来。

"我还需要别的信息。"

"卡米尔,你刚刚让我做的这件事,就要花上好几个小时了。"

"我知道。但我还需要别的信息。这事儿有点复杂。"

科布是个需要从情感上进行拿捏的人。他的情感就如同他的人一样,都是可计算的信息。没有什么事比艰难的搜索任务更能激起他的斗志,除非是不可能完成的搜索任务。

"这也跟一些未破解的案件有关。我想看看我们所掌握的作案手法信息。"

"那……我们要找什么?"

"非理性线索。就是与案情毫不相关、令人费解为何会出现在案件中的线索,一些条理不一的孤立案件。我们已经把经典书单列举出来了,但是这个家伙可能主要是根据自己的喜好行事。他有可能参照了一些不在这些书目当中的小说。要找到这些小说的唯一办法,就是关注那些非理性线索,这些线索在案件中无法被印证,这是因为它们都出自小说。"

"没有这样的搜索关键字。"

"我也知道。如果有的话,我就不会来问你,早自己去找了。"

"搜索范围呢?"

"比如,过去五年全国范围。"

"这简直是海底捞针。"

"需要多久?"

"我不知道,"科布若有所思地说,"首先得找到搜索方法。"

2

"你从一开始就在怀疑他。"卡米尔微笑地说道。

"不,一开始没有特别怀疑,"路易辩解道,"不过……他可能也不是第一个向警方透露线索的凶手。"

"这话你已经说过了。"

"是的,但是现在我有了更加令人生疑的信息。"

"快说。"

路易打开了他的笔记本。

"热罗姆·勒萨热,四十二岁,未婚。书店原本是他父亲的,后者死于一九八四年。学的是文学专业,索邦大学毕业。硕士论文题目是《论侦探小说的口语特性》,并得到了优秀的成绩。家庭情况:有一个妹妹,克洛迪娜,四十岁。他们住在一起。"

"你在开玩笑吗?"

"完全没有。他们住在书店楼上的一套公寓里,书店和公寓都是通过遗产继承得来的。克洛迪娜·勒萨热在一九八五年嫁给了阿兰·弗鲁瓦萨尔,结婚日期是四月六日。"

"这么详细!"

"因为这是很重要的信息:她的丈夫在四月二十一日开车自杀了,就在婚后十五天。他来自北方一个大户人家,曾继承了一笔可观的遗产。家里以前是做羊毛产业的,后来改成了制作成衣。她的丈夫是独生子。一九八五年四月二十一日,妻子继承了一切。在接下来的几年时间里,她曾短暂地住过精神病院,后来又先后两次在养老院度过稍长时间,直到一九八八年,她终于回到巴黎定居,在她的哥哥家安顿下来。现在她依然住在那里。

"我们要找的人有雄厚的经济实力,勒萨热一家有很多钱,这是第一点。第二点是时间表。二〇〇一年七月十日,格蕾丝·霍布森在格拉斯哥被害。当年七月,书店关了整整一个月。兄妹俩去度假了,名义上是去了英国。勒萨热在伦敦有一个联系人,从七月一日到七月十五日,兄妹俩在那里待了十五天。从伦敦到格拉斯哥,有大概一小时的航程。"

"这还是很难说。"

"但是无法排除嫌疑。二〇〇一年十一月二十一日,曼努埃拉·康斯坦萨在巴黎被害,勒萨热也有作案的可能性。他的日程表没有什么特别之处。今年四月六日,库尔贝瓦案发生的时候,也是一样的情况。特朗布莱案和库尔贝瓦案都是在巴黎地区的有限范围内发生的,没有什么是不可能的。"

"可能性还是很渺茫的。"

"在这三本书中,他向我们提供了两本书的线索。第一本是他自己打电话告知的。我们也不知道他为何会向媒体透露消息。他声称自己是被陷害的,也有可能是为了给书店做广告。"

"也许——"

"他订阅了《不眠夜》这本杂志。"路易边说边展示一叠清单。

"哦，路易！"卡米尔接过清单，一边翻阅一边说道，"他是专业书商，必须订阅所有的出版物。喏，你看，有十几个书商都是订阅用户。这些订阅者应该什么人都有，书商、作家、档案馆、报社，应该都包含在内。也许还有我父亲。哈！果然！他也在里面。还有他们的网站，每个人都可以上去，所有的信息都可以随意浏览，而且——"

路易举起双手，以示投降。

"好了，"卡米尔继续说道，"你有什么想法？"

"调查他的财务状况。跟所有商店一样，他的书店应该有不少现金进账。我们应该去调查一下他的收入和支出，以及他购买的物品，看看是否有可疑的大笔交易支出之类的。这些案件还是会花费不少钱的。"

卡米尔陷入了沉思。

"帮我打个电话给法官。"

二〇〇三年四月十九日　星期六

1

里昂火车站，上午十点钟。

看到伊雷娜迈着鸭子般蹒跚的步伐，卡米尔突然惊讶地发现，她的脸比离开的时候更加圆润，肚子也更大了。他赶紧上前帮她拖行李箱。他笨拙地亲吻了她，伊雷娜看起来一脸疲惫。

"住得开心吗？"他问道。

"你已经差不多都知道了。"她回答道，已经有些气喘吁吁。

他们打了出租车回家。一到家，伊雷娜就瘫倒在沙发上，长长地吁了一口气。

"我给你准备点什么喝的？"卡米尔问。

"茶。"

伊雷娜谈论起在父母家的短居生活。

"我父亲总是在滔滔不绝地说说说，说的只有他自己。还能怎样呢？他只会这样。"

"太累了。"

"他们人很好。"

卡米尔在想，如果有一天他的儿子谈论起他，说他人很好的时候，他心里会是什么感受。

她询问了一下调查的进展。卡米尔给了她一封凶手信的复印件，然后下楼去取邮件。

"我们一起吃饭吗？"他回来的时候，伊雷娜问道。

"可能不行。"卡米尔回答道，他手里拿着一个封闭的信封，脸色突然变得苍白。

信是从特朗布莱寄出来的。

亲爱的警官：

我很高兴，您对我的工作很感兴趣。

我知道您正在四处寻找线索，这对您和您的团队来说，是巨大的工作量，让你们感到很辛苦。我真的感到十分抱歉。请您相信，如果能减轻您的负担，我一定会毫不犹豫地这样做。但是，我还有一件未完成的作品，我知道您一定会理解我的。

好啦，啰唆了这么多，还没回答您的问题。

那么，让我们来说说黑色大丽花吧。

多么令人称奇的一本书啊，不是吗？毫不谦逊地讲，我对这部巨作的致敬也堪称惊艳。"我的"黑色大丽花（您说得太好了），是一个红灯区的妓女。她毫无优雅可言，可能有些粗鲁。从第一次见到她，我就明白她的位置在艾尔罗伊的书里，而不是在大街上。她的外形勉强够格，艾尔罗伊对她的描述更多的是死后的，而非生前。我像一个不安的灵魂游荡在巴黎的红灯区，整夜重复着书里的字句，渴望找到那颗罕见的珍珠。然后，有一天，她就这样出现了，就在圣-丹尼斯街道的拐角，毫不设防，甚至可以说有些愚蠢。她的微笑使我下定了决心。曼努埃拉有一张大嘴，一头漆黑的真实长发。我问了她价钱，然后跟她上了楼。

剩下的事就是一个长期战略了。妓女一般都很多疑，她们的保护人即便不直接现身，也会让人感觉到他们就在半掩的门后。我们会在楼道里碰到一些人影。我不得不光顾了好几次，好让自己看起来像个安静善良的客人，要求不多，还有些黏人。

我不想去妓院去得太频繁，也不想在同样的时间点出现。我担心有人会注意到我，担心她的同伴会认出我。

于是我向她提议在外面见面，"共度良宵"，她可以随便出价。万万没想到这个问题的协商如此困难。我必须跟她的皮条客商量。我本来可以改变主意，去找另一个对象，但已经在这个女孩身上投射了书里的所有形象，我认为她就是书中角色的完美化身，我没有勇气放弃。所以，我去见了大块头朗博特。他可真是个人物！不知道您有没有在他活着的时候见过他——啊，对，他已经死了，我接下来会解释的。他……真是小说里的传奇人物，超越理性的讽刺。他根本不用正眼瞧我，我也任其为之。这就是游戏规则。他想"知道他在跟什么样的人打交道"，他曾这样向我解释。我向您保证，这家伙热爱他的职业。我敢打赌，他也跟其他人一样，会殴打自己手下的女孩，但是他表现得对她们有种家长般的保护欲。总之，我跟他解释说，我想与"他的女儿"过一夜。他狠狠地敲诈了我一笔,我向您保证,卡米尔……这简直是个耻辱。无论如何,这就是游戏规则。他要求我给出会面的具体地址。形势开始变得势均力敌了。我给了他一个假地址,还做出已婚男人的扭捏姿态,这足以让他放下戒心,至少我当时是这么想的。第二天,曼努埃拉和我在离那条街道不远的地方见了面。我一直担心自己会被放鸽子,但是这对他们来说确实是笔好买卖。

在距离垃圾场一步之遥的利维街区,有几间长期无人居住的独立小屋,这里马上就要被拆除了。有些房子的门窗已经被水泥砖和木板堵住,看起来十分凄凉。还有两间屋子只是被遗弃了。我选择了门牌号五十七的那间。晚上我开车把曼努埃拉载到那里。看到这样的街区景象时,她显得十分不安。于是我开始表现得十分温柔笨拙,像个陷入爱情的人,就算是脾气最犟的妓女也会因此放下心来。

一切都准备就绪。一走进去,我就重重一拳打在她的脑后,她还来不及呼叫就已经倒了下去。然后我把她搬到了地下室。

两个小时之后,她被绑在椅子上,在灯光下光着身子醒了过来。她浑身发抖,目光惊慌失措。我向她解释了接下来将发生的一切。在最开始的几个小时里,她不停地扭动,尝试逃脱。尽管嘴巴被胶带封住,还是试图大声呼叫,然而这些努力都是徒劳。这样的骚动把我惹怒了,于是我一开始就用棒球棒打断了她的双腿。在这之后,事情就变得简单多了。她再也站不起来,只能在地上匍匐爬行,而且爬不了很长时间,也爬不远。我的任务因此得到大大的简化。我按照

247

书上的指示，先鞭打了她，然后用烟头灼伤她的胸部。最困难的，当然是要一次成功地做出大丽花的微笑。显然，我没有犯错的余地。事实上，这是个伟大的时刻，卡米尔。

您知道，在我的作品中，一切都很重要。

就像一幅拼图，只有当所有零件都组装完毕时，才能实现形式上的完美，所以每一个零件都很重要。就算只缺了一个，整幅作品都会变了样，既不是变得更美，也不是变得更丑，而是变得不同。然而，我的任务就是要分毫不差地重现大师想象中的现实。这个任务之所以伟大，正是在于"分毫不差"这几个字。正因如此，最微小的细节都值得仔细研究并反复权衡。所以，成功完成这个微笑是至关重要的，而且必须百分之百成功。我的艺术就是模仿，我是一个再现者，一个临摹者，甚至可以说是个修行者，我完全牺牲了自己，无止境地奉献，我把自己的生命献给了其他人。

我抓住她的头发，控制住她的头，把刀刃放到耳朵下一厘米，尽量靠近头，专心致志地开始制作微笑……不过您可以想象，尽管如此，大丽花的这个微笑，于我而言是一个最美的嘉奖。这个美妙绝伦的微笑把我人生中见过的所有美好瞬间浓缩在这件作品之中。我再次检查了一遍，我的任务是否完全符合我的严谨计划。

等曼努埃拉死后，我按照书里说的处理了她的尸体。我不是解剖专家，所以不得不多次查阅一本解剖学书。这本书我已经研究了很长时间。

天亮得太早了，我已经来不及去垃圾场完成我的作品。我担心会有人经过，所以选择了先回家。您无法想象，当时我有多么疲惫！第二天，夜幕初降时，我就回到现场继续完成我的工作。我像书里说的那样，把尸体运到了垃圾场。

　　如果要说我犯了什么错误的话，唯一的错误就是我又开车经过了那所房子。直到回到家，我才意识到有辆摩托车跟踪了我。车上的人戴着头盔，我看不清他的脸，他转过头来看了我一眼。那时，我才明白我掉入了陷阱。曼努埃拉白天没有回去，她的皮条客应该不会担心，因为她只在晚上工作。但若是第二天晚上还见不到她……我推测，前一天我已经被跟踪了，只是我没有发现。摩托车手回到现场去查看发生了什么，碰见我经过房子门前，然后跟踪了我……大块头朗博特现在知道我的住处了，我将任由他摆布。我一贯的平稳心态也受到了严重打击，所以我马上离开了巴黎。这样的情况只持续了一天，但真是漫长的一天啊……卡米尔，您知道我有多么焦虑吗？只有经历过这样的情况才能理解。第二天，我就放下心来了，因为我在报纸上看到，朗博特因持械抢劫被逮捕了。逮捕他的警察可能不知道，但我很清楚，朗博特的策略要复杂得多，导致他入狱的行动与他毫无关联。在他眼中，比起八个月的监禁（而且还有减刑三分之二的可能性），他出狱之后可能从我身上获取的钱财要划算得多。朗博特人在监狱，却仍然指挥着对我的监视。我冷静地等着他，在最初的几周里，没有尝试逃脱。最谨慎的做法，就是正常生活，不让他起任何疑心。我的策略得到了回报。他因此放松了警惕。这就是他失败的原因。当我得知他也许将被释放，只需接受司法监督时，我请了几天假，去了在我名下的外省祖宅。我很少去那里，因为我从来不喜欢那里。我很喜欢祖宅的花园，但是房子实在太大，而且如今周围的村庄都空无一人，那里离什么地方都很远。我静静地等着他。他应该信心十足，而且急不可耐。他马上就带着一个打手找上门来了。他们趁着夜色从房子后面偷袭进来，想把我逮个正着，我用猎枪对着他们的头，一枪一个把他们打死了。然后我把他们埋在了花园里。希望你们不要急着去把他们挖出来……好了，相信现在您应该明白我的工作态度是多么认真，希望您能更好地理解我，更好地如实评价我的其他作品。

祝好。

二〇〇三年四月二十一日　星期一

1

《晨报》：

警方通过小广告联系"小说家"

显然，从各个层面来看，"小说家"案都具有极度特殊的性质。首先是罪行性质特殊：警方已经发现了四具女尸（其中一具在苏格兰），都是被极其残忍的手段杀害的。其次是凶手作案方式特殊（现已明确他是在重现侦探小说里的犯罪情节）。最后是警方调查方式特殊。

在德尚法官手下负责此案的范霍文警官，尝试通过……发布启事的方式，与我们的连环杀手取得联系："跟我谈谈B.E.E."，这里的B.E.E.当然指的是B. E. 埃利斯，《美国精神病》的作者。凶手从这本书中获得灵感，犯下了库尔贝瓦的双重罪行。这条启事是在上周一发布的，我们不知道凶手是否已经看到，也不知道他是否已回复，但这样的调查方式可以说是相当独到。范霍文警官从不畏惧创新，他已经发布了第二条启事，内容跟第一条一样简单低调："您的黑色大丽花呢？"这显然是在指向"小说家"的另一个罪行：凶手在詹姆斯·艾尔罗伊的小说《黑色大丽花》中获得灵感，杀害了一个年轻妓女。

我们试图联系司法部和内政部，以期了解这种离经叛道的调查方式是否得到了公共部门的首肯。我们的对话者不想发表任何意见，对此我们表示理解。

目前来看……

卡米尔把报纸甩出去好远，整个团队的人都假装没有看到。

"路易！"他转过来，大声喊道，"你去把他给我找过来！"

"谁？"

"这个混蛋！你挖地三尺也要把他找出来，把他拎过来见我！现在就去！"

路易没有动，只是若有所思地低下了头，用手撩了一下刘海儿。阿尔芒先开了腔：

"卡米尔，我很抱歉，可你这是在做蠢事。"

"什么蠢事？"他又转过来，大声喊道。

他怒气冲天地在房间里走来走去，拿起一些东西，又粗暴地放下，显然想通过砸东西发泄怒气，砸什么都行。

"卡米尔，我跟你说，你得冷静点。"

"阿尔芒，这个家伙已经成了我的眼中钉，就好像我们的麻烦还不够多，还需要他帮忙一样……他没有任何道德感可言，根本就是个恶棍！他在前面发表文章，我们呢？我们就跟在后面收拾残局！"

路易，你去把他给我找来！"

"但是我需要……"

"你什么都不需要！你去找他，把他带过来。如果他不想来，我就派刑警队过去。我要让他戴着手铐出来，把他拘留在警局！"

路易只好不再坚持。范霍文警官显然已经失去了理智。

路易出去的时候，迈赫迪把电话递给卡米尔：

"老板，《世界报》的记者——"

"你跟他说让他滚蛋。"卡米尔转身，说道，"还有你，下次再叫我老板，你也跟着滚蛋。"

2

路易是个谨慎的小伙子。他决定扮演上司的"超我"角色，理智地处理此事，这种情况比我们想象的还要常见。他对比松说："范霍文警官邀请您去警局叙话。"记者欣然表示同意，自愿跟着来到了警局。卡米尔已经冷静下来了，但是看到比松的时候又控制不住了。"比松，你就是个混蛋。"他宣布道。

"您可能想说，我是个'记者'？"

跟第一次见面时一样，双方马上就进入了互相憎恨的情绪。卡米尔更愿意在他的办公室接待比松，因为他怕在谈话过程中，可能会得知某些他不需要知道的信息。路易则留在卡米尔身边，像是随时准备在情况恶化时出手干预。

"我要知道，您从哪里得来的这些消息。"

"哦，警官，我们都是成年人了，不要玩这种游戏了吧！您让我背叛我的线人，他们向我透露的可是工作机密，您很清楚——"

"有些信息属于案件调查机密。我有办法——"

"您没有任何办法，"比松打断道，"而且您也没有任何权力这样做！"

"我有权拘留您。"

"这只会给您制造新的丑闻。而且您以什么名义这样做呢？您想要挑战信息自由权吗？"

"别跟我来职业道德这一套，比松。真是贻笑大方，连我父亲都有资格嘲笑您——"

"所以，您想干什么呢，警官？把巴黎所有报社记者都抓起来吗？您可真是失心疯了。"

卡米尔盯着他看了一会儿，好像这是第一次见到他一样。比松则同往常一样，脸上挂着毛骨悚然的微笑看着他，仿佛他们从前就相识。

"您为什么要这样做，比松？您知道此次案件调查进行得十分艰难，我们必须抓住这个家伙。但是，您发表的文章妨碍了我们的工作。"

比松突然放松下来，像是把卡米尔带到了他正想要去的地方。

"警官，我给您提供了一笔交易，但是您拒绝了，这不是我的错。现在，如果您——"

"我什么也不会给您，比松。警方不会跟媒体做交易的。"

比松咧开嘴，露出大大的微笑，然后站了起来，站得高耸挺拔。

"您真是个有效率的人，警官，可您不是个谨慎的人。"

卡米尔继续沉默地看了他几秒钟。

"劳驾您跑一趟了，比松先生。"

"警官，不要客气。很高兴见到您。"

真正的高兴事还是当天的晚报。下午四点，《世界报》开始转载比松的文章。一小时后，他给伊雷娜打电话的时候，伊雷娜告诉他广播里也在播同样的新闻。德尚法官此时甚至还没有打电话过来，这显然不是个好兆头。

卡米尔在键盘上输入了几个字：菲利普·比松，记者。

路易凑过来盯着屏幕。

"您搜他的名字做什么？"路易问道。他看到卡米尔点进一个网站，标题上写着"法国新闻记者，你知道谁是谁吗"。

"我想知道跟我打交道的人是谁。"卡米尔说着，页面结果已经出来了。

他吹了声口哨。

"好家伙！他还是个小贵族，你知道吗？"

"不知道。"

"菲利普·比松·德·舍韦纳，只有这个。是不是有点耳熟？"

路易思考了一会儿，说道："我觉得应该是因为摩尔提埃尔的比松家族，您认为呢？"

"哦，肯定是的！"卡米尔说，"看来——"

"佩利古尔丁的贵族，没落于大革命期间。"

"平等万岁！除此之外，还有什么信息呢？在巴黎上的大学，在几家外省日报做过自由职业者，在法国布列塔尼电视三台实习过，然后来了《晨报》。目前单身，还有这个……发表过的文章目录。你看，这还是更新过的最新版本呢！我可真是碰到对手了。"

卡米尔关上窗户，关掉电脑，然后看了看手表。

"您不想先回去吗？"路易问道。

"卡米尔！"科布把头伸过来说，"你可以过来一下吗？"

3

"第一个搜索任务,也就是巴朗乔的清单,这是最简单的。"科布开口说道。

他提取了巴朗乔以及他的学生总结出的摘要里的重要信息,输入到未破解案件档案中进行搜索,并将时间范围扩展至近十年内。由此获得的第一份清单里,只有五个疑似对应经典小说情节的案件。附上的列表里有这五起案件信息的概述、日期、调查人员姓名,以及由于缺乏证据被归档为未决案件的日期。在最后一栏里,科布添上了相关书目的标题。

卡米尔戴上眼镜,注意力只集中在最重要的信息上。

一九九四年六月——佩里尼(约讷河)——农民家庭遭满门灭顶之灾(两个孩子及双亲)——疑似出处:杜鲁门·卡波特——《冷血》。

一九九六年十月——图卢兹——男子在婚礼当天遭到枪杀——疑似出处:威廉·艾里什——《黑衣新娘》。

二〇〇〇年七月——科尔贝——河里惊现女尸——疑

似出处：埃米尔·加博里奥——《奥西沃尔的犯罪》。

二〇〇一年二月——巴黎——抢劫案中警察遭屠杀——疑似出处：威廉·赖利·伯内特——《小恺撒》。

二〇〇一年九月——巴黎——警察于车内自杀——疑似出处：迈克尔·康奈利——《诗人》。

"第二个搜索任务，"科布继续说道，"你说的'离奇线索'清单。这是个非常复杂的东西，"他边敲打着键盘边补充道，"我分了好几个搜索阶段：作案手法、间接证据，与受害者身份的地点交叉参照，真是一团乱麻，这个玩意儿——"

页面终于停在一张表格上，一共是三十七行。

"如果我们排除自发性质的犯罪案件，"科布边用鼠标点击屏幕边说道，"再排除没有明显预谋迹象的案件，那就还剩二十五起。我已经把清单给你列出来了。在这二十五起案件中，有七起已经有被指控的凶手。这是第二份清单。在剩下的十八起案件中，九起有明显的经济动机，受害者或年事已高，或是有施虐受虐倾向的女性，等等。现在还剩九起。"

"很好。"

"就是下面的这个列表。"

"有什么相关发现吗？"

"如果我们可以这么想的话——"

"什么叫如果我们可以这么想？"

"在这些案件中，没有任何离奇线索，我是说，如果按照你的定义来看的话。当然，有一些未解之谜，但并不完全是毫不相干的。没有出乎意料的物件，没有不寻常的日期，没有使用奇怪的武器，没有什么真正符合我们寻找的信息。"

"这还不好说——"

卡米尔转过身,抬头看向伊丽莎白。

"您有什么想法?"

"我们可以把这些案件的档案都调出来,花一晚上时间看完,明天一早进行总结。"

"好的,那就这么干吧。"卡米尔拿起刚刚从打印机里吐出来的清单,递给了伊丽莎白。

伊丽莎白看了看手表,回了一个难以置信的眼神。卡米尔揉了揉眼皮。

"伊丽莎白,就在明天一大早,朝霞一出就开会。"

下班之前,卡米尔给克雷医生发了封邮件,向他提议,第三条启事的内容可以写:"可以谈谈您的其他作品吗?"

二〇〇三年四月二十二日　星期二

1

快八点的时候，伊丽莎白来到办公室，其他人已经聚集在那里了。她手里拖着一辆小推车，上面堆满了档案卷宗。根据科布给的清单拉出了十四卷厚重的卷宗，一边是九卷，另一边是五卷。

"勒萨热的事查得怎么样了？"

"法官刚刚给调查开了绿灯，"路易回答道，"目前，她认为'证据还不充分'，不能实施拘留，但是金融刑侦科刚刚给科布开通了搜索权限，他可以访问勒萨热一家的银行账户，查看他们的资产、抵押贷款等信息。现在就看他了。"

科布已经忙得不可开交，一脸全神贯注的样子。

他什么时候来办公室的？他已经直接上手费尔南工位上的电脑，将之与自己的电脑连接起来，反正一过午时，费尔南连电脑屏幕和键盘都分不清。他的身影已经完全消失在这两个巨大的屏幕后面，我们可以猜测，他的手正在两个上下排列的键盘上飞舞着，就像一个管风琴手。

卡米尔看着堆积如山的文件和他的团队成员，陷入了沉思。要把这些信息剥离出来，眼睛必须尖，速度必须快。迈赫迪还缺乏经验，不足以胜任。马勒瓦尔还顶着一颗刚刚结束彻夜狂欢的脑袋，警觉性不够。至于费尔南，卡米尔甚至不敢指望他。他说话时已经满嘴都是混着薄荷味的酒气。

"好吧。伊丽莎白、阿尔芒、路易，还有我。"

他们四个人坐在大桌子前，上面整齐排列着档案箱。

"这些档案对应的是一些悬而未决的案件，它们都含有一些离奇或者相对离奇的线索，这些线索与受害者的情况毫不相干，所以有可能是为了忠实还原某本书里的场景。我承认，这个推论有些牵强，所以，我们不需要花太多时间在上面。我们的目的，就是写出一个清晰的案情综述，差不多两页纸……这些综述会发给巴朗乔教授和他的几个学生。他们可以告诉我们，这些案件是否与他们读过的书有雷同之处。我们要在中午之前发给他们。"

卡米尔停下来思考了一会儿。

"路易，你给热罗姆·勒萨热也发一封电报。我们看看他会做出什么反应。如果我们中午能写完这些综述，他们下午拿到了就可以马上读起来。"

他拍了拍手，像一个饥肠辘辘的人终于等到开饭时刻。

"快点干活儿吧！中午前一定要完成。"

2

收信人：巴朗乔教授

这九起悬而未决的刑事案件，有可能受到了法国或外国侦探小说的启发。案件受害者涉及六名女性、两名男性和一名儿童。刑警队正努力将调查的信息与可能成为原型的小说文本进行对比，希望做到尽可能准确。

案件一：一九九五年十月十三日——巴黎——三十六岁黑人女性在浴缸中被碎尸。

离奇线索：

受害者尸体被分解之后，被套上了男性装束。

案件二：一九九六年五月十六日——枫丹白露——三十八岁的商业代表在枫丹白露森林头部中弹身亡。

离奇线索：

1. 使用的武器十分罕见，一把柯尔特"护林者"点二二口径手枪。

2. 受害者的衣服并不属于他自己。

案件三：一九九八年三月二十四日——巴黎——三十五岁孕妇在仓库被开膛。

离奇线索：

受害者是一名在卫生和社会事业部门的监护下长大的孤儿。在她的脚上，有一个葬礼花圈，上面写着："致我亲爱的父母"。

案件四：一九九八年九月二十七日——迈松阿尔福——一名四十八岁男性因心脏病发作去世，在一个车库的排水沟里被找到。

离奇线索：

1. 受害者为杜埃药房的配药员，在死亡当日且在死亡时间附近，有三个独立证人都见过他。

2. 他的死亡时间与在车库被发现的时间隔了三天，尸体是被运到车库的。

案件五：一九九九年十二月二十四日——卡斯泰尔诺——一名九岁女孩被发现吊死在离家三十公里远的果园。

离奇线索：

凶手在吊死这名年轻受害者前，用刀割下了她的肚脐。

案件六：二〇〇〇年二月四日——里尔——四十七岁

无家可归的女性因体温过低身亡。

离奇线索：

她的尸体在一家废弃肉铺的冰柜里被找到，电力来源是路灯照明系统。

案件七：二〇〇〇年八月二十四日——巴黎——乌尔克运河疏浚设备船打捞出一具被勒死的裸体女尸。

离奇线索：

1. 受害者身上有一块假胎记（左大腿内侧），是用不可擦除的墨水画上去的。

2. 有新鲜淤泥覆盖了死者的部分身体，然而疏浚设备在此前未被使用过。

案件八：二〇〇一年五月四日——克莱蒙-费朗——没有子女的七十一岁寡妇胸前中两弹身亡。

离奇线索：

案发后，尸体在一辆一九八七年产的雷诺车里被发现，然而，六年前该车已经申报销毁。

案件九：二〇〇二年十一月八日——拉博勒——一名二十四岁女性被勒死。

离奇线索：

受害者尸体在沙滩上被发现，穿着工作制服，身体被来自消防工业的人造雪覆盖。

3

午时过后,团队成员开始着手研究科布的第一份清单。路易负责研究佩里尼案,伊丽莎白负责图卢兹案,马勒瓦尔负责巴黎警察屠杀案,阿尔芒负责科尔贝案,卡米尔则负责巴黎警察自杀案。

没多久,好消息就接踵而至。对比巴朗乔教授给出的小说概要,没有任何案件呈现出足够的相似度。我们现在已经确切地知道,凶手对待所有细节都是一丝不苟的态度,所有案件都与疑似小说相差甚远。不到四十五分钟,路易就第一个交还了档案("这不可能。"他谨慎地说道),伊丽莎白紧随其后,然后是马勒瓦尔。卡米尔也把档案放回去,稍微松了一口气。

"大家一起去喝杯咖啡吗?"

"你应该去不了——"阿尔芒一脸悲痛地走进办公室。

卡米尔双手合十,慢慢地揉着眼皮,如同在教堂里一般,陷入了沉默。

所有的目光都转向了阿尔芒苍白的身影。

"我想你得给分局长打个电话。还有德尚法官——"

"到底什么事?"卡米尔问道。

"就是《奥沃西尔的犯罪》。"

"是奥西沃尔。"路易善意地改正道。

"管它叫奥沃西尔还是奥西沃尔，你想怎么念都行，但在我看来，这就是科尔贝案的出处。完全一模一样。"

巴朗乔教授选择在这时给卡米尔打来了电话。

卡米尔用空出来的手，又开始按摩着眼皮。从他所在的位置，可以看到那张用来固定案件照片的巨大软木板，库尔贝瓦案（呈冠状张开的手指）、特朗布莱案（被分成两半的曼努埃拉）和格拉斯哥案（可怜的格蕾丝·霍布森被遗弃的尸体）。他感到自己的呼吸越来越沉重。

"有什么新消息吗？"卡米尔小心翼翼地问道。

"没有任何案件能完全对应我们看过的小说，"巴朗乔用一种教师的语气继续说道，"关于一九九八年三月的那起案件，一名女性在仓库被开膛，我的一个学生认为他读过情节类似的小说。我个人没有读过，这本书叫……《影子杀手》。作者是个叫菲利普·查布，还是哈布的人，一个不知名的作家。我在网上看了一眼，没能找到这本书。这应该是本很老的书，已经绝版了。不过，关于另外一起案件，枫丹白露的那名商业代表的那个……我得说我还不能百分之百确定，不过案情与约翰·D. 麦克唐纳的《着魔》十分相似，您知道——"

4

路易给卡米尔带来了一张收据,说明科布已经把新的启事传到了网站上,最晚第二天早上就会上线发布。路易正要离开的时候,卡米尔叫住了他:"路易!我想知道你和马勒瓦尔之间发生了什么。"

路易的脸色一变。卡米尔马上就明白了他挖不出任何信息。

"是男人之间的事吗?"他还是试探了一下,想看看路易的反应。

"不是什么事,只是……意见不同,仅此而已。"

卡米尔起身走近他,每次发生这种情况时,路易总会做出相同的反应。他总是缩成一团,似乎想消除他们之间的身高差距,又像是为了表现出某种忠诚,这让卡米尔既高兴又生气。

"我只想告诉你,路易,我不希望再重复这些话,如果你们的事涉及我们的工作——"

他话还没说完,路易就打断了他:"绝对没有!"

卡米尔盯着他看了一会儿,犹豫着要做出什么样的判决。

"路易,我不喜欢这样。"

"这是私事。"

"感情上的事?"

"私事。"

"勒冈还在等我，我得走了。"卡米尔结束对话，然后回到办公桌前。

路易立刻就离开了。卡米尔正等着看他会用哪只手撩头发，却已经想不起来如何解读。他继续沉思片刻，用内线给科布打了通电话，然后终于决定离开。

5

傍晚的时候，勒冈看完了卡米尔匆匆打出来的两份备忘录。他四仰八叉地躺在新扶手椅上，两手捧着文档，靠在肚皮上。勒冈在看的时候，卡米尔在脑海中回放了这两起案件的画面，至少是他借助线索可以重现的那些画面。

第一份备忘录是关于枫丹白露案和一九五〇年的一本美国小说《着魔》。巴朗乔教授认为两者之间有一定的相似度，但差别也十分明显。

一九九六年五月十六日，接近中午的时候，让-克洛德·博尼法斯和纳代其·韦尔蒙特尔在枫丹白露森林里被一具男性尸体绊倒，后者头部被子弹击中。

这名男子很快就被鉴定为罗兰·苏希尔，是一名清洁设备和管道产品的商务代表。子弹是从一把点二二口径的自动手枪中射出来的，这在国内是十分罕见的武器，档案里面找不到这种武器。钱包、现金以及信用卡都不翼而飞。警方推测这是一起毫无节制的抢劫案，因为就在同一天，在往南三十公里的一个加油站，一张信用卡也被偷走，而且逃犯使用了苏希尔的汽车。

269

调查人员注意到了两条十分特别的线索。第一条就是这把鲜为人知的点二二口径手枪，弹道测试确定为柯尔特"护林者"手枪，这是美国产的比赛休闲手枪，在二十世纪六十年代早已停产。只有少数几把在法国有登记记录。

第二条奇怪的线索就是受害者的衣物。当天他穿着一件浅蓝色运动衫和白色的低帮鞋。他的妻子在辨认尸体时指出了这件事，她十分明确地说道，她的丈夫从来没有穿过这些衣服。她在证词里甚至提到，她永远"不会允许他穿这样的衣服"。

"这个故事说不通啊。"勒冈松口道。

"我也这么觉得。"

他们把档案里的线索与巴朗乔传真给他们的节选内容进行了对比。约翰·D. 麦克唐纳，黑色小说系列，第六百九十八号。法文译本出版于一九六二年。

第一百六十三页。

　　七八米开外有一堆碎落的石头……一个看起来三十五岁左右的男人，站在敞开的车门边。他揉搓着自己的脖子，做出一张鬼脸……他穿着一件浅蓝色运动衫，腋下已经湿透，一条灰色裤子和一双黑白相间的鞋……

"再往下一点儿，"卡米尔又说道，"作者谈到了凶手。"

　　他又看到了，在贝歇尔的额头上，出现了一个小圆孔，就在最上方稍微偏左的地方。贝歇尔的眼睛睁开了。他走了一步，张开了双腿，像是为了站直身体。然后，他慢慢地倒下，像是在跌落前进行缓冲。

"嗯，我也觉得这对不上，"卡米尔继续说道，"有太多不同的细节了。在书里，这个男的被'小刀'捅了好几下，他的'左手小指上戴着一枚沉重的戒指'，枫丹白露案里完全没有这样的痕迹。在小说里，人们在现场发现了半根雪茄和一瓶波本威士忌，这个细节也没有被发现。同样，扔在石头边的一箱意大利式面砖也没有出现。不，这对不上号。虽然看起来像，但是两回事。"

勒冈已经看向了别处。

随后两人陷入沉默，脑子里想的不再是他们认为已经解决的这起案件，而是另外一起，这不可避免地把他们带到了不太平静的对岸……

"关于这起案件，我完全同意你的看法，"勒冈用低沉的嗓音说道，"我想我们得通知一下法官。"

让-弗朗索瓦·里歇没有去度假，但由于他是商务代表，还是有一些闲暇时间的，尤其是在七月。于是他向十六岁的儿子洛朗提议去塞纳河上钓鱼。二〇〇〇年七月六日，父子俩终于付诸实践。一般来说，是由儿子来选择放钓竿的地方。那天，洛朗想找个好地方，但是却没能有时间找到。他才走了几步，就开始紧张而焦急地呼唤父亲：河边漂着一具女尸。尸体俯卧在水面上，水并不深，她的脸埋在泥沙里，穿着一条灰色长裙，上面沾满了淤泥和鲜血。

科尔贝警局的人在二十分钟后赶到现场。在安德雷亚尼中校的带领下，调查迅速展开。不到一个星期，人们就知道了我们现在所知道的一切，也就是说，几乎什么都不知道。

这名年轻白人女性大约二十五岁，身上有被暴力殴打的痕迹，尤其是额头处有头皮被撕裂，还有几撮头发也不见踪影，显示她曾被拽住头发拖行。凶手用一把锤子殴打她。一个叫莫尼耶的医生做了尸检，其结果显示，受害者并非死于上述暴力行为，而是死于之后身中的二十一刀。没有发现任何性侵迹象。受害者左手攥着一块灰色布料。死亡时间应该是四十八小时前。

调查很快确定，这名年轻女性是住在科尔贝的玛丽斯·佩兰。她的父母在四天前报告了她的失踪，她的朋友和雇主也都证实了此事。这个年轻的理发师，实际年龄为二十三岁，住在共和国大道十六号，和她的表妹苏菲·佩兰一起合租了一个两室一厅。我们能够找到的关于她的信息十分普通：她每天早上乘坐公共交通工具去发廊上班，在单位人缘很好，周末会和表妹一起去逛时装店；她与好几个男生搞暧昧，还和其中几个睡觉；总之没有什么特别值得注意的地方。七月二日，七点三十分左右，她离开住所时身着一条白色半裙、一件白色衬衫、一件粉色夹克衫和一双平底鞋。人们在四天之后才发现她的尸体，当时她穿着灰色裙子，半个头埋在泥沙里面。她的死亡无法得到解释，没有任何证据表明她是如何失踪的，如何来到了塞纳河畔，在她失踪期间又做了什么事，遇到了谁，而这个人可能就是杀死她的人。

尽管这看起来是起很普通的案件，查案人员还是指出了好几处匪夷所思的疑点。比如，受害者并没有受到性侵。一般来说，一个年轻女孩的尸体在这样的情况下被找到，大部分都曾遭遇过性暴力。而这一次，却完全没有这样的迹象。据验尸官所知，玛丽斯·佩兰上一次发生性关系要追溯到很久以前。换句话说，现有的技术手段无法检测出她上一次发生性关系的日期，这样的时间间隔是以周为单位来计算的。而且，她的表妹也在第二份证词中确认，受害者已经很久没"出去玩"了，因为经历了一次分手，伤口才刚开始愈合。这段感情的另一个主角是一个叫若埃尔·瓦内克的人，在邮局工作。警方对他进行了审问，并马上排除了他的嫌疑。

真正令人感到奇怪的，是受害者被发现时身上所穿的那条灰色裙子。由于她消失了好几天，这期间她很有可能换过衣服，甚至换过好几次，但是查案人员无法解释，为何她被捞起来时身上穿的这条长裙是一八七〇年左右制作的。这一细节在很晚的时候才被发现。她的父母和表妹一开始就觉得奇怪，女孩被找到的时候身上穿着舞会礼服。这个细节不符合她的习惯，也不符合人们对她的印象，况且她也没有任何礼服。专家们还注意到，这条裙子破旧不堪，与尸体浸泡在水里的时间长度形成鲜明对比。因此查案人员对衣服和布料都进行了专业检测：专家们一致认为，这条裙子也许是在巴黎做的，使用的缝纫线和制作工艺要追溯到十九世纪，裙子上使用的纽扣和蓝色装饰则可以确定，制作年份为一八六三年，时间可能有上下三年的差距。

人们请求提供结果的专家对此进行估价。可以说，这起罪行并不是没有花费的，毕竟凶手毫不犹豫地把一具尸体扔进河里，与此同时，扔掉的还有一件价值三千欧元的古董。唯一可能的理由是，他并不知道这条裙子的价值。

警方又去调查了一些古董商和旧货商。但由于缺少人手，调查范围仅限于犯罪现场所在的区，然而几个星期后，结论并没有丝毫改观。

之所以说，年轻女孩"被找到时，身着这条长裙"，是因为她并不是穿着这条裙子，而是穿着其他衣物被杀害的。大概在死亡三十六小时后，她被穿上了这条血腥的舞会长裙。此时又出现了一个奇怪的细节：凶手不仅把她的尸体扔进了河里，而且把尸体放置在河里的方式十分讲究，不管是衣服的褶皱，还是脸埋进泥沙里的深度，都透露出凶手的小心翼翼，一种极尽谨慎的态度，很难想象这是几小时前用锤子杀死她的同一个人。

显然，查案人员对这一细节的意义感到十分困惑。

现在，由于《奥西沃尔的犯罪》这本书的发现（埃米尔·加博里奥写于一八六七年的小说，巴朗乔将之列为侦探小说的开山鼻祖之一），所有离奇的细节都不再神秘。加博里奥小说里的受害者特雷梅欧瑞尔伯爵夫人与可怜的佩兰一样，是个黄头发、蓝眼睛的姑娘。毫无疑问，不管是摆放尸体的方式、被杀害的方式，还是左手攥着的灰色布料，总之，所有细节都与小说完全对应。还有一个细节堪称完美：那条裙子的制作日期与小说里的日期完全一致。对卡米尔来说，这显然毫无疑问，他已经找到了第四起案件。

"除了指纹这一条，"勒冈说道，"为什么这个家伙在每个尸体上都留下假指纹，而在这具尸体上却没有？"

"这家伙是从格拉斯哥案之后才开始署名的，别问我为什么。从这之后，他每次都会留下署名。这就意味着，从那之后就没有别的未署名的案件了。这是唯一的好消息。"

"接下来，这案子可就是一桩接着一桩了。"勒冈似乎自言自语道。

6

伊雷娜泡了安神茶。

她坐在客厅的扶手椅上,看着傍晚开始下起来的雨敲打着窗户,这雨声如此平静而执拗,透着一股决心。

他们吃了顿简单的晚餐。伊雷娜只做了些冷菜。自月初以来,她已经没有了做饭的精力。家里的晚饭从来不准点,她从来不知道,什么时候可以坐到餐桌前一起吃饭。

"亲爱的,这天气真是犯罪的好时机呢。"她若有所思地说道,两手捧着杯子,像是为了取暖。

"为什么这么说?"卡米尔问道。

"哦,没什么——"

他拿起正在浏览的书,来到她的脚边坐下。

"累——"

"累了吗?"

他们不约而同地说道。

"这叫什么?"卡米尔说道。

"我不知道。也许是潜意识交流吧。"

他们各自陷入沉思，待了很长一段时间。

"你是不是很烦闷？"

"是的，我觉得现在时间很漫长。"

"明天晚上你想做点什么吗？"卡米尔不太坚定地问道。

"把孩子生下来，我想——"

"我得把我的急救包找出来。"

他方才把书放在旁边，此时不小心翻错了页面，翻到了卡拉瓦乔的画作，在这幅画里，一个女人的脸仰望着天空，嘴巴张开，两手交叉着放在肚子前。她长长的红色头发坠到右肩上，凸显了她的胸部，左边胸部几乎没有衣物覆盖。卡米尔很喜欢这个女人的形象。

这个女人俯身看着自己的孩子。她的头发是红得偏紫的颜色。

"我觉得她很幸福。"伊雷娜说道。

他感觉伊雷娜就靠在他的背上，沉重而温暖。伊雷娜出现在他的生命中，这件事给他带来了无可估量的影响。他抓住伊雷娜放在他肩膀上的手。

二〇〇三年四月二十三日　星期三

1

　　她是那种人们从不谈论的女人，既说不上漂亮也谈不上丑，几乎看不出年龄。一张大众脸，像是家里的某个亲戚或是以前班上的某个女同学。年龄在四十岁左右，衣品令人沮丧，面相几乎就是她哥哥的翻版，只不过更加女性化一点儿。克洛迪娜·勒萨热坐在卡米尔对面，两手交叉，局促地放在膝盖上。她是在害怕吗？还是被震撼到了？这很难说清楚。她的眼睛紧紧地盯着自己的膝盖。卡米尔在她身上看到了近似荒唐的决心。虽然长相酷似哥哥，克洛迪娜·勒萨热却让人觉得，她拥有更加坚强的意志力。

　　然而，她身上总有种茫然失措的感觉。她的眼神有时会短暂地逃离，像是突然之间失去了平衡。

　　"勒萨热女士，您知道您为什么在这里——"卡米尔放下眼镜说道。

　　"有人跟我说，这跟我哥哥有关。"

　　这是卡米尔第一次听到她的声音，十分单薄，音调有些过高，像是在回应一次挑衅。她说出"哥哥"这个词的方式就说明了很多问题。从某种程度上来说,这是一种母亲才会有的反应。

"没错。我们正在调查他。"

"我不知道他犯了什么错误。"

"这就是我们要一起研究的事,如果您愿意的话。我想从您这里得到一些解释。"

"我已经把所有该说的都告知了您的同事。"

"确实,"卡米尔指着面前的一个文件继续说道,"但是您说的这些对我们没什么用处。"

克洛迪娜·勒萨热再次双手交叉,放在膝盖上。对她来说,这次会谈刚刚已经结束了。

"我们尤其想了解一下您在大不列颠逗留期间的事,在——"卡米尔迅速戴上眼镜,查阅了一下备忘录,然后又摘下,继而说道,"二〇〇一年的七月份。"

"探长,我们当时不仅是在大不列颠——"

"叫我警官。"

"我们当时只去了英格兰。"

"您确定吗?"

"您不确定吗?"

"嗯,老实跟您说,我们不确定。总之,我们并不总是确定消息的准确性。你们是在七月二日到达伦敦的。这点您同意吗?"

"也许吧。"

"确实如此。您的哥哥在八号离开伦敦,去了爱丁堡,也就是去了苏格兰,勒萨热女士,从某种程度上来说,就是去了大不列颠。他的机票显示,他十二号回到了伦敦。我没搞错吧?"

"如果您这么说的话——"

"您没注意到您的哥哥离开了将近五天时间吗？"

"您说的是八号到十二号，这是四天，不是五天。"

"他当时去了哪里？"

"您刚刚已经说过了，去了爱丁堡。"

"他去那里做什么？"

"我们在那里有个联系人，跟伦敦的情况一样。我哥哥每次一有机会，就会去拜访联系人。这是……商业行为，如果您更愿意这么理解的话。"

"你们的联系人，是萨默维尔先生。"卡米尔接着说道。

"没错，是萨默维尔先生。"

"我们有个小问题，勒萨热女士。今天上午，萨默维尔先生接受了爱丁堡警局的审问。他确实接待了您的哥哥，但是只是在八号，九号您的哥哥就离开了爱丁堡。您可以告诉我，他在九号到十二号之间做了什么吗？"

卡米尔马上就感觉到，她到现在才得知这个消息。她的脸上露出一种怀疑的神情，充满了怨气。

"我猜，他应该是去旅游了。"她终于说道。

"去旅游，当然了，他参观了苏格兰，欣赏了苏格兰的旷野，山谷里的湖泊，还有那里的城堡和鬼魂——"

"探长，您别跟我说这些老调重弹的话了，求您了。"

"请叫我警官。您觉得，他会不会受到好奇心驱使，去游览了格拉斯哥？"

"我对这个问题一无所知。况且，我也不知道他能去那边做什么。"

"比如说，去那里杀害可怜的格蕾丝·霍布森？"

卡米尔试了一招，以往这样的招数曾经成功过。克洛迪娜·勒萨热不为所动。

"您有证据吗？"

"您听说过格蕾丝·霍布森这个名字吗？"

"我在报纸上看到了。"

"我来总结一下：您的哥哥离开伦敦，计划去爱丁堡待四天，但实际只待了一天，您不知道剩下这三天他做了什么。"

"大概是这样，没错。"

"大概。"

"就是如此。我相信他不会伤害——"

"我们一会儿再说这个。现在让我们来谈谈二〇〇一年十一月的事，如果您愿意的话。"

"您的同事已经问了我——"

"我知道，勒萨热女士，我知道。您只需要向我确认这些信息，然后我们就不用说这些了。所以，十一月二十一日——"

"您能记得，两年前的十一月二十一日，您自己做了什么吗？"

"勒萨热女士，这个问题问的不是我，而是您！您的哥哥经常会消失不见，不是吗？"

"警官，"克洛迪娜·勒萨热用跟孩子说话的耐心口吻回答道，"我们是做生意的人，卖的是二手书。我哥哥要去收书，然后再卖出去。他会去拜访私人图书馆，去买回成堆的书，去找专家做鉴定，去同行那里买书，或是卖给他们一些书。您应该知道，这些都不是站在书店柜台后面就能完成的工作。所以说，没错，我哥哥是经常出差。"

"也就是说，我们永远也不知他人在何方。"

克洛迪娜·勒萨热思索良久，不知采取什么样的策略。

"您不觉得我们可以节省点时间吗?如果您话说得清楚一些——"

"勒萨热女士,事情很简单。您的哥哥给我们打电话,给了我们一条命案线索。"

"这可真是让人乐意帮助你们呢!"

"我们没有向他求助,是他向我们提出来的,他心甘情愿地、慷慨大方地提示我们,库尔贝瓦的双重命案是从B. E. 埃利斯的小说里得到的灵感。他的消息十分灵通,确实是这样。"

"他就是这行的。"

"杀害妓女这一行吗?"

克洛迪娜·勒萨热气得脸都红了。

"警官,如果您有证据,我洗耳恭听。而且,如果您有证据的话,我就不会在这里回答您的问题了。我可以走了吗?"说完,她作势要起身离开。

卡米尔只是紧紧地盯着她。她又软弱地放弃了刚刚摆出来的姿势。

"我们已经查获了您哥哥的行程表。他是个小心谨慎的人,而且非常有条理。我们的警员正在核实他过去五年的日程安排。目前来说,我们只进行了几项初步调查,但是其中的出入实在令人震惊,尤其是对一个如此有条理的人来说。"

"出入?"她惊讶地问道。

"没错。日程表上写着他在某个地方,实际上他却不在那里。所以,我们肯定会怀疑。"

"警官,你们在怀疑什么?"

"怀疑他一直在做的事情。怀疑在二〇〇一年十一月,当有人杀害一个二十三岁的妓女的时候,他在做什么;怀疑这个月初有人在库尔贝瓦残害两个妓女的时候,他又在做什么。您的哥哥经常去找妓女吗?"

"您太恶劣了。"

"那他呢?"

"如果这就是您对我哥哥的全部指控——"

"嗯,勒萨热女士,我们的疑问恰恰不止这些。我们还在调查他的钱都去了哪里。"

克洛迪娜·勒萨热向卡米尔投来惊愕的目光。

"他的钱?"

"或者说,是您的钱。因为,据我们所知,是他在管理您的财产,不是吗?"

"我没有任何'财产'!"

她一字一板地说出这个词,好像这是一种侮辱。

"还是有一些的……您拥有……我看……一只股票,有两套巴黎公寓正在出租,还有一间祖宅。哦,对了,我们派了一队人员去那里。"

"去维勒雷阿勒?我能知道为什么吗?"

"我们在找两具尸体,勒萨热女士。一具大的和一具小的。一会儿会说到这个问题的。所以,您的财产——"

"我确实委托了我的哥哥代为管理。"

"那么,勒萨热女士,恐怕您没有做出明智的选择。"

克洛迪娜·勒萨热久久地盯着卡米尔。惊讶、愤怒,抑或是怀疑……他无法分辨这眼神中的情绪。很快,他就明白了,这是一种盲目的决心:"警官,我哥哥用这笔钱做的所有一切,都经过了我的同意。没有任何例外。"

2

"有收获吗?"

"老实说,让,我不知道。这两人之间的关系很奇怪。不,我不知道。"

热罗姆·勒萨热在椅子上坐得笔挺,故意强装镇定的样子,想表明自己不是一个任人摆布的人。

"我刚刚与您的妹妹谈过了,勒萨热先生。"

尽管他决意不表现出任何慌张,却还是不自觉地露出不悦的神情。

"为什么要跟她谈?"他问话的语气像是在询问菜单或者是火车时刻。

"为了更好地了解您。为了尝试更好地了解您。"

"她一心护着他,而且嘴很严,我们很难从他俩中间突破。"

"好吧,原来他们是一对伴侣。"

"没错,但比这还要复杂。"

"伴侣之间总是很复杂的。总之，我的伴侣关系一直很复杂。"

"您的日程安排很难理解，您知道吗？就连您的妹妹，这么了解您的人——"

"她只知道我愿意让她知道的部分。"

他两手交叉着放在身前。对他来说，这个话题已经结束了。卡米尔选择了沉默。

"您能告诉我，我做了什么应该被指控的事吗？"勒萨热终于问道。

"我并没有指控您。我正在进行刑事调查，我手里握着很多命案，勒萨热先生。"

"我根本就不应该帮助您，第一次就不应该这么做。"

"但您还是没能忍住。"

"确实。"

勒萨热似乎对自己的回答感到惊讶。

"当我看到案情综述时，我很自豪地认出了那就是埃利斯书里的情节，"他若有所思地继续说道，"但这不能说明我就是杀人凶手。"

"她在为他辩护，而他在保护她。或者是相反的情况。"
"我们找到了什么疑点，卡米尔？实际上，我们找到了什么？"
"首先，他的日程安排有很多空白的地方。"

"首先，我想请您解释一下您在苏格兰的旅程。"
"您想知道什么？"
"嗯，您在二〇〇一年七月九日到十二日之间做了什么？您九号到的爱丁堡，当天晚上就离开了那里，直到十二号才再次出现，这就是四天的空白。您在这段时间内做了什么？"

"旅游。"

"他解释过吗？"

"没有，他在拖延时间，等我们摆出证据。他很清楚我们对他无可奈何。他们两人都很清楚。"

"旅游？在哪里旅游？"

"到处旅游。我四处逛了逛，跟所有人一样，出去度假的时候——"

"勒萨热先生，不是所有游客都会在他们游览的城市里杀害年轻女孩。"

"我没杀人！"

审讯开始以来，书店老板第一次表现出言辞激烈。蔑视卡米尔是一回事，但被人指控为杀人凶手可就是另一回事了。

"我没这么说——"

"不，您没有这样说，但我很清楚，您想把我变成一个杀人犯。"

"您写过书吗，勒萨热先生，比如小说？"

"没有，从没写过。我只是个读者。"

"一个狂热的读者。"

"我是做这一行的。我什么时候指控过您与杀人犯为伍了？"

"勒萨热先生，您的想象力太丰富，不写小说实在太可惜了。您为什么要捏造花里胡哨的日程，谎称与人有约？您在这些时间里做了些什么？什么事情需要花如此多的时间，勒萨热先生？"

285

"我需要出去透气。"

"您需要透的气可真是有点多!您是去找妓女吗?"

"这很正常。我想,跟您一样——"

"他的预算里也有许多无法解释的支出。"

"大笔支出吗?"

"科布正在算账。大概有数万欧元,而且全部都是现金支出。这里五百欧元,那里两千欧元,最终加起来就是数万欧元。"

"从什么时候开始的?"

"至少有五年了。我们没有搜索五年前数据的权限。"

"他的妹妹什么都没发现吗?"

"貌似是的。"

"我们正在核实您的银行账户。令妹会感到惊讶的。"

"别把我妹妹扯进来!"

勒萨热看着卡米尔,好像第一次表现出对个人生活的在意。

"她是个十分脆弱的女人。"

"在我面前,她表现得挺坚强的。"

"自从丈夫去世后,她一直郁郁寡欢,所以我把她带在身边。相信我,这是个沉重的负担。"

"在我看来,您似乎得到了慷慨的回报。"

"这是我们之间的事,与您无关。"

"有什么事情是警察不能管的,勒萨热先生?"

"好吧,你进展到哪里了?"

"嗯，这正是问题所在，让——"

"我们回头再来讨论这些，勒萨热先生。我们有的是时间。"

"我不想待在这里。"

"这不是您能决定的。"

"我想见律师。"

"当然，勒萨热先生。您觉得您需要律师的帮助吗？"

"对付您这样的人，任何人都需要律师的帮助。"

"只是有个问题。我们给您发送了一份未决案件的清单，您的反应让我感到很惊讶。"

"什么反应？"

"问题就是，您没有做出任何回应。"

"我早就告诉过你们，不会再帮助你们了。您认为，我应该怎么做？"

"我不知道。您应该发现其中一个案件与约翰·D.麦克唐纳的《着魔》有相似之处。又或许，您没读过这本书——"

"范霍文先生，我对这本书了如指掌！"书店老板突然发怒了，"我可以告诉您，案件与麦克唐纳的书毫不相干，我已经检查过，有太多不同的细节。"

"您还是查过了！您看！但是您觉得不应该告诉我，这可真令人遗憾。"

"我曾经通知过您，而且是两次，却因此沦落至如今这般境地。所以，现在——"

"您还通知了媒体，也许是为了显得大方吧。"

"我已经解释过这个问题。我把实情告诉记者，这不属于法律管辖的范围。我现在要求马上离开。"

"更令人震惊的是，"卡米尔充耳不闻地继续说道，"像您这样博览群书的人，却没有看出这八起案件中，有一起与经典小说加博里奥《奥西沃尔的犯罪》完全重合。"

"警官，您真的把我当成傻子吗？"

"当然没有，勒萨热先生。"

"谁告诉您我没有看出来的？"

"就是您。因为您没有跟我们说。"

"我一眼就看出来了。是个人都能看出来，显然，除了您。我本来还可以告诉你们——"

"怎么又有问题？我们的问题还不够多吗？"

"我也是这么想的。你能怎么办呢，让？这事情简直看不到头儿。"

"这次又是什么事？"

"您本来可以告诉我们什么，勒萨热先生？"

"我不想说。"

"您这样只会让我们更加怀疑您。您现在的处境已经不太好了。"

"我又跟他提了未决案件清单的事。他什么也不愿意说。你懂的，人都有自己的傲气。"

"您不想告诉我们什么？"

"……"

"行了,您都快憋死了吧?"卡米尔鼓动道。

勒萨热冷冷地看着他,无法掩饰脸上的轻蔑。

"您那些案件里的一起……那个在疏浚设备里找到的女孩。"

"怎么说?"

"她在被害前穿的是泳衣?"

"我想是的,没错,警方是从她身上的晒痕判断出来的。您想告诉我们什么,勒萨热?"

"我觉得,这出自《罗丝安娜》。"

3

城郊的林荫大道、大干线、主街、运河以及交通要地，在这些地方，不断发生着悲剧、恶行、事故和死亡。放眼看去，一切都川流不息，没有片刻停留。任何从中掉落的事物，瞬间便会烟消云散，不留下一丝痕迹，就像掉进了一条大河的水中。你甚至无法想象在里面能找到些什么：鞋子、罐头、衣服、财物、钢笔、纸盒、饭盒、水壶。

甚至还有尸体。

二〇〇〇年八月二十五日，设备管理部门正准备用翻斗起重机挖掘一处不知名的河床，目的是把河沙装载到一艘淘沙船上。

没有闲人会错过这样的景象：渔民、退休老人、住在附近的人以及路过的人，都驻足在布勒利欧特桥上，观看起重机作业。

大概十点半，发动机开始发出打嗝般的声音，排放出一串黑炭般的废气。接驳船静静等在运河中央，如同一条死鱼。几分钟后，起重机来到接驳船旁边就位，张开的翻斗刚好正对着十几人聚集的桥上。卢锡安·布朗查尔是这次作业的负责人，他站在起重机旁，向司机举手示意可以开动，于是司机扳下了操纵杆。人们听到一声干脆的金属声响，宽大的翻斗突然颠簸起来，面朝桥的方向，开始第一次下水作业。

翻斗还未下降一米，卢锡安·布朗查尔就注意到，在船闸桥上观察的人群开始骚动。他们指着翻斗，互相讨论着什么。有三四个人正朝他大声喊话，他们用手举过头顶，做出大幅度的动作。当翻斗浸入水中时，人们叫得更加大声了。布朗查尔马上意识到有情况，但他完全不知道发生了什么，于是赶紧停止了操作。翻斗立刻停下来，半截浸在了水里。布朗查尔往桥那边望了望，但离得太远，根本听不清人们在喊什么。站在最前面的一个人手臂大张，手掌摊开，做着从下往上的动作。布朗查尔明白过来，这是让他把翻斗提起来。他有些恼火，把烟头扔在了甲板上。实际上，他不知道该怎么做，对自己的优柔寡断感到不快。看到船闸桥上的所有人都做起了跟第一个人同样的手势，并继续大声地朝他喊着，他终于下定决心，指挥司机把翻斗提起来。翻斗浮出水面，突然倒退了一下，又重新定住。卢锡安·布朗查尔走上前，示意司机把翻斗放下来，想看看发生了什么。等翻斗与他的视线齐平时，布朗查尔才明白大事不妙：在滴着水的翻斗深处，露出了一具掩在黑色泥沙里的裸体女尸。

根据初步验证，这是一名年龄介于二十五到三十岁之间的女性。档案里一共有十几张照片，都是大尺寸，卡米尔把它们摊在桌上。那些照片没能拍出她潜在的优雅。

实际上，即便是活着的时候，她应该也算不上特别漂亮。她的外形就像是大自然的无心之作，在同一个身体里混杂了各种不协调的元素，有些地方沉重，有些地方苗条，屁股大得令人无法忽视，而一双脚却小巧得很。这个年轻女人应该经历过一些紫外线辐射（皮肤测试结果显示，这来自太阳光辐射）。人们可以清晰地看出她曾经穿过泳衣的痕迹。身体上没有明显的暴力迹象，只有一条从腰部到髋骨的擦伤。残留的水泥痕迹表明，这名年轻女子的身体曾被拖行于地面。至于她的脸，因在河水和淤泥中浸泡过久，已经软化，只能看出她眉毛浓密，嘴巴偏大，留着中长的棕色头发。

负责案件调查的马雷特中尉指出，这名年轻女性是在遭受了性暴力后被勒死的。尽管凶手行事残暴，却并未对尸体进行损害。

卡米尔慢慢地读着，他好几次抬起头来，仿佛是想先消化一些信息，再继续往下读，又像是希望醍醐灌顶的时刻能突然到来。然而什么都没有发生，案件调查令人无比悲伤，几乎什么都没能查出来。

卡米尔无法从尸检报告中确认受害者的精神状态。她大约二十五岁，身高一米六八，体重五十八公斤，身上没有任何伤疤。紫外线在身上留下的痕迹表明，她曾穿着两片式泳衣，戴着墨镜，穿着沙滩凉鞋。受害者不抽烟，没有生过孩子，也未曾流过产。人们猜测，她应该是个干净整洁的人，对自己的外表并不过分在意。她没有任何佩戴首饰的迹象，凶手没有从她身上抢走任何首饰，也没有涂指甲油，甚至没有任何化妆的迹象。她最后一顿饭是在死前六小时吃的，包括肉、土豆以及草莓，还喝了不少牛奶。

她的尸体在淤泥里待了十几个小时才被发现。在这些调查结果中，有两条线索引起了查案人员的注意。没有任何报告对这两条线索提出合理解释，尤其是对第一条线索。首先，受害者被发现躺在翻斗里时，身上都是淤泥。

淤泥的出现是个令人惊讶的事实。尸体出现在翻斗里时，挖掘工作还没有开始。翻斗当时已经开始沉入运河的水中，但并未触底，无法翻起任何淤泥。这样的结论令人难以置信，但人们只能推测，凶手是先把尸体放进翻斗，然后再把淤泥放进去的。这举动又是出于什么动机呢？马雷特中尉没有做出任何推论，只是再三提到了这一细节。

仔细来看，这个场景显得十分怪异。卡米尔尝试重现这个场景，把所有可能性都想了一遍，最终只能得出，凶手应该做了一些奇怪的事情。把尸体放进翻斗以后（报告显示，翻斗距离地面高度不超过一米三），他应该从运河里取出了一些淤泥（在这一点上，分析结果明确显示，这些淤泥来自同一条运河），然后将之扔到了尸体上面。根据淤泥的数量，我们可以推测，如果他用的是水桶或者别的类似器具，那他应该在运河里取了好几次淤泥。查案人员无法确定这一举动的意义。

卡米尔感到脊背传来一阵奇怪的刺痛。显然，这是个令人不安的细节。任何正常逻辑都不可能引发这样的行为，除非是为了还原一本书的细节……

第二条线索就是路易在摘要中指出的，受害者身上留下的印记。它看起来像块胎记，如同在很多尸体上会出现的东西一样。初步调查结果也确实是这样记录的，查案程序进行得很快，只包含了几张现场照片，惯常的地形测量，以及惯例措施。真正的尸检是在太平间进行的。尸检报告显示，这实际上是块假胎记。它的直径大概五厘米，颜色为棕色，是用常见的丙烯颜料一笔一画仔细画出来的。形状隐约像个动物，查案人员根据直觉猜测，一会儿觉得它像头猪，一会儿又觉得像条狗。他们甚至找到一位知识渊博的动物学家来参与调查，他认为画的是一头非洲疣猪。这个记号上涂了一层亚光清漆，这是一种以促进干燥的酸性物质为基础的颜料，常常用在艺术绘画中。卡米尔仔细分析了这个事实。他以前用丙烯颜料作画时，就曾经用过这种清漆。后来，他转而改用油性颜料，但还是经常想起它的乙醚味道。这气味令人头晕，很难说是好闻还是难闻，如果长期使用，人会产生非常严重的头疼。在卡米尔看来，这个举动只能说明一件事，凶手希望保留这个记号,即便尸体泡在水和淤泥里,这个记号也无法被擦除。

当时,警方在失踪人口档案中进行了搜索,没有得出任何结论。体貌特征也发给了所有可能提供信息的部门,依然一无所获。受害者的身份一直没能被证实,尽管在马雷特中尉的领导下,人们进行了仔细的搜索,但所有从线索出发的搜索都没有得出任何结果。颜料和清漆都太常见了,无法成为可能的突破点。另外,如此大量的淤泥是如何出现的,也是一个未解之谜。因为证据不足,所以此案成了未决悬案。

4

"见鬼！这个东西怎么念？"勒冈眯着眼睛看着两个名字说道。舍瓦尔和瓦勒。

卡米尔没有评论。他打开《罗丝安娜》这本书，读道：

"第二十三页：'死者是被勒死的。'马丁·贝克陷入了沉思。他看了一系列照片：船闸、挖掘船、出现在画面前端的翻斗、躺在防波堤上的尸体以及停尸房里的尸体……他仿佛看到这名女子就躺在他面前，就像照片所呈现的那样。身高一米六六，一双灰蓝色眼睛，一头浅棕色头发。牙齿健康，基本没有手术伤疤或者其他特别的标记，除了左边大腿内侧有一块胎记，离腹股沟大概三点七五厘米。这个棕色胎记的大小大致相当于一个十欧尔硬币，轮廓不太规则，看起来像一头猪的外形。"

"好吧……"勒冈开口说道。

"她吃的最后一顿饭，"卡米尔继续读道，"是在死前三到五小时之间。她吃了肉、土豆、草莓和牛奶……还有这里：这是一名女性。他们把她平放在运河岸边的一块篷布上。桥上的人……不，这段跳过去,等一下,是在这里:她赤身裸体,没有佩戴任何首饰。她的皮肤被晒黑了,通过观察浅色的皮肤,可以推测她曾经穿着比基尼晒了日光浴。她的髋部十分宽大,大腿也十分壮硕。"

5

　　路易和马勒瓦尔总结了乌尔克运河案的所有线索。调查之所以陷入死胡同，主要是由于无法鉴定这名女子的身份。他们查阅了所有可以查阅的资料，也把信息发给了国际数据库，费尽心思。卡米尔坐在办公室的尽头，想象着科布坐在屏幕后的身影，对这样的悖论感到十分不解：在这样一个记录翔实的社会里，一名年轻女性竟然可以这样凭空消失。各种各样的目录、清单和名目表，记录了我们生活中的所有重要信息，可以追踪我们的每一通电话、每一次出行、每一笔花销。然而某些个人遭遇竟可以通过一系列的巧合和不可预见的情况，奇迹般地躲过每一次搜寻。一名有父母、有朋友、有爱人、有雇主，也有户口的二十五岁年轻女性，可以这样凭空消失。消失一个月，朋友们难道不会惊讶为何她再也不打来电话吗？消失一整年，从前深爱她的男友难道不会担心为何她度假还没回来吗？父母没有收到明信片，电话也打不通，难道在她死之前，父母就默认她已经消失了吗？除非，这是个独行侠，一个孤儿，一个逃逸的叛逆者，她对整个世界充满愤怒，以至于不再写信给任何人。也许，在她消失之前，世人都已经消失在她的眼中。

路易在纸板上为所有人做了回顾，好像这是必要举措一样。几天之内，大家都已经跟不上案件发展的速度了。

二〇〇〇年七月二日：科尔贝，《奥西沃尔的犯罪》（加博里奥）

受害者：玛丽斯·佩兰（二十三岁）

二〇〇〇年八月二十四日：巴黎，《罗丝安娜》（舍瓦尔与瓦勒）

受害者：？

二〇〇一年七月十日：格拉斯哥，《莱德劳》（麦尔文尼）

受害者：格蕾丝·霍布森（十九岁）

二〇〇一年十一月二十一日：特朗布莱，《黑色大丽花》（艾尔罗伊）

受害者：曼努埃拉·康斯坦萨（二十四岁）、亨利·朗博特（五十一岁）

二〇〇三年四月六日：库尔贝瓦，《美国精神病》（B. E. 埃利斯）

受害者：伊芙琳娜·鲁弗雷（二十三岁）、约瑟安娜·德伯夫（二十一岁）、弗朗索瓦·科泰（四十岁）

"在维勒雷阿勒的团队依然没能在勒萨热的祖宅找到任何东西，"路易说道，"他们先对院子做了简单搜查，据他们说，要把这么大一个地方翻过来，可能需要好几个月的时间。"

"克洛迪娜·勒萨热已经回家了，我派人送她回去的。"马勒瓦尔补充道。

"很好。"

伊丽莎白放弃了去人行道上抽烟的机会，这足以说明事情多么严峻。费尔南缺席了片刻，走路有些踉跄，却不失尊严。通常来说，如果他在这个点出去，同事就只能在第二天再见到他。阿尔芒对此不以为意，他早已搜刮了同事的最后一包烟，可以心安理得地等待下一次供给。

迈赫迪和马勒瓦尔坐在一边，路易和伊丽莎白坐在另一边，他们正在比对关于热罗姆·勒萨热的已知线索与五个案件的已知信息。第一组人负责对比勒萨热的日程、出行和会面信息，第二组人负责对比预算信息。科布通过同时发起搜索任务，努力尝试满足所有人的要求，而阿尔芒则在前者的协助下，根据其他团队发过来的信息，再次关注五个案件的每一个细节。想要完成这样的工作，可能需要好几个小时。而且，第二天的初步审问结果很大程度上要取决于此。比对、印证工作做得越翔实，卡米尔就越有把握让勒萨热陷入困境，甚至快速取得他的供词。

"在财务层面上，"路易把手撑在桌面上，指着每一个档案说道，"有很多项支出，但是日期是非常随意的。我们正在估算所有罪行必须花费的总金额，与此同时，我们把所有可疑的支出和进账都统计了一遍。情况变得十分复杂，因为资金来源非常多样化，我们无法明确股票出售或交换所得来的资金收益，书店里的现金交易，还有在同行那里批量买入和卖出图书的交易也是如此。支出的问题就更加复杂了……如果我们无法厘清这一切，可能就需要金融刑侦科的专家进行协助了。"

"我一会儿给勒冈打个电话，请他联系德尚法官，准备提交申请。"

至于科布，他已经征用了第三个工作台，但由于空间不足，他没能把第三个屏幕连上他已经拥有的两个屏幕，于是只能每两三分钟就起身一次，去更新远程工作台上的搜索任务。

马勒瓦尔和迈赫迪都属于计算机一代，他们几乎不做手写笔记。卡米尔发现两人挨在一起，一人手里拿着一部手机，一旦找到联络方式，就可以打电话给勒萨热的工作联系人。

"有一些会面时间已经很久远了，"马勒瓦尔趁迈赫迪在线等待的时候说道，"我们让他们先去核实，然后他们再回电话，这很费时间，尤其是——"

马勒瓦尔的话被卡米尔的电话铃声打断。

"分局长刚刚告诉我，"德尚法官说道，"乌尔克运河案——"

"受害者的身份一直没被证实，"卡米尔补充道，"这使情况变得更加复杂了。"

他们花了几分钟，讨论了一下接下来要采取的策略。

"我觉得借助启事进行的交流不会持续太久，"卡米尔总结道，"目前，这个家伙正在享受着他梦寐以求的知名度。我感觉，他不会再理会最后一条启事。"

"您为什么这么说呢，警官？"

"一开始是直觉，但现在我得到了肯定。要是没弄错的话，他应该没有更多的旧案了。他没有什么可以跟我们说的东西了。其次，这种方式有些机械，他应该会厌倦，会产生怀疑。在他的思考方式里，机械动作总是蕴藏风险。"

"不管怎样，又有了一起新案件。接下来怎么办？明天媒体又要来抨击我们了。"

"主要是我吧。"

"您要应付的是媒体，我要应付的是部长，大家都有自己的十字架要背负。"

德尚法官的语气已经与早期大不相同，这有些前后矛盾。调查越是停滞不前，她的态度似乎就越随和，这显然不是个好兆头。卡米尔决定在走之前与勒冈就此讨论一番。

"那个书商的事，你们进展得如何？"

"他妹妹会努力为他提供一切他需要的不在场证明。团队所有人都在为了明天的审问做准备。"

"你打算把他一直留到拘留期结束吗？"他终于问道。

"是的。我甚至希望可以再久一点儿。"

"今天可真是漫长，明天也不会是短暂的一天。"

卡米尔看了看手表，脑海里马上浮现出伊雷娜的形象。他打了个招呼，示意他要走了。

二〇〇三年四月二十四日　星期四

1

《晨报》：

"小说家"的两部新"作品"被发现
警局陷入恐慌

"小说家"没有停止给人们带来惊喜……

今年四月六日库尔贝瓦双重案的始作俑者，同时被认为是杀害年轻的曼努埃拉·康斯坦萨的凶手。她的尸体于二〇〇一年十一月在特朗布莱的一个公共垃圾场被发现，身体从腰部被截成了两半。同年七月，格拉斯哥的格蕾丝·霍布森惨遭杀害，几天前被证实也出自他手，目的是重现苏格兰小说家威廉·麦尔文尼的小说《莱德劳》里的情节。他的残暴罪行已经造成了四名受害者，且都十分年轻，都是在十分惊悚可怕的场景中遭到杀害。

今天，另外两起案件又浮出水面。

二〇〇〇年七月，一名二十三岁的年轻女理发师身中二十几刀身亡，这是对埃米尔·加博里奥的《奥西沃尔的犯罪》的重现，一部发表于十九世纪末的经典侦探小说。

二〇〇〇年八月，另外一个年轻女人在遭受残忍性暴力后被勒死。这是对两位瑞典作家舍瓦尔和瓦勒的作品的重现，作品名字是《罗丝安娜》。

如今已经有五本书成为这个丧心病狂的计划的借口，六名女性因此身亡，且通常是在极其残暴的手段下被杀害。

据我们所知，警方被这一系列接踵而至的谋杀案吓得惊慌失措，已经沦落到通过发布启事来与凶手取得联系。最新的一条启事内容是："可以谈谈您的其他作品吗？"这无疑表达了警方对凶手的令人惊讶的钦佩之情。

最新情况：巴黎书商热罗姆·勒萨热先生被拘留，这是当下的头号嫌犯。他的妹妹克洛迪娜·勒萨热昨天接受了警局的质问，不堪忍受哥哥被捕一事。她愤怒地评论道："当警察毫无头绪的时候，热罗姆是唯一为警方提供帮助的人……现在他得到了多么好的回报啊！在毫无证据的情况下，我们的律师要求警方立马放人。"

事实上，对这个"方便抓获"的嫌疑人，警方似乎确实没有任何确凿的证据，单凭一系列巧合就实施了抓捕行动，我们每个人都有可能成为这种行动的受害者……还有多少罪行会被揭发呢？在警方成功抓到凶手之前，还有多少无辜的年轻女孩将会被伤害、被强奸、被野蛮地谋杀呢？

显然，我们每个人都在焦虑地问自己这些问题。

2

尽管热罗姆·勒萨热表现得信心十足，但这一夜他也许根本没有合眼。他的脸色更显苍白，脊背也显得更加低矮。他明显有些僵硬地坐在椅子上，眼睛盯着桌面，两只手握在一起，努力控制着微微颤抖的双手。

卡米尔在他对面坐下，把一卷档案放在桌上，上面写着一些难以辨认的文字。

"勒萨热先生，我们已经仔细看过您近几个月的行程安排。"

"我要见律师。"勒萨热用一种低沉而坚决的语气回答道，然而还是透露出些许紧张的颤抖。

"我已经跟您说过，现在还不是时候。"

勒萨热看着他，像是下定了决心要接受挑战。

"勒萨热先生，如果您跟我们把这些事解释清楚，"卡米尔用手拍了拍档案，继续说道，"我们就放您回家去。"

他戴上了眼镜。

"首先是您的日程表。我们就只看最近这几个月的，好吗？随便挑一天。十二月四日，您跟一位同行别里斯耶先生有约，然而他当时并不在巴黎，也没有在这一天见过您。十二月十七、十八、十九日，您应该去马孔参加拍卖会，但是没有人在那里见过您，您甚至没有登记。一月十一日，您与贝尔特勒曼女士预约做专家鉴定，然而她十六号才见到您。一月二十四日，您去科隆参加书展，为期四天，然而您根本没有踏足那里。"

"拜托您了——"

"怎么了？"

勒萨热看着他的手。卡米尔把头埋在笔记里，想造成一种距离感。当他抬起头的时候，热罗姆·勒萨热已经变了一个人，自信满满的样子已经换成了无尽的疲惫。

"这都是为了我妹妹。"他低声说道。

"为了您的妹妹？您假装工作，是装给妹妹看的，是吗？"

勒萨热微微点了点头。

"为什么？"

面对勒萨热的沉默，卡米尔等了很长时间，最终决定在刚刚打开的缺口里乘胜追击。

"您……离开的时间没有规律，但是很频繁。最尴尬的是，这些时间点往往与那些年轻女孩被害的时间点相对应。所以，我们难免会怀疑。"

卡米尔给了勒萨热一些思考时间。

"更何况，"他继续说道，"在您的预算里，有大笔金额不知所终。去年二月和三月，您把由您本人代为管理的，原本属于您妹妹的股票进行了清算。而且，您的股票交易操作也很难追踪。总之，超过四千五百欧元的股票被清算了。我能问问您拿着这笔钱干了什么吗？"

"这是私事！"勒萨热突然抬起头说道。

"这已经不是私事了，因为您账户上大笔金额消失的日期对应的就是凶手准备犯案的时间段，他恰好需要大量资金。您明白我在说什么吗？"

"不是我！"书商用拳头捶着桌子，大声吼道。

"那么，请您解释清楚，为何您会无故消失，这些花费又是怎么回事。"

"这是由您来证明的，跟我无关！"

"我们会询问法官对于此事的看法的。"

"我不想让我的妹妹——"

"不想让她怎样？"

现在，勒萨热已经做出了所有可以做的努力。

"您不想让她知道，您并不像您声称的那样在努力工作，不想让她知道您花了她的钱，是吗？"

"不要把她扯进来。她是个很脆弱的人，放过她吧。"

"您不想让她知道什么？"

面对勒萨热固执的沉默，卡米尔长长地叹了口气。

"好吧，那我们重新来捋一遍。格蕾丝·霍布森在格拉斯哥被杀害的那天，您在伦敦度假时消失了。从伦敦到格拉斯哥，"卡米尔从眼镜下抬起眼皮，继续说道，"只有一步之遥。在那个时候——"

路易悄悄地进入了审讯室，在他走近的时候，卡米尔才感觉到了他的存在。他俯身靠近卡米尔的耳朵说道：

"您可以来一下吗？"他轻声问道，"有个电话，非常紧急。"

卡米尔慢慢站起来，看着垂头丧气的勒萨热。

"勒萨热先生，要么您把这一切跟我们解释清楚，而且越早越好，若是您不能解释，那么我还会有更加私密的问题要问您。"

3

伊雷娜在马尔提尔大街上摔倒了。路过的行人赶紧跑了过来。伊雷娜说自己没事,却一直躺在人行道上,两手捂着肚子,大口喘着气。一位店铺老板打了急救电话。几分钟后,救护车的担架员看到她两腿张开,坐在一家肉铺里。老板娘向愿意倾听的人讲述了事情的细节。伊雷娜什么都记不起来了,只记得焦虑和痛苦的感觉袭遍全身。肉铺老板不断地说着:"别说了,耶凡妮,你烦死了。"

有人给了她一杯橙汁,伊雷娜现在依然握在手里,一口都没喝,像是拿着一个贡品。

然后,人们把她放在了担架上,抬着她艰难地从店铺走上救护车。

卡米尔跑得上气不接下气,来到蒙唐贝尔诊所的二楼,看到她躺在一张床上。

"你还好吗?"他问道。

"我刚刚摔倒了。"伊雷娜简短地回答,思绪似乎还停留在这件难以理解的事实上。

"你哪里疼吗?医生怎么说的?"

"我刚刚摔倒了。"

然后,伊雷娜看着他,轻轻地哭了起来。卡米尔握紧了她的手。在梦中,伊雷娜曾对他说过:"你没看到他把我弄疼了吗?"当时她的表情与现在一模一样。看到她的脸,卡米尔收起了原本想哭的心。

"你疼吗?"卡米尔又问道,"疼不疼?"

但伊雷娜只是捂着肚子继续哭。

"他们给我打了一针。"

"她必须先冷静下来,逐步恢复精气神。"

卡米尔转过身去。医生看起来就像个大一的学生,戴着窄小的眼镜,头发稍长,有着青春期末段的笑容。他走到床边,握住伊雷娜的手。

"会好起来的,不是吗?"

"是的,"伊雷娜终于透过泪花,微笑着说道,"一切都会好起来的。"

"您就是摔了一跤而已,然后被吓到了。"

这时卡米尔被挤在床脚边,有种被排挤的感觉。他忍住了想问的问题,欣慰地听到医生继续说道:"胎儿很不喜欢这样的骚动。他觉得现在自己的姿势不是很舒服,我觉得他有点想出来看看发生什么事了。"

"真的吗?"伊雷娜问道。

"我敢肯定。在我看来,他甚至有些迫不及待了。再过几个小时,我们就知道了。希望他的房间已经准备就绪了。"他善意地笑着补充道。

伊雷娜忧心忡忡地看着医生。

"会有什么后果呢?"

"预产期会提早三周,仅此而已。"

路易给伊丽莎白打了个电话,让她召集所有人来卡米尔家。他们像在玩同步游戏一样同时到达。

"怎么样,"伊丽莎白微笑着说,"马上就要当爸爸了吧?"

卡米尔还没有完全定下神来。他从卧室走到客厅,慌乱地整理着乱七八糟的东西,然而又马上忘记放在哪里了。

"我来帮您吧。"伊丽莎白说道,路易在下楼前用眼神向她示意了一番。

她更有系统,也更有条理,轻松找到了伊雷娜早就准备好的小箱子,里面装满了所有去诊所时要带的必需品。卡米尔有些惊讶,也许伊雷娜曾经跟他说过这个箱子,也只给他看过,就为了以防万一。

伊丽莎白检查了箱子里的物品,为了弄清楚公寓里的方位,又问了卡米尔一些问题,然后补充了两三样东西。

"好了,我觉得应该都准备好了。"

"呼。"卡米尔坐在沙发上长吁了一口气。

他感激地看了看伊丽莎白,一脸笨拙地笑着。

"您真是太好了,"卡米尔终于说道,"我把这些东西都带给她——"

"也许伊丽莎白可以带过去?"路易刚取完信件上楼,谨慎地问道。

三人都默默地看着他拿在手里的信件。

4

亲爱的卡米尔:

很高兴再次读到您的启事!

"可以谈谈您的其他作品吗?"您这样写道。我原本还对您抱着更高的期待,不过我不怪您,要知道,您已经尽力了。没有人比您做得更好。

不过,您的最后一条启事可是一条长线。真是太天真了!好吧,故事总要画上句点。我会告诉您,您已经知道的案件,然后把惊喜留在后面。否则,乐趣何在呢?我可还给您保留了惊喜呢!

接下来,让我们谈谈格拉斯哥案。您还没有问过我相关问题,但我知道您一定憋得很难受吧。这次的事情非常简单。麦尔文尼的这本书已经给出了主要细节,您定会发现这起案件十分优雅。这本书取材于一条社会杂闻,他把它进行了加工。我很喜欢这些把文学与现实联系起来的完美循环。

我把租来的车停在夜店门口时,发现了格蕾丝·霍布森。我马上就选中了她。她有一张稚气未脱的脸,依然单薄的髋部已经能看出三十出头时初现的臃肿。她就像这座城市的化身，令人困惑，又让人伤感。当时已经很晚了，街道已经沉寂多时。我突然看到她独自一人出来，一脸焦虑而紧张地走在人行道上。我从没想过运气竟然这么好。我本来打算跟踪她，摸清她常走的路线以及她的习惯，然后绑架她……我没有计划在格拉斯哥待太久，也没有料到她会主动送上门来。我马上就下了车，拿着我的格拉斯哥地图，用笨拙而可爱的英语向她询问一条我编造的路。我傻乎乎地笑了笑。当时我们正站在夜店门口，我不想在那里停留太久，所以，听她解释时，我故意皱起眉头，好像她的英语对我来说过于流利，我正在认真而艰难地想听懂她的解释。我把她带到车旁，我们把地图放在引擎盖上，然后我借口要去杂物箱里拿笔，把车门打开了。接着，我紧紧抱住她，同时用一块浸满麻醉药的手帕捂住了她的脸。几分钟后，我们已经一起行驶在空无一人的城区，我小心翼翼地开着车，她毫无戒心地睡得十分安稳。我做了一件本来不在计划中的事。我在车后座强奸了她。她马上就醒了过来，就像书里写的那样。我只能把她再次迷晕。同时，我把她勒死了。

我不得不回了一趟酒店，去取我需要的东西。我想着要带走她的内裤。

您的苏格兰同事们应该给您看了我在凯尔温格罗夫公园布置的现场照片。我不想假装谦虚，不过我希望，住在格拉斯哥的麦尔文尼会为我感到骄傲，正如同我对他的仰慕一般。

《莱德劳》是我决定署名的第一部作品。这是因为，在那之前，没有任何警察能够理解我的工作，我已经厌倦了。

我知道，必须给人留下一条线索，一个与众不同的符号，让人可以把我的《莱德劳》和其他作品联系起来。我想象过各种各样的方式。在身体上留下指纹是最令我满意的解决办法。实际上，我早就想这样做了，即便当时我觉得自己还没有完全准备好实现这样的任务，也要为埃利斯的文字服务，因为在他的故事里，有一枚如此显眼的指纹。通过放置独一无二的符号，留下一个签名，我由此希望，除了那些无敌蠢货警察（不包括您），真正的美学家和爱好者将能够认识我所完成的作品，并欣赏它的真正价值。而且，可怜的霍布森脚趾上的这枚指纹完全没有破坏我在凯尔温格罗夫公园完成的壮丽画卷。一切都完美得恰到好处。我认为，这是我们能做到的最好结果了。

我知道您也发现了那两个瑞典作家的绝妙之作。您知道吗？《罗丝安娜》真的让我十分震惊。我努力读了这两位作家的其他作品。唉！没有哪一部能像这本小说一样给我带来如此多的快乐。

这本书的魔力何在呢？因为这又是一个巨大的谜案……这个案子就像乌尔克运河里的水一样，一动不动，几乎无事发生。这是一件需要极大耐心的事。在我看来，书里的侦探马丁·贝克是一个闷闷不乐却讨人喜欢的人，远不像美国作家笔下充满个人悲惨经历的人物，也不像很多法国作家笔下那些平平无奇，还爱强词夺理的调查人员。显然，像我这样用法国人的方式来书写《罗丝安娜》的故事，是一个巨大挑战。布景必须完全可信，好让您可以在这个案件过程中感受到原作的氛围。在这一点上，我没有吝啬自己的金钱。

所以，八月二十五日的这天早晨，当我跟其他围观者一起站在船闸桥上，看着翻斗转向我们时，就像剧院里升起的幕布，我看到靠在栏杆上的男人在我身边大声喊着："快看，真的有个女人在里面！"卡米尔，您能想象我的喜悦，甚至可以说是狂喜吗？消息迅速在这一小群人中扩散开来。您一定能想象得到我的喜悦。

我年轻的新成员……我确信，您应该注意到了，她的外形与罗丝安娜简直一模一样，同样有些臃肿的身躯，毫无优雅可言，关节也是同样的细小。

舍瓦尔和瓦勒对罗丝安娜的死因处理得非常模糊。我们最多只知道"受害者是被绞死的，并伴随有性暴力"。我们被告知，凶手"行事十分残忍，有变态行为的迹象"。所以，这给我留下了广阔的自由空间。然而，两位作者也做了一些正式说明："没有太多四处流淌的血迹。"我必须想办法满足这个要求。当然，最令人困惑的是这一段："不能排除在她死后遭受残害的可能性。或者，至少，是在她失去意识的时候。尸检报告中的不少细节，都可以推测出这一结论。"

于是自然就有了腰部到髋骨间的"擦伤"，不然还能怎样？换作您的话，会如何诠释呢？

我选择了一个在地窖里做好的水泥块来制造擦伤。我相信，两位作者一定会对如此谨慎的解决办法表达赞赏。至于剩下的事，我用一个鞋拔子粗暴地伤害了她，然后把这个年轻女人徒手勒死。文中对残害尸体这一行为也描述得十分模糊。我选择了一石二鸟，刚好用鞋拔子擦破了一些黏膜，让她流了点血。

最棘手的当然是完成这块假胎记。你们通过分析应该已经知道，我使用了最普遍的产品。但是，为了画出与罗丝安娜的胎记相似的动物形状，我还是费了一番功夫。我没有这个运气，能成为像您一样优秀的画家。

我用租来的车把尸体运到了乌尔克运河。卡米尔，您知道吗？我等了足足一年，才等到设备管理部门决定疏通运河的特定部分，这一部分刚好符合行动地点的要求。我们真得批评一下行政部门了！我开玩笑的，卡米尔，您知道我的。

我猜，自从发现这起案件，你们就不停地在问自己一个问题，并且急不可耐地想知道答案了吧："罗丝安娜到底是谁？"

罗丝安娜的真名叫爱丽丝·赫奇斯。她应该是个大学生（我会附上她的证件，如果你们运气好的话，应该能在阿肯萨斯找到她的家人。请向他们表达我的感谢，感谢他们女儿的合作）。我的工作很重要的一部分，甚至是最重要的部分，就是保证受害者的身份不会在短时间内被识别出来，就像书里说的那样，书中最大的谜团就是她的身份。罗丝安娜本人就是这个谜团的主体，如果你们的团队能在两天之内发现她的身份，那可就太离谱了，甚至可以说太恶心了。六天前，我在匈牙利边境碰见了她。这个年轻姑娘请求搭便车。在与罗丝安娜最初的交谈中，我得知对她父母来说，她已经两年音信全无，生死未卜。她一直独自生活，这次来欧洲旅行，她身边的人都不知情。这一切使我终于得以完成这部小小的杰作，我很高兴现在它终于为世人所知。

您可能会觉得我太啰唆了。这是因为我几乎没有什么倾诉对象，无法谈论我的工作。自从明白了上天对我的要求，我就在全力以赴地满足它的期待，从来不奢求什么对话。卡米尔，天知道这个世界是多么无知且多么转瞬即逝啊！真正能留下踪迹的事物又是多么罕见！没人理解我想奉献给这个世界的东西，我承认，有时候我很生气。没错，我奋起反抗了，甚至超出了您的想象。请原谅我的俗套，有时愤怒会让人变得失去理智。我只能心平气和地重现那些伟大经典，只有这样，你们的灵魂才能得到升华，我的愤怒才会最终平息。我花了好几个月，才最终接受放弃做自己。那是一场艰难的战斗，但是我做到了。您看，最终我得到了多么好的回报。因为，在这段黑暗时光结束后，我看到了启示的光芒。卡米尔，我向您保证，这话一点儿都不夸张。我依然记忆犹新。我突然放下了对这个世界的愤怒，终于明白上天对我的要求，明白我为什么在这里，也明白了我的使命是什么。侦探文学取得难以置信的成功，这充分说明了，这个世界多么需要死亡和谜团。世界追逐着这些画面，并不是因为世人需要它们，而是因为这是他们仅有的东西。为了满足对死亡难以抑制的需求，他们运用政治手段发起战争，进行肆无忌惮的屠杀。除此之外，还有什么手段呢？还有画面。人们涌向死亡的画面，是因为他们想得到它。只有艺术家才有能力安抚他们。作家描写死亡，是为了让人们渴求死亡；他们写下悲剧，是为了满足人们对悲剧的需求。世人总是欲求不满，他们不满足于笔墨和故事，他们想要流血，真正的鲜血。人类总是通过改变现实来为自己的欲望正名。（您的母亲是位伟大的艺术家，她也曾致力于在作品中给人们提供这样的画面，并以此抚慰这个世界，不是吗？）但是，这样的欲望是永不满足且无可辩驳的。他们想要的，是现实存在的、真实的东西。他们想要鲜血。在艺术诠释和现实之间，难道没有一条狭窄的道路，让那些对人类抱有深切同情的人，为了这样的事业做出一些自我牺牲吗？哦！卡米尔，我不认为自己是个解放者，也不觉得自己是圣人。我只满足于低调地弹奏自己的小曲。如果所有人都跟我一样，这个世界将变得更加随和，不再那么恶劣。

您还记得加博里奥笔下的检察官勒科克说过的话吧："他说，有些人的愤怒像是在看戏时的愤怒。我的愤怒也与之类似。但是，我比观众更难伺候，更加容易厌倦，我需要真实的喜剧和真实的悲剧。社会就是我的剧场，我的演员拥有坦率的笑容，哭出来的都是货真价实的眼泪。"这句话一直深深地打动着我。卡米尔，我的演员也流过真实的泪水。我对罗丝安娜怀有一种特别的柔情，就像对 B. E. 埃利斯故事里的伊芙琳娜一样，因为她们都哭得很厉害。她们证明了自己是完美的女演员，完全有能力出演我为她们预定的艰难角色。我对她们的信任，给我带来了丰厚回报。

您可能已经有预感，我们必须停止通信了。我相信，我们迟早会重启对话，那时我们将会更加了解彼此。现在时机还未成熟。我必须完成我的"作品"，这需要巨大的精力。我知道我一定会成功的。您可以相信我。我必须完成自己精心浇筑的大厦，您到时可以评判，我如此细致入微地构建，如此巧妙地设计而成的计划，是否有资格成为这个世纪开端的伟大杰作。

您忠心的朋友。

祝好。

5

"医生又来过了。他很惊讶我还没有开始宫缩。"

"看来,"卡米尔微笑着说道,"小不点儿还舍不得出来,他待在里面很舒服,我理解他。"

电话里,他都能猜到伊雷娜此时脸上的微笑。

"现在怎么样了?"

"我做了个超声波。小家伙向你问好。再过一两个小时,如果我还没有宫缩,那我就回家,等他的意愿。"

"你感觉怎样?"

"我心情很沉重,刚刚被吓到了。我想他们是因为这个才把我留在这里。"

卡米尔的心情也变得沉重起来。伊雷娜的语气很温柔,可话里话外可以感觉到此时她如此需要卡米尔,这种需要是如此的强烈。卡米尔感到心被撕成了一块一块。

"我一会儿就过来。"

"亲爱的,你不必这样做。你知道,伊丽莎白人很好。你可要好好感谢她。她跟我待了一会儿,我们聊了会儿天。我明显感觉到,她更愿意在别的地方。她告诉我你又收到了一封新的信件。你也不容易。"

"确实不太容易。你知道我的心是与你同在的,对吧?"

"我知道,你别担心。"

"目前,他还是没有松口。日程表、资金流向,还有很多令人疑惑的地方。"

"您觉得他可以在被捕之前寄出这封信吗?"

"从技术上来说,是可行的。"

那天下午,德尚法官选择了一套丑得令人难以忍受的套装,一套介于男性西装、背带裤、西班牙短襟开衫之间的灰色玩意儿。然而,这个女人依然目光如炬。卡米尔突然明白了,为何在一些男人眼里,她有一种朦胧、矛盾的魅力。

她把"小说家"的信拿在手上,重新看了一遍,似乎什么都无法逃脱她犀利的眼神。

"您选择放了他的妹妹吗?"

"目前最重要的是,要把他们俩隔离开来,"勒冈说道,"她会为他所说的一切做伪证。真是盲信啊。"

"她没法证明他是清白的,"卡米尔说,"仅仅听她一面之词确认他们在一起是远远不够的,他很有可能根本不在。我们已经有足够多的确凿证据,他们无法逃避。"

"如您所说的话,他应该很慌张。"

"如果他是个扭曲的精神变态,就有可能什么都干得出来。如果这么多年来,他在他妹妹面前扮演了一个双面人,那事情就难办了:他已经得到了充足的训练。我将需要克雷医生的帮助。到时我们

319

将需要一间新的审讯室用来观察他。"

"总之，您说得对。把他关起来，就切断了他的联系。他可能会变得十分危险。如果我们不得不放了他，您有办法对他实施密切监控吗，分局长先生？"

勒冈指了指他从一开始就攥在手里的报纸。

"鉴于事态的转变，我们应该可以获得需要的人手，在这件事上不会有太大困难。"他谨慎地说道。

法官没有发表任何评论。

"他在威胁我们，"勒冈小心翼翼地说，"也许这只是做做样子。实际上他自己也不知道要去哪里。"

"啧、啧、啧。"法官的眼睛没有离开信件，在齿间轻声叹道。

"我们无法想象，"她继续说，"此人耗费了如此大的精力布下这盘棋，会就此善罢甘休。不，我们知道了关于他的最基本的事，"她坚定地看着两人总结道，"那就是他言出必行，行之必果。自始至终都是如此。让我担心的是，"她直接看着卡米尔补充道，"这个计谋很久之前就已经布下了。从一开始，他就知道要往哪里走——"

"我们却一无所知。"卡米尔帮她说完了后半句。

6

路易开始重新审问勒萨热，马勒瓦尔和阿尔芒分别进行接力。每个人都有自己的审讯方式。在其他案件中，他们迥然不同的审讯风格已经颇有成效。路易总是专心致志，十分优雅，非常机智地进行审问，同时他还拥有天使般的耐心，好像时间是无限的，会花长时间考虑每一个问题，并以出人意料的注意力倾听每一个回答，他的解释总是让人留有一丝疑问。马勒瓦尔在这方面很有柔道选手的风范，总是突然加速进程。他在嫌犯面前很有亲和力，容易获取他们的信任。他还扮演着诱惑者的角色，可以在突然之间得出极其残暴的结论，这与他过去应该果断控制的力量形成一种鲜明对比。至于阿尔芒，他的方式显然极具阿尔芒特色。他总是把头埋在自己的笔记里，几乎从来不看对方，会提出非常细致的问题，一丝不苟地记录所有回答，对最小的细节斤斤计较，可以花上一个小时剖析最微不足道的事件，追踪最轻微的偏差以及微乎其微的相似性，在没有把骨头全部啃完之前，绝对不会撒手。如果说路易是在蜿蜒曲折中前进，那么马勒瓦尔就是单刀直入，而阿尔芒则是螺旋形前进。

卡米尔到的时候，勒萨热已经跟路易谈了整整一个小时，马勒瓦尔也刚刚结束了他的会谈。两人面前摆放着各自的笔记，正在交换他们的结论。卡米尔向他们走过去，但是被科布拦住了。他坐在屏幕后面，示意卡米尔过去。

　　通常来说，科布很少会如此一惊一乍，这让卡米尔感到十分惊讶。科布在椅子上往后靠了靠，后背完全靠在椅背上，全神贯注地看着卡米尔向他走近，眼神里透出一种尴尬。

　　"有坏消息吗？"卡米尔问道。

　　科布把手肘放在桌上，两手撑着下巴。

　　"最糟糕的消息，卡米尔。"

　　他们对视良久，两人都犹豫不决。然后，科布把手伸向打印机，看都没看，递给他一张纸。

　　"非常抱歉，卡米尔。"他说道。

　　卡米尔读完了那页纸，那是一栏长长的数字、日期和时刻。然后他抬起头，久久地盯着科布的屏幕。

　　"我很抱歉。"科布看着他走远，再次说道。

7

卡米尔穿过办公厅，一路没有停留，他拍了拍路易的肩膀，对他说道："你跟我来。"

路易左看右看，不明白发生了什么。他赶紧起身，跟着卡米尔走向楼梯。两人一言不发，一直走到街对面的啤酒店，他们偶尔会在下班前在这里喝上一杯。卡米尔在玻璃露台上选了个座位，在人造革面的凳子上坐下，让路易坐在背对街道的椅子上。他们安静地等着服务员来点单。

"一杯咖啡。"卡米尔要求道。

路易只简单做了个手势，示意"一样"。然后，他一边等服务员给他们端上饮料，一边看着街道，时不时悄悄打量一下卡米尔。

"路易，马勒瓦尔欠你很多钱吗？"

路易还没来得及做出任何轻微的否认举动，卡米尔用拳头重重地砸在咖啡桌上，力道大到桌子都开始颤抖，引得邻桌的顾客们纷纷侧目。然后，他就不再说话。

"是不少，"路易终于说道，"哦，这并不过分。"

"具体多少？"

"我不知道具体的——"

卡米尔在桌上再次举起愤怒的拳头。

"大概五千欧元。"

卡米尔对计算欧元一直不太在行,他在脑海里进行着运算,发现那大概是三万五千法郎。

"为什么找你借钱?"

"因为赌博。这段时间他输了很多,欠下不少钱。"

"你扮演银行家已经很长时间了吗,路易?"

"老实说,没有。他以前找我借了一些小数目,然后很快就会还上。不过,最近他借钱的频率更高了。那个礼拜天,您到家里来的那次,我刚刚借给他一千五百欧元的支票。我已经警告过他,这是最后一次。"

卡米尔没有看他,一只手插在口袋里,另一只手紧张地摆弄着手机。

"这些……都是私事。"路易平静地说道,"与公事无关。"

他还没说完,就意识到卡米尔刚刚递过来的那张纸。他把纸平整地放在桌上。卡米尔眼里噙着泪水。

"您想让我辞职吗?"路易终于问道。

"别再让我失望了,路易。该辞职的人不是你。"

8

"我不得不解雇你,让-克洛德。"

马勒瓦尔坐在卡米尔对面,睫毛扑闪着,绝望地寻找着支撑点。

"你无法想象,我有多难过。为什么你不跟我说?"

从马勒瓦尔的身影中,卡米尔一眼就看清了他的未来,这让卡米尔悲痛万分。一个被免职的无业游民,债台高筑,马勒瓦尔只能"好自为之"。这个可怕的词,只会用在那些不知如何作为的人身上。

卡米尔把他给《晨报》记者打过的手机电话清单摆在他面前。

科布只搜集了四月十五日以来的电话记录,就是库尔贝案发的当天。

电话是在十点三十四分打出去的。

难怪人们的消息如此灵通。

"这是从什么时候开始的?"

"去年年底。是他先联系了我。一开始,我只给他一些小道消息,他就满足了。"

"然后你就更加入不敷出了,是吗?"

"是的,因为我输了不少。路易帮了我,但是还不够我还债,所以——"

"你的那个比松,我现在就可以挖地三尺把他找出来,"卡米尔强压着愤怒说道,"他贿赂公务员,我可以在他的编辑室里扒了他的皮。"

"我知道。"

"你也知道,我之所以不这么做,全都是为了你。"

"我知道。"马勒瓦尔感激地说道。

"我们会低调处理,如果你愿意的话。我必须给勒冈打个电话,我会确保一切尽可能简单。"

"我会回去——"

"你就待在这里!我什么时候让你离开你再走,听清楚没有?"

马勒瓦尔点了点头。

"你需要多少钱,让-克洛德?"

"我什么都不需要。"

"你别惹我生气!多少?"

"一万一。"

"见鬼。"

几秒钟过去了。

"我会给你开一张支票。"

看到马勒瓦尔正要开口说话,卡米尔抢先开口。

"让-克洛德,"卡米尔温和地说道,"我们就这么办吧。首先,你去把债务还清。至于还钱,我们以后再说。关于行政手续,我也会想办法尽快走完。如果可以争取让你辞职,你知道我肯定会去做,但是这并不完全取决于我。"

马勒瓦尔没有表示感谢。他点了点头,眼睛看着别处,似乎刚刚才意识到这场灾难的严重程度。

9

阿尔芒终于走出审讯室,来到办公室。一走进来,他就意识到这里弥漫着凝重的氛围。

科布一声不吭地在干活儿。路易把自己关在办公桌后,回来之后就再也没抬过头。至于迈赫迪和伊丽莎白,他们感觉到局势突然变得沉重,但又不知作何感想,他们说话的声音比平常压得更低,像是身处教堂一样。

路易听取了阿尔芒的汇报,开始对比在不同审讯会议中得出的信息。

下午四点半,路易来敲他的门时,卡米尔一直没有出过办公室。听到他在讲电话,路易悄悄地走了进来。卡米尔沉浸在电话里,完全没有理会他。

"让,我是在求你帮个忙。现在事情已经搞得乱七八糟,你想想,如果我们还要面对这种事,要乱成什么样。这不是把手指头往齿轮里送吗?所有按钮都会马上跳出来的。没人知道什么时候才会停下。"

路易靠在门边，一边耐心等待，一边焦躁不安地撩着头发。

"没错，"卡米尔继续说道，"你好好想想，再给我回个电话。不管你做什么决定，你都先给我回个电话，行不行？好了，我先挂了。"

卡米尔挂掉电话，马上又拿起来，给家里打了个电话。他耐心地等着，然后又拨了伊雷娜的手机。

"我给诊所打个电话。伊雷娜的出院时间应该推迟了。"

"这事儿可以等等吗？"路易问道。

"为什么这么问？"他再次拿起话筒问道。

"因为勒萨热这边有了新发现。"

卡米尔放下了听筒。

"快说。"

10

　　法比耶娜·若利。这是个三十来岁的女人，打扮精致且清爽，像是为周日出行特地打扮了一番。她一头金色短发，戴着眼镜。这看起来平平无奇，却又散发出某种说不上来的东西，卡米尔正在努力地辨别。她把手提包放在椅子旁边，从容不迫地看着对面的卡米尔。她双手交叉着放在膝盖上，似乎可以永远这样沉默下去。

　　"您在这里说的所有话将被记录签字，并将成为呈堂证供，这一点您知情吗？"

　　"当然。这就是我此行的目的。"

　　她的声音有些嘶哑，更平添了几分奇怪的诱惑力。这是那种你平常不会注意，但一旦你看到她就再也挪不开眼的女人。她的嘴巴十分迷人。卡米尔有些在垫纸上画她的肖像，把她的嘴巴画下来的冲动，但还是忍住了。

　　路易站在卡米尔办公桌旁，在记事本上记着笔记。

　　"那么，请您跟我重复一遍您跟我同事说过的话。"

　　"我叫法比耶娜·若利，今年三十四岁。我住在马拉科夫的夫拉特尔尼特大街十二号。我会说两种语言，做过秘书，目前待业。从一九九七年十月十一日开始,我一直是热罗姆·勒萨热的情妇。"

年轻姑娘说完了事先准备好的说辞后,稍稍有些失态。

"然后呢?"

"热罗姆很关心他妹妹克洛迪娜的身体。他坚信,如果她知道我们的关系,会像之前失去丈夫一样再次陷入抑郁。热罗姆一直想保护她,我也接受了这一切。"

"我看不出这与——"卡米尔开始说道。

"所有热罗姆不能解释的事情,都是因为我。我在报纸上看到,你们昨天拘留了他。我知道他拒绝向你们解释,因为在他眼里,这会使他名誉受损。我知道他为了与我幽会,编造了一些工作借口。总之,这都是为了他妹妹,您明白吧?"

"是,我开始有点明白了。但我还是不确定,这是否足以解释——"

"解释什么,警察先生?"

卡米尔没有纠正她的称呼。

"勒萨热先生拒绝解释他的日程表以及——"

"哪一天?"年轻女人打断道。

卡米尔看了看路易。

"比如说二〇〇一年七月,勒萨热先生去了爱丁堡。"

"没错,七月十号,更精确地说,是九号晚上。我搭乘当天最后一班航班与他在爱丁堡会合。我们在爱尔兰高地度过了四天时间。然后,他就回伦敦找他妹妹了。"

"若利小姐,确认这一切并不是问题的全部。关于勒萨热先生的事,仅凭荣誉做证恐怕是不够的。"

年轻女人艰难地咽了咽口水。

"我知道，您可能会觉得这很荒谬。"她开始红着脸说道。

"但说无妨。"卡米尔鼓励道。

"这是我从高中延续到现在的习惯，现在可能过于青涩了。我有一本笔记本。"她边说边拿出她的包，然后伸手进去摸索。

她掏出一本大笔记本，粉色的封面上印着蓝色的花朵，应该是为了显示它浪漫的一面。

"没错，我知道这很蠢，"她勉强地笑了笑，"我会把所有重要的事都记下来：我与热罗姆见面的日子，我们去的地方，所有火车票、机票、我们住过的酒店名片，还有我们去过的餐馆菜单。"

她把笔记本递给卡米尔，突然意识到他太矮，没办法从办公桌上接过去，于是转身交给了路易。

"在笔记本的最后，我会把账目也记下来。我不想欠他什么，您明白吗？他帮我在马拉科夫付的房租，帮我买的家具，总之，所有的东西都有记录。这一本是现在正在用的，我还有其他三本。"

11

"我刚刚接待了若利小姐。"卡米尔说道。

勒萨热抬起了头,愤怒已经取代了敌意。

"您的鼻子可真是到处闻啊。您就是个——"

"住嘴!"卡米尔警告道。

然后,他更加冷静地说:"您刚刚要说的话将会受到法律的惩罚,我宁愿为您避免这一切。我们会核实若利小姐提供的信息,如果这能让我们信服,您将会立刻获得自由。"

"否则呢?"勒萨热挑衅道。

"否则,我们将以谋杀罪逮捕您,把您交给法院。您将向审理法官解释这一切。"

卡米尔的愤怒更多的是装出来的。他已经习惯了被人尊敬,勒萨热的态度让他不快。他常常会说,"我已经过了改变和努力的年纪了"。

两人都沉默了片刻。

"我妹妹——"勒萨热说话的语气稍微随和了一些。

"您不用担心。如果这些信息具有足够的说服力和连贯性,那么这一切都会留在调查范围内,也就是说,会作为秘密保守。您可以告诉您妹妹任何您认为合适的话。"

勒萨热抬头看向卡米尔,他的眼神里第一次露出了类似感激的神情。卡米尔走出去,来到走廊里。他下令把勒萨热带回拘留室,再给他拿点吃的东西。

"我给您转接秘书处。"

卡米尔再次拨通了产房的电话。

他一直忍到现在都没给诊所打电话,只是给家里的答录机留了一条新信息。

"她带手机了吗?"卡米尔用手掌捂住话筒,向伊丽莎白问道。

"我把手机带给她了,跟她的箱子一起,您不要担心。"

然而这正是令他担心的地方。他简单地说了声谢谢。

"不,我可以确认,"电话那头的女人终于继续说道,"范霍文夫人下午四点就出院了。我在看出入记录登记表,下午四点零五分。怎么了,有什么问题吗?"

"没有,没有问题,谢谢。"卡米尔说着,却没有挂电话。他的眼神开始放空。

"再次感谢。路易,你给我派辆车,我要回家一趟。"

12

六点十八分,卡米尔快速地爬上楼梯,他的手机依然贴在耳朵上。在推开虚掩的公寓门时,他依然在等着伊雷娜拿起电话。奇怪的是,他听到了铃声的回响。尽管这很愚蠢,当他走进来,然后一路走到客厅时,手机依然放在耳边。他没有喊出"伊雷娜!亲爱的",就像有时他回来,伊雷娜在厨房或在浴室里时他所做的那样。他只是在听。现在,铃声已经切换到留言录音。卡米尔一边在客厅往前走,一边重新听着这段留言,每一个音调、每一个音节他都了如指掌。伊雷娜为了出院早早准备好的箱子就在那里,这个漂亮的小箱子已经被打开且被掀翻在地上。睡衣、洗漱包、衣物散落一地……

"这里是——"

客厅里的桌子也被掀翻了,书籍、篮子、杂志,所有东西如同死尸一般躺在地毯上,一直延伸到绿色窗帘处,其中一片窗帘已经从杆上扯下来。

"伊雷娜的留言箱。我现在不在家。"

手机依然贴在耳朵上,卡米尔突然感到天旋地转。他走进房间,床头柜也翻倒在地。地毯上有一条长长的血迹,一直延伸到浴室。

"正是通过这些小细节,人们才明白命运是个愚蠢的东西。"

在他的脚下,有一小摊血,很小的血渍,就在浴缸脚下。镜子下是浴缸搁板,上面的东西似乎被一扫而光,全部散落在地板上以及浴缸里。

"请给我留言,我回来以后马上——"

卡米尔再次穿过房间和客厅,停在了书房门口。伊雷娜的手机就扔在地上,与他手机里的声音形成回音。

"我回来以后,马上给您回电话。"

不知不觉中,卡米尔拨通了一个号码。他站在门边,眼睛盯着地板,像是被伊雷娜的手机以及她的声音催眠了。

"再见。"

他在脑海里不停重复着:"给我回个电话吧,亲爱的。给我回个电话,求你了。"然后他听到了路易的声音。

"喂?"

这时,卡米尔突然跪倒在地。

"路易!"他哭着喊道,"路易,你快过来。我求你了。"

13

六分钟后,整个警局的人都来了。三辆警车集体出动,警笛声此起彼伏,停在了楼下的路边。马勒瓦尔、迈赫迪和路易手扶栏杆,三步并作两步地爬上楼梯,后面紧跟着阿尔芒和伊丽莎白,每个人都尽可能在加速。勒冈跑得上气不接下气,每爬一层楼都十分费劲。马勒瓦尔狠狠一脚把门踹开,然后冲了进去。

他们一进去就看到伊雷娜的箱子像是被人遗弃一般躺在地上,窗帘已经被扯下,而卡米尔坐在沙发上,手机依然攥在手里。他环顾着四周,好像第一次看到这个地方。所有人立刻反应过来发生了什么,马上开始行动起来。路易第一个走到卡米尔身边跪下,小心翼翼地把手机从他手中抽出,像是从一个睡着的孩子手里拿走他的玩具。

"她失踪了。"卡米尔一字一顿地说着,语气极度悲伤。

然后,他指着浴室,眼神绝望地说:

"那里有血迹。"

公寓里杂乱的脚步声敲打着地板。马勒瓦尔在匆忙中抓了一条抹布,一扇接一扇,打开了所有门。与此同时,伊丽莎白握着电话,正在打给鉴定部门。

"不要碰任何东西！"路易朝迈赫迪大声喊道。迈赫迪正开始打开壁橱，然而他什么防护措施都没做。

"来，拿着这个。"路过的马勒瓦尔递给他另一条抹布。

"我需要一个团队，紧急团队——"伊丽莎白说道。

然后她开始报地址。

"让我来。"勒冈面色苍白，气喘吁吁地说着，然后抢过了她的电话。

"我是勒冈，"他说，"我需要一个鉴定团队，十分钟内要赶到。采样、拍照，全套都要。还需要第三支队伍，要全员出动。让莫兰马上给我打电话。"

然后，他艰难地从衣服里面的口袋掏出自己的手机，拨了个号码，眼神十分紧张。

"我是勒冈分局长，请帮我接通法官的电话，十万火急。"

马勒瓦尔朝路易走去，开口说道："没人。"

他们听到勒冈大声喊了起来："我说了，'马上'！见鬼！"

阿尔芒坐在沙发上，在卡米尔的身旁。他两肘撑在双膝上，眼睛盯着地面。卡米尔开始回过神来，慢慢地站了起来，所有人的目光都转向他。此时此刻他的心里感受到了什么，脑子里又在想什么，可能他自己都无法知晓。他盯着房间看了片刻，依次看了看自己的同事，然后身体里的某种机制开始了运转。混杂着经验和愤怒、技巧和慌乱，这种奇怪的混搭可能会让最优秀的人做出最坏的反应，然而在其他人身上，却有可能唤醒感官，敏锐视觉，让他们生出某种狂热的决心。也许这就叫恐惧吧。

"她下午四点零五分离开了诊所，"他一字一顿地说道，声音太低，众人不知不觉地向他靠拢，伸长了耳朵，"然后回到了这里，"卡米尔指着大家谨慎绕过的箱子补充道，"伊丽莎白，你去搜一下这栋楼。"说完他突然拿起马勒瓦尔还攥在手里的抹布。

他走到写字台前，在文件当中翻找了一阵，拿出了他和伊雷娜的一张近照。这是去年夏天他们去度假的时候拍的。

他把照片递给马勒瓦尔。

"我书房里的打印机可以扫描。你只要按一下绿色按钮——"

马勒瓦尔马上往书房走去。

"迈赫迪和阿尔芒，你们去街上问问。街道上的人大多都认识伊雷娜，但你还是把照片拿上。伊雷娜怀孕了，他不可能在不被看到的情况下，把她带走。尤其是，她还……受了伤，我不知道。阿尔芒，你拿上照片副本去诊所，秘书处和每层楼都问一问。等同事们一到，我会给所有人派去支援人手。路易，你回办公室，协调所有团队，还要告诉科布，让他留出一条空闲线路。我们需要他的帮助。"

马勒瓦尔回来了，他印了两张复印件，把原件还给卡米尔，后者马上把照片揣进兜里。与此同时，所有人都走了，楼道里响起奔下楼的脚步声。

"你还好吗？"勒冈走近卡米尔问道。

"等我们找到他，我就会好的，让。"

勒冈的手机在此时响了起来。

"你有多少人？"他向对方发问道，"我全都要。对，全部人马，立刻过来，也包括你。来卡米尔家。对，应该是……我等你，你给我快点。"

卡米尔走了几步，蹲在打开的箱子前。他用笔尖轻轻挑起一件衣物，任它滑落，然后又站起来，走到被撕烂的窗帘旁，盯着它从上到下看了许久。

"卡米尔,"勒冈走了过来,"我得告诉你——"

卡米尔迅速转过身:"我猜——"

"没错,你已经很清楚了。法官也说得很正式。你不能插手这起案件。我只能把它交给莫兰。"

勒冈点了点头。

"你知道,莫兰是个很好的人,你也了解他,你在其中有过多牵扯,卡米尔,他不可能让你加入。"

此时,警笛响彻了街道。

卡米尔一动不动,陷入了沉思。

"要其他人来办案,是吗?必须如此吗?"

"是的,卡米尔,需要一个没有涉身其中的人。我不是对你——"

"那么,就由你来查吧,让。"

"什么?"

楼道里响起几个人的匆忙脚步声,门被推开了。贝热雷第一个走了进来。他握住卡米尔的手,简单地说了句:"卡米尔,我们会迅速做完的,别担心。我把所有人都带来了。"

卡米尔还没来得及做出回应,贝热雷已经转身,开始审视每个房间并发布指令。两个技术人员安装好了探照灯,公寓里瞬间充满了刺眼的光芒,反光板转向了首先需要被侦查的地方。与此同时,其他三名技术人员一言不发地与卡米尔握过手后,快速戴上手套,打开了他们的箱子。

"你在说什么呢?"勒冈继续说道。

"我希望由你来办这个案子。你知道能这么做,别烦了。"

"听着,卡米尔,我已经很久没有实地办案了,已经没了反应能力，这你很清楚。要求我来做是件愚蠢的事。"

"要么你来，要么谁都别办了。所以呢？"

勒冈挠了挠脖子，摩挲着下巴。他的眼神拆穿了这些思考的动作，在他眼里读到的分明是巨大的焦虑。

"不，卡米尔，我不能——"

"除了你，谁也别想干。你接还是不接？见鬼！"

卡米尔的语气没有任何回旋的余地。

"呃。好吧，我……我跟你说这——"

"所以你同意了，是吗？"

"呃。是的，但是——"

"但是什么，见鬼！"

"没错，真是见了你的鬼！我同意！"

"行，"卡米尔毫不迟疑地说道，"那就你来办了。不过，你不再有实地经验，反应也变迟钝了，所以你肯定会手足无措！"

"但，我刚刚不就是这么跟你说的吗？卡米尔！"勒冈大声叫道。

"好的，"卡米尔盯着他说，"所以你必须委托给一个有经验的人。我接受这个任务。谢谢你，让。"

勒冈还没来得及跳起来，卡米尔已经转过身去。

"贝热雷！我来告诉你我需要什么。"

勒冈把手伸进口袋，拿出手机，拨通了一个号码。

"勒冈分局长，给我接通德尚法官，有急事。"

看着卡米尔与鉴定部门的人正在讨论的身影，他默默地骂了句："混蛋。"

340

14

几分钟后,莫兰的队伍到达。为了不影响技术人员,他们挤在楼道里开了个短会。勒冈、卡米尔和莫兰三人站在楼道上,其他五名警员只能站在稍低的台阶上。

"我负责主办伊雷娜·范霍文的失踪案。经过德尚法官的允许,我决定把行动委托给卡米尔·范霍文指挥。大家有什么意见吗?"

勒冈宣布消息时带着不容置喙的语气。他沉默良久,更是表现出他的决心。

"到你了,卡米尔。"他补充道。

卡米尔简短地向莫兰表达了歉意,后者举起双手表示同意。然后,他无缝衔接地与同事商定了队伍分配,所有人立马向一楼奔去。

技术人员上上下下地抬着各种铝质箱子、盒子以及板条箱。两名警员在大楼里站岗守卫,一名在卡米尔公寓上一层,另一名在公寓下一层的楼道里,以便及时通报所有住户的出行。勒冈还在大楼门前的人行道上安排了两名警员。

"没有任何发现。从下午四点到现在,只有四户人家有住户在,"伊丽莎白解释道,"其他人都去上班了。"

卡米尔坐在楼梯的第一个台阶上，不停把弄着手机，并时不时转身望向大门敞开的公寓。楼道里透光的窗户永远紧闭着，透过磨砂玻璃，卡米尔可以看到此时拦在街上的警车警灯闪烁，像是跳着芭蕾。

卡米尔和伊雷娜住的大楼离马尔提尔大街拐角二十多米。两个多月前开始的管道工程把大楼对面的街道围得水泄不通。施工工人早已结束了大楼门口对面的工作，现在他们正在三百米开外的地方干活儿，就在通向林荫大道的街道另一端。然而，大楼对面的停车场依然被路障围起来。尽管此处工程已经结束，但是依然被留作工地机械设备存放点以及大型卡车的停车点。在更远的地方，还分别搭了三栋工地板房，用来存放材料，或在饭点时作为食堂使用。两辆警车横在马路上，分别堵住了道路的两端。其他警车以及鉴定部门的两辆小卡车，甚至没有做出停车的努力。这些车紧紧排列在一起，杵在街道的正中间，引得路过的居民阵阵侧目，邻近大楼的居民也都趴在窗户上观望。

卡米尔来到人行道时并没有注意这些细节，他久久地看着街道和工地上的路障。然后，他穿过街道，看着排成排的障碍物，又转头看向大楼入口，接着又看了看街角以及他的公寓窗户，然后又看向路障。

"显然——"他默默说道。

接下来，他开始往马尔提尔大街跑去，伊丽莎白把她的包抱在胸前，在后面艰难地跟随他的步伐。

他认识这个女人，却不记得她的名字。

"这是安托纳普鲁斯夫人。"马勒瓦尔指着老板娘向他说道。

"安托纳普洛斯。"女人纠正道。

"她好像看到了他们。"马勒瓦尔评论道，"有辆车停在了大楼前，伊雷娜上了那辆车。"

卡米尔的心开始怦怦地跳了起来，声音一直传到脑子里。他差点儿靠在马勒瓦尔身上，接着他闭上眼睛，努力地驱逐脑海里的画面。

他让老板娘描述了当时的情形，且说了两遍。她三言两语就说完了，用自己的观察证实了卡米尔几分钟之前的预感。下午四点三十五分左右，一辆颜色灰暗的车停在了大楼门前。一个身材相当高大的男人从车上下来，老板娘只看到了他的背影。为了方便停车，同时不影响交通，他稍微移动了一个路障。等她再次往街上看去时，车右侧的后门已经打开，一个女人刚刚坐到车上。那个男人帮助女人上了车，然后啪地关上了车门，老板娘只看到了女人的腿。然后，她分了一会儿心，等她再次往街上看去时，车已经消失了。

"安托纳普洛斯夫人，"卡米尔指着伊丽莎白说道，"请您跟我的同事走一趟吧，我们需要您的帮助，需要了解您所记得的一切。"

老板娘认为她已经说出了所有能记住的细节，把眼睛睁得又大又圆。这天傍晚她可能要把这个星期要说的话都说完了。

"你继续搜查这条路，尤其是附近的一楼。然后再去找路尽头的施工工人。他们得早点收工，你要联系一下他们的公司。有消息随时告诉我。"

343

15

所有警员都在外执勤，此时的工作间似乎按下了暂停键。科布坐在屏幕后面，继续进行着他的调查，从巴黎的交通地图到建筑公司名单，以及蒙唐贝尔诊所的所有医护人员具体名单，搜索工作忙得不可开交。

路易与另外一位卡米尔不认识的警员把整个工作间重新整理了一下，软木板、文件板以及所有档案，一切都井井有条。现在他有一张巨大的桌子，他把所有正在进行中的卷宗重新分门别类，花了三分之一的时间把信息传达给所有人。到总部时，他马上给克雷医生打了个电话，请他一有空就过来加入他们。也许，医生会有一些隐藏的想法，他也担心在接下来的几个小时，卡米尔可能需要他的帮助。

卡米尔一到，克雷医生马上站起来，十分温柔地握住他的手。卡米尔看着他的眼神，就像看到了一面镜子。在克雷专注而平静的脸上，卡米尔仿佛看到了自己。这张脸上已经被焦虑划出深深的沟壑，它们围绕在眼周，使他整个人变得僵硬而紧张。

"我很难过。"克雷平静地说道。

卡米尔听懂了未尽的话，已无须过多解释。克雷回到他的位置，路易把他安排坐在桌子的尽头，桌上摆着"小说家"的三封信。卡米尔在这些复印件的边页上做了一些笔记，画了些箭头，做了一些附注。

卡米尔注意到，科布新添了一个头戴式耳机，方便一边跟警员打电话，一边继续敲打键盘。路易凑过来，提了第一点。看着一脸严肃的卡米尔，他简单地说道："目前来说，没有任何消息。"他边说边作势要撩头发，却奇怪地停在了半路，"伊丽莎白和老板娘正在审讯室里。她只记得刚刚跟您说过的那些事，没有其他新的情况。一个身高大概一米八的男人，穿着暗色西服。她不记得车的型号。她看到车从停下直到离开，这之间大概不到一刻钟。"

卡米尔想到审讯室时，问了一句："勒萨热呢？"

"分局长与德尚法官商量了一下，我收到命令放了他。他走了有二十分钟了。"

卡米尔看了看时间。八点二十分。

科布快速编辑了一个列表，总结了各个分队的任务。

阿尔芒在蒙唐贝尔诊所一无所获。显然，伊雷娜是独自一人自由离开的。以防万一，他留下了事发时值班的两名护士和两名护工的联系方式，但是他没能审问他们，因为他们已经下班了。四队人马已经出发去他们的住处对他们进行直接审问。有两个团队已经打来电话，证实没人记得当时有什么异常情况。街道搜查也没能得出更好的结果，除了安托纳普洛斯夫人，其他人什么都没看到。那个男人显得十分沉着，行动异常冷静。科布找到了几个在街道上施工的建筑公司工人的联系方式。警员们已经兵分三路去他们的住处进行询问，目前还没有结果。

晚上快九点时，贝热雷亲自送来了初步结果。那个男人没有使用手套。除了伊雷娜和卡米尔的无数指纹，人们还在好几个地方发现了

345

陌生人的指纹。

"没戴手套，什么都没有，他没有做任何防护措施，他毫不在乎。这不是个好兆头。"

贝热雷突然意识到，他刚刚说了句不吉利的话。

"抱歉。"他慌张地说道。

"没事。"卡米尔拍着他的肩膀说。

"我们马上查了数据库，"贝热雷艰难地继续说道，"这个家伙不在我们的数据库里。场景的很多细节还未得到重现，但是有好些事已经确信无疑。"吸取了刚才笨拙的教训后，贝热雷现在一字一句都要小心斟酌，甚至每一个音节都要考虑一下："他可能按了门铃……然后……你的太……伊雷娜可能去给他开了门。她应该把箱子放在了前厅，我们认为那个男的应该是一脚……一脚……"

"听着，老兄，"卡米尔打断道，"这样我们谁都没法干活儿。所以，我们就直接说伊雷娜，其他的事也都全部直说。他一脚……踢在了哪里？"

贝热雷松了一口气，他拿起文件，再也没有抬起头，专注地看着笔记说道："伊雷娜一打开门，他就打了她。"

卡米尔感到一阵恶心，急忙用手捂住嘴，同时闭上了眼睛。

"我觉得，"克雷医生此时说道，"贝热雷先生应该先把这些信息告诉路易。首先——"

卡米尔并没有听他在说什么。他把眼睛闭上又睁开，然后把手放下，站起身来，在众目睽睽下走到饮水机旁，接连喝了两杯冰水，然后又回来坐在贝热雷旁边。

"他按了门铃，伊雷娜开了门，他马上就打了她。我们是怎么确认的？"

贝热雷迷惘地瞥了一眼克雷医生，在医生的赞同和鼓励的眼神下，他继续说道："我们找到了一些呕吐物痕迹。她应该感到了恶心，然后抱住身体蜷缩了起来。"

"我们没法知道他打了她哪里吗？"

"这个我们没法知道。"

"然后呢？"

"她不得不跑进公寓，也许先跑到了窗边，窗帘是被她抓住扯下来的。在跑的过程中，那个男的应该撞到了打开的箱子。在离开公寓前，他们似乎都没有再碰过箱子。然后，伊雷娜跑到了浴室，他也许就是在这里抓住了她。"

"地上的血迹——"

"对。也许是头部被打了一下。不是很重，但足以打晕她。她摔倒的时候流了点血。伊雷娜把镜子下面隔板上的东西扫了下来，也许是在摔倒之前，也有可能是在站起来的时候。她应该还割伤了其他地方：我们在浴缸边缘也发现了一些血迹。在这之后，我们就不知道具体发生了什么。唯一确定的是，他把她拖到了门边，地板上有她鞋跟的拖痕。那个男人参观了公寓，我们猜想应该是在最后，在离开公寓之前。他去了房间、厨房，碰了两三件物品。"

"哪些物品？"

"他在厨房里打开了放餐具的抽屉。厨房窗户的长插销上也发现了他的指纹，还有冰箱的把手。"

"他为什么这么做？"

"他在等她醒过来，与此同时他在翻东西。我们在厨房找到一个留有他指纹的玻璃杯，水龙头上也有。"

"他用这个弄醒了她。"

"我认为是的。他给了她一杯水。"

"或者往她脸上泼了一杯水。"

"不,我不这么认为。那个地方没有水渍。不,我觉得他应该是拿去给她喝的。在那里找到了伊雷娜的几根头发,他应该是把她的头抬起来了。之后的事,我们就不知道了。我们把楼道也检查了一遍,但是没什么用。过往的人太多了,得不出什么信息。"

卡米尔扶住额头,尝试着重建场景。

"还有别的事吗?"他终于抬头看向贝热雷问道。

"对。我们还找到了他的头发。是栗色短发,但是没有找到很多,现在正在进行分析。我们还知道他的血型。"

"为什么?"

"我认为,在他们打斗的时候,伊雷娜应该把他抓伤了。我们在浴室里,以及一条他用来擦过手的毛巾上,都提取到了血液样本。为以防万一,我们把它与你的血液进行了对比。他是O型阳性血,最普遍的血型之一。"

"栗色短发,O型血,还有别的吗?"

"卡米尔,这就是我们找到的所有信息了!我们没——"

"抱歉。谢谢。"

16

所有团队都回来以后，大家进行了一次大范围的情况汇报。收获寥寥无几，到了晚上九点，他们掌握的情况并不比下午六点半的时候多，或者可以说几乎毫无进展。在此之前，克雷研究了"小说家"的最后一封信，很大程度上确认了卡米尔已经知道的或已经预感到的信息。勒冈坐在房间里唯一的扶手椅上，带着凝重的表情听完了精神科医生的报告。

"他在跟您耍花招。他在信的开头留了一丝悬念，好像你们正在玩游戏。你们都在这个游戏之中。这也印证了我们一开始的猜测。"

"他把这事儿当成个人恩怨吗？"勒冈问道。

"没错，"克雷转身回答道，"我知道您想说什么。请不要误解我的回答。一开始，这并不涉及个人恩怨。更明确地说，我认为他不是范霍文警官曾经逮捕过的人，或者是类似的情况。不，这本不涉及个人恩怨，但是现在已经慢慢变成了这样，尤其是当他看到第一条启事之后。再加上范霍文警官离经叛道的手段，用自己的名字首字母署名，以及给出个人地址作为回复地址。"

"我真是个蠢货啊，对不对？"卡米尔对勒冈说道。

"卡米尔，这谁又能料到呢？"勒冈代替精神科医生回答道，"总之，你跟我一样，我们都是很容易被盯上的人。"

卡米尔思考了片刻，想到了自己的傲慢。以如此个人的方式行事，就好像这是一件男人跟男人之间的事，这是多么自负的行为啊。他又想到了德尚法官，想到在她办公室的时候，她曾威胁把他调离此案。为什么他要证明自己比她更强大呢？彼时一场微不足道的胜利却在此时让他付出了比失败更加惨重的代价。

"他知道自己要去哪里，"勒冈继续说道，"他从一开始就知道，换种做法也不会改变任何事。而且，我们知道这一点也是因为他在信里明确说了：'只有在我得到这一切，而且是按照我的意愿得到这一切时，您才会从中脱身。'但是，最重要的信息集中在这封信的最后一部分。他引用了加博里奥作品的节选，并用了大段篇幅进行论证。"

"他觉得自己是在追随使命，我知道——"

"呃，也许这话会令您感到惊讶，我越来越怀疑这一点了。"

卡米尔伸长了耳朵，路易最终决定坐在勒冈身边。

"您看，"克雷说道，"他做得太明显，做得太过了。在戏剧领域，我们把这称为过度表演。他的某些话简直可以称作浮夸。"

"您想说什么？"

"他不是个狂徒，只是个变态。他在您面前扮演一个精神病人，一个分不清虚拟与现实的人，也就是说，分不清文学与现实的人。但我认为，这只是他的又一个诡计。我不知道他为什么这么做。他与他在信里的表现判若两人。他扮演这个角色是为了让您相信。这完全不是一回事。"

"他的目的何在呢？"路易问道。

"我不知道。他对人类的需求以及现实的形变进行了长久的思考。他对此研究得如此透彻，以至于使之成为讽刺现实的漫画！他的所写并非所思，而是在佯装这样的想法。但我不知道为什么。"

"为了模糊线索吗？"勒冈问道。

"也许吧。又或许是出于更高级别的原因。"

"什么意思？"卡米尔问。

"因为这属于他计划的一部分。"

大家把所有进行中的案件卷宗分发下去，每两人负责一个卷宗。他们的任务：从头开始，把所有的线索、印证都重新捋一遍。大家重新分配了桌子。到了晚上九点四十五分，技术部门新装了四条电话线路、三个信息工作站。科布立马把这些机器连入网络，以便所有电脑都可以访问数据库。他已经在数据库里整合了所有可用的资源。整个工作间开始发出忙碌的声音。每次有新细节出现时，所有团队都在不停向卡米尔的同事们发出疑问和质询。

卡米尔这边则由路易和勒冈作陪，三人站在巨大的软木板前，把所有综述一一看完。卡米尔焦躁不安地看着手表。伊雷娜已经失踪了近五小时，所有人都一清二楚，现在每一分钟都要当作两分钟来用，倒计时正在无情地嘀嗒作响，没有人知道什么时候会停止。

在卡米尔的要求下，路易在一张纸板上列出了所有地点清单（枫丹白露、科尔贝、巴黎、格拉斯哥、特朗布莱、库尔贝瓦），所有受害者清单（玛丽斯·佩兰、爱丽丝·赫奇斯、格蕾丝·霍布森、曼努埃拉·康斯坦萨、伊芙琳娜、鲁弗雷、约瑟安娜·德伯夫），以及所有日期清单（二〇〇〇年七月二日、二〇〇〇年八月二十四日、二〇〇一年七月十日、二〇〇一年十一月二十一日、二〇〇三年四月六日)。三人在每个新情况前站定，绝望地寻找着它们之间的联结，交换着没有结论的推测。克雷医生静静地坐在后面强调道，"小说家"遵循的是文学逻辑，也许最好应该从他再现的文学作品入手。于是，路易又马上列出了文学作品清单（《奥西沃尔的犯罪》《罗丝安娜》《黑色大丽花》《美国精神病》），却没能得出更多结论。

"不在这里，"勒冈强调道，"这些都是他已经完成的作品，我们已经置身事外了。"

"没错，"卡米尔确认道，"现在我们要对付的是之后的作品，但，是哪一篇呢？"

路易去找来巴朗乔的清单，放进复印机，把每一页放大至A3版面，然后把所有东西都钉到墙上。

"好多书啊。"克雷评论道。

"没错，太多了。"卡米尔说，"但是，其中应该有一本，或者没有——"

卡米尔的思维在这个念头上停留了片刻。

"路易，哪一本书里说到了孕妇？"

"没有哪一本牵涉到。"路易拿起概述清单回答道。

"有的，路易，有一本。"

"我没看到——"

"肯定有，见鬼！"卡米尔暴怒地从他手中夺过清单，"一定有一本。"

他快速地翻阅了文件，然后还给了路易。

"不在这份清单里，路易，在另一份清单里。"

路易死死地盯着卡米尔。

"对，我忘了这事儿了。"

他跑到桌前，找出了科布列的第一份清单。路易曾用优雅的笔迹写下了几条笔记，他快速地扫了一眼。

"是这个。"他最终说道，然后把文件递给卡米尔。

卡米尔读着路易写下的笔记，清晰地回想起与巴朗乔教授的对话："关于一九九八年三月的那起案件，一名女性在仓库被开膛，我的一个学生认为他读过情节类似的小说。我个人没有读过，这本书叫……《影子杀手》……一个不知名的作家。"

与此同时，路易已经在软木板上张贴了巴朗乔提出怀疑的所有案件。

"对，我知道现在很晚了，巴朗乔先生——"

他悄悄转过身，快速低声说明了情况。

"我让他接电话，对——"他终于把电话递给卡米尔。

卡米尔用了三言两语，令他回想起他们的谈话内容。

"对，但是我跟您说过了，我没读过这本书。而且，他自己也不是很确定，这只是一个猜想，没有任何证据证明。"

"巴朗乔先生！我需要这本书，立刻就要。您的学生，他住在哪里？"

"我不知道。我得查查学生花名册，我放在办公室了。"

"马勒瓦尔！"他甚至没有回答巴朗乔的话就喊了起来，"你去开车接上巴朗乔先生，把他送到学校去，我在那里与你们会合。"

卡米尔还没来得及在电话里继续跟巴朗乔说，马勒瓦尔已经朝门口跑去。

科布已经把伊丽莎白和阿尔芒在巴黎地图上找出来的地址列成了清单，一共三十几处。科布搜出来的每个地址以及每个地点，都经过了仔细检查。他们把这些地址分成两份清单，第一份清单是优先级别，上面列出来的是最偏远的且看起来长期废弃的仓库地址；第二份是特征不太匹配，但仍有搜寻价值的仓库。

"阿尔芒和迈赫迪，你们俩接手科布的工作，"卡米尔决定道，"伊丽莎白，你组织团队，我们马上去搜查所有地点。从最近的开始：以画同心圆的方式搜索，如果巴黎城区有的话，就先从城区开始，然后是巴黎郊区。科布，你帮我找一本书，哈布或是查布，作者大致是叫这个名字，书名叫《影子杀手》，是本很老的书。我只有这些信息。我现在去学校，你到时给我打电话。路易，我们走吧。"

17

"我是科布。我什么都没找到。"

"这不可能!"卡米尔喊道。

"卡米尔!我用了二百一十一个搜索引擎进行搜索!你确定那些参考信息是正确的吗?"

"等一下,我让路易听电话,你别挂。"

五盏路灯里只剩下两盏是亮的,昏黄的光线打在学校的外墙上,落在了巴朗乔教授的脚边。他像是从夜色里走了出来,递给卡米尔一份学校文件,上面写着"希尔万·吉尼亚尔"。他用手指指出写着个人手机号码的那一栏。卡米尔抢过路易的手机,拨通了那个号码。电话里传来一声嘟嘟囔囔的"喂"。

"是希尔万·吉尼亚尔吗?"

"不是。我是他父亲。我说,您知道现在几点了吗?"

"我是警局的范霍文警官。您赶紧让您的儿子接电话。"

"你是谁?"

卡米尔更加冷静地重复了一遍,并补充道:"吉尼亚尔先生,请马上把您儿子找过来,马上!"

"呃，这——"

卡米尔听到一阵脚步声和窃窃私语的声音，然后是一个更年轻明亮的声音。

"您是希尔万吗？"

"是。"

"我是警局的范霍文警官，我现在跟您的老师巴朗乔先生在一起。您还记得，您曾经参与过我们的一次搜索——"

"记得，那是——"

"您跟他提过一本他没有看过的书，您觉得跟某个案件有关，作者是叫哈布还是查布，您还记得吗？"

"对，我记得。"

卡米尔看了一眼文件，这个男生住在维勒帕里西斯。即便以最快速度赶路……他看了一眼手表。

"您手边有这本书吗？"他问道，"有没有？"

"没有，这是本很老的书了，我只是好像记得——"

"记得什么？"

"故事情节。我不知道，就是有点眼熟——"

"希尔万，你听好了，今天下午，有人在巴黎劫持了一名孕妇。我们必须找到她，在……这个女人疑似……我是说，她是我太太。"

说完这些话，卡米尔艰难地咽了咽口水。

"我必须找到这本书。马上！"

小伙子在电话里沉默了片刻。

"我现在没有，"他终于平静地说道，"我看这本书的时候，起码是十年前了。书名我可以确定，就叫《影子杀手》，作者名字我也可以确定,叫菲利普·查布。出版社我就不知道了。我想想……想不起来了。我只记得封面。"

"封面上有什么?"

"您知道,就是那种浮夸的插图:惊慌失措的女人正在尖叫,在上方有一个戴着帽子的男人的影子,就是这种东西——"

"故事情节呢?"

"一个男人劫持了一名孕妇,这个我可以肯定。我看的时候很震惊,因为这跟我当时正在读的其他东西完全不同。这本书很可怕,但我不记得具体细节了。"

"地点呢?"

"好像在一个仓库之类的地方。"

"一个怎样的仓库?在哪里?"

"老实说,我记不起来了。但我确定是在一个仓库里。"

"你把这本书弄到哪儿去了?"

"我们在十年内搬了三次家。我也没法告诉您这本书在哪里。"

"是哪家出版社出的?"

"我不知道。"

"我现在马上派人去您那儿,您把所有记得的情况都告诉他,您听明白了吗?"

"我想是的。"

"在谈话过程中,您也许会想起一些别的事,一些可以帮到我们的细节。每一个细节都很重要。在此期间,请您在家里守着电话,试着回想这本书,什么时候看的,在哪里看的,您当时在做什么。有时这会帮助恢复回忆。您可以记记笔记,我的助手会给您好几个电话号码。如果您想起来任何事,无论是什么,请马上给我们打电话,您明白了吗？"

"明白。"

"好的。"卡米尔准备结束电话，在与路易交换手中的电话之前，他又补充道，"希尔万？"

"嗯？"

"谢谢您，请您尽力回想一下，这非常重要。"

卡米尔给克雷打了个电话，请他去维勒帕里西斯走一趟。

"这个小伙子很聪明的样子，也很配合。我们必须信任他，让他回想起来。他可能会想起点什么来的，我希望由您来完成这件事。"

"我马上就去。"克雷平静地说。

"路易会再给您打电话，他会把地址告诉您，还会给您找一辆车和一位好司机。"

卡米尔马上又拨通了另一个号码。

"我知道，勒萨热先生，您应该不太愿意帮助我们——"

"没错，如果是要帮忙的话，您另请高明吧。"

路易转过身，看到卡米尔侧过头去，像是在试图辨别勒萨热的表情变化。

"听着，"卡米尔继续说道，"我太太已经怀孕八个半月了。"

他的声音嘶哑了。他咽了咽口水。

"今天下午，她在我们家被绑架了。您知道吗？就是他干的，就是他。我必须找到我太太。"

电话那头陷入了长久的沉默。

"他会杀了她的，"卡米尔说，"他会杀了她——"

这是显而易见的事实，然而几个小时以来，他一直挣扎着不愿承认。此时，这件事好像第一次变成了可以触碰的现实，一种如此现实的确定性，以至于他差点儿没有握稳手机，只能一只手撑在墙上。

路易一动不动地打量着卡米尔，似乎想要看穿他，就像他是透明的一样。卡米尔眼神呆滞，嘴唇不停地颤抖着。

"勒萨热先生——"卡米尔终于一字一顿地说道。

"我能做些什么？"书店老板机械地问道。

卡米尔如释重负地闭上眼睛。

"有一本书，《影子杀手》，作者是菲利普·查布。"

与此同时，路易转身看向巴朗乔。

"您有英文字典吗？"他语气平静地问道。

巴朗乔起身走向路易，然后绕过他，在一排书架前站定。

"是的，我知道这本书。这是本很老的书，"勒萨热终于松口道，"应该是在七八十年代出版的，七十年代末的样子。出版社是比尔邦。这家出版社一九八五年就倒闭了，他们的出版目录没有人接手管理。"

路易靠在书桌上，打开了巴朗乔刚刚递给他的哈拉普字典。他脸色苍白地转向卡米尔。

卡米尔紧紧地盯着他，感到心脏在胸口剧烈地碰撞。

他机械地问道："您碰巧有这本书吗？"

"没有，我正在检查。应该没有——"

路易转头看向字典，然后又看向卡米尔，嘴巴里说了一个卡米尔听不懂的词。

"哪里可以找到这本书？"

"这种作品是最难找的。因为没有收藏价值，甚至这本书本身就没什么价值。没什么人愿意保存这样的书。这样的书通常是偶然得来，需要撞运气。"

"您觉得您可以找到吗？"卡米尔又补充道，眼睛没有离开他的助手。

"我明天看一眼——"

勒萨热说完马上就明白这句话是多么不合时宜。

"我……我看看能不能帮上忙。"

"非常感谢。"卡米尔说完，紧紧握住手机，问道："路易？"

"查布，"路易一字一顿地说，"在英语中，这个词是一种鱼。"

卡米尔不解地盯着他。

"所以呢？"

"在法语里，这个词读作'舍韦纳'，雅罗鱼的意思。"

卡米尔的嘴巴大大张开，手里的手机滑落到地上，发出了金属碰撞的声音。

"菲利普·比松·德·舍韦纳，"路易说道，"就是《晨报》的那个记者。"

卡米尔猛地转过身看着马勒瓦尔。

"让-克洛德，你都干了些什么？"

马勒瓦尔轻轻晃动着脑袋，眼睛看着天花板，泪流满面。

"我当时什么也不知道，什么也不知道。"

18

警车停在了理查-勒努瓦尔大道的大楼前,三个人影急速爬上楼梯。马勒瓦尔最高,比路易和卡米尔领先了几个阶梯。

卡米尔从栏杆处探头向上看去,只看到从二楼至五楼盘旋而上的楼梯,一直延伸到大楼顶部。马勒瓦尔一枪崩坏了门锁,卡米尔来到敞开的大门前,看到隐没在黑暗中的门厅,只有右边不远处点着一盏灯。卡米尔拔出自己的枪,慢慢朝前走去。在他右手边的走廊里,他看到路易背对着墙,沿着门谨慎地移动。左手边的马勒瓦尔已经消失,进入了应该是厨房的房间里,然后又马上出现,眼神变得十分敏锐。卡米尔默默地示意保护路易,他正在一个接一个地打开每扇门。他先是猛然一推,然后马上贴到墙上寻找掩护。马勒瓦尔快速朝他走去。卡米尔站在面对大门的客厅门槛上,他往里走去,快速地环顾四周,突然间确信公寓里空无一人。

卡米尔转过身,再次面对着客厅和面向大街的两扇窗户。

从他所在的位置,可以用目光扫视整个房间,这里几乎空无一物。他的眼睛没有离开窗户,同时伸手摸索着开关。听到路易和马勒瓦尔的脚步声从右边慢慢接近,感觉到他们来到自己的身后,他打开了开关，一缕微弱的光线在左边亮起。三人一起走进来，客厅被照亮以后，突然显得大了很多。墙上可以看到画框被取下的痕迹。靠近窗户的地方，摆着三四个纸箱，其中一个还是打开的，近处是一把藤编椅，地上铺着的是打过蜡的木地板。左边唯一吸引视线的东西，是一张孤零零的桌子，桌前摆着一把椅子，与近处的那把类似。

他们放下了武器。卡米尔慢慢走近桌子。楼道里响起了其他脚步声。马勒瓦尔转身迅速走到门边。卡米尔听到他低声说了几句模糊不清的话。所有的光线都来自摆放在桌上的那盏床头灯，电灯线顺着墙边一直延伸至壁炉旁的嵌入式插座。

在桌子一角，摆着一个密封的档案袋，文件束绳被拉紧，红色的包装纸板鼓了起来。

一张纸摆在正中央最显眼的位置，卡米尔赶紧拿起来。

亲爱的卡米尔：

  我很高兴你来到了这里。公寓确实有些空荡，显得我不是很热情，我得承认这一点。但是，您知道这是为了完成一项伟大事业。发现自己孤身一人在这里，您应该感到很失望吧。也许您希望能在这里找到您可爱的妻子。那您可得再耐心等一等……

  再过一会儿，您就可以看到我的计划有多么伟大了。一切都将大白于天下。您知道吗？我真想在那里见证这一幕……

  您已经明白了，一会儿您将更好地理解，从一开始我就对我的"杰作"做了些手脚。

  我认为，这样的成功是我们共同谱写的。人们将争先恐后地来阅读"我们"的故事，我已经感觉到了……我们的故事已经写好，就在这里，在桌上这个红色的档案袋里，就在您的面前。作品还差一步就要大功告成了。您知道我是一个多么有耐心的人，带着这样的耐心，我复刻了小说中的五起案件。

我本来还可以做得更多，但是过多的示范并无益处。五起案件也许并不算多，但是对于犯罪案件来说，这已经很不错了。况且，这是怎样的五起案件呀？！您请放心，最后一起案件将登峰造极。在我写下这些字的时候，您可爱的伊雷娜已经做好准备，扮演主要角色了。她非常好，一定会表现得非常完美。

我的杰作的完美之处就在于，在完成了小说里最美的犯罪案件后，我又提前把最美的犯罪小说写了出来……这难道不是很美妙吗？在这个完美循环中，一切都被完美地预测，这难道不是一种理想的秩序？

这是多么伟大的胜利啊，卡米尔！一个如此现实、如此真实的故事。在这之前，这本书已经讲述了这个案件的所有流程……不久之后，人们将争相抢夺一个无人问津的作者的书。卡米尔，您将会看到，他们将俯首帖耳、阿谀奉承……您会为我感到骄傲，为我们感到骄傲，也为您美丽的伊雷娜感到骄傲。她的表现真是太棒了。

这一次，请允许我，用即将令我们感到荣耀的名字来署名。

祝好。

菲利普·查布

第二部分

卡米尔慢慢地把信放回桌上，然后拉出椅子，重重地坐了下去。他的头开始疼起来。他按摩着太阳穴，就这样待了长长的一分钟。他在寂静里，紧紧地盯着束绳档案袋，然后终于下决心把它拉过来，艰难地打开束绳。他开始读了起来。

"爱丽丝——"他一边看着她，一边说道。要是换作别人，可能都会称她为小姑娘，唯有他是个例外。

他叫了她的名字，想套个近乎，姑娘却完全不为所动。于是他垂下眼帘，看了一眼阿尔芒在第一次审讯时写下的潦草笔记：爱丽丝·范登博什，二十四岁。

他又翻了几页。

"太恐怖了！"路易开口说道，声音已经完全不像是自己的，"简直是场屠杀，不同寻常的那种，你知道我是什么意思吧？"

"不太清楚，路易，我不太清楚。"

"我从没见过这样的场景……"

他用拇指和食指捏住一小撮页码，翻了过去。

母亲潜心画着各种红色。她在画作里运用了出人意料的大片红色：血红、胭脂红、暗如夜色的深红。

卡米尔又跳到后面。

这名年轻白人女性大约二十五岁，身上有被暴力殴打的痕迹，尤其是额头处有头皮被撕裂，还有几撮头发也不见踪影，显示她曾被拽住头发拖行。凶手用一把锤子殴打她。

卡米尔突然一把将文件翻过来，翻到了最后一页，最后几行字。

所有的光线都来自摆放在桌上的那盏床头灯，电灯线顺着墙边一直延伸至壁炉旁的嵌入式插座。
在桌子一角，摆着一个密封的档案袋，文件束绳被拉紧，红色的包装纸板鼓了起来。
一张纸摆在正中央最显眼的位置，卡米尔赶紧拿起来。

卡米尔一脸茫然地转身，看向稳稳站在房间深处的马勒瓦尔。
路易站在他身后，继续越过他的肩膀读完了最后几行字。他抓住几叠纸，快速地翻阅着，不时跳过一些页面，又在某些页面停下，然后抬头思考片刻，继而再投入文字中去。
卡米尔脑海里的想法错综交杂，各种画面疯狂地占据了他的思维，他完全无法平息。

比松，他的"杰作"，他的书。

他的书讲述了卡米尔的故事和他的调查……

他简直想把头往墙上撞过去。

这一切有多少是真实的呢？

如何再次分清楚真实与虚构？

但最重要的是，卡米尔已经明白：比松是五起案件的罪魁祸首。

五起真实的犯罪案件，从五本小说里得到灵感，并且被精准地重现。

这一切都汇聚到同一个终点。

这个汇聚一切的大结局，就是第六起案件，是从他自己的书里得到的灵感。

这起案件即将发生。

最美的犯罪案。

而伊雷娜就是其中的主角。

他是怎么说的呢？

　　在完成了小说里最美的犯罪案件后，我又提前把最美的犯罪小说写了出来……

一定要找到她。

她在哪里？

伊雷娜……

警局——晚上十点四十五分

打开的档案袋摊在桌上，像是被人开了膛，破了肚。阿尔芒把它拿到复印机旁。

所有人都站着，范霍文警官站在桌后，依次看着每个人。

勒冈是唯一坐着的人。他抓起一支铅笔，紧张地咬着笔杆，鼓起的肚子就是他的支撑点。

他把记事本放在肚皮上，这里一笔那里一画，潦草地记着笔记。他认真思考着，聆听着，聚精会神地看着范霍文警官。

"菲利普·比松……"范霍文警官开始说道。

他把手放在嘴巴前，清了清嗓子。

"比松，"他继续说道，"正在潜逃。如今，他劫持了伊雷娜，她是今天傍晚被绑走的。现在所有问题在于找到他在何方，弄清他打算怎么做……以及什么时候做……问题很多，但是我们只有很短的时间来应对。"

几分钟前，勒冈刚刚来时看到的卡米尔满脸恐慌，如今这种恐慌已经烟消云散。他已经不是卡米尔，他又重新成为范霍文警官，成为刑警小组负责人，变得专注而认真。

"我们在他家找到的文字，"他继续说道，"是比松自己写的一本小说，讲述的就是他所想象的我们的调查行动。这是我们的第一条线索，但是对于……他接下来要做的事，还有我们没有掌握的第二条线索，那就是比松以查布的名义发表的第一部小说，他会以此为灵感——"

"你确定吗？"勒冈头也没抬地问道。

"如果我们掌握的关于这本书的消息是正确的，那么我们可以确定：一名孕妇在仓库被害，我觉得这是极其有可能的。"

卡米尔看了一眼科布，他已经离开电脑工作台，参与到汇报中来。维吉耶医生站在他身旁，屁股靠在一张桌子上，两条伸长的腿交叉着，聚精会神地听着。他没有看范霍文警官，而是看着团队的其他成员。科布摇了摇头，接着说道："这方面还是没有收获。"

阿尔芒带回了五份复印件。马勒瓦尔的脚一直在不停地微微抖动着，像是被尿憋急了，这种状态已经持续了将近一个小时。

"所以我们分为三组，"范霍文警官继续说道，"让、马勒瓦尔和我，我们负责追踪第一条线索。维吉耶医生和第二小组将由阿尔芒进行协调，你们负责继续搜索巴黎地区的仓库信息。有些对不住你们，因为这无异于大海捞针。但是目前来看，我们没有别的办法。路易，你负责搜索比松的生平信息：人际关系、地点、资源，搜索一切能找到的信息……科布，你负责继续寻找菲利普·查布的那本书。大家有什么问题吗？"

没人提出任何疑问。

大家都快速投入了组织行动。

两张桌子面对面排列，卡米尔和勒冈坐在一边，另一边是马勒瓦尔和心理学家。

阿尔芒正在翻阅从科布的打印机那里拿来的最新仓库清单，他手里拿着铅笔，把已经去过的仓库名称画去。两支队伍现在已经出发，去搜索交给他们的新的仓库地址。

路易已经在打电话,话筒夹在头和肩膀中间,两只手放在电脑键盘上。

科布得到了新的提示:出版查布小说的出版社叫比尔邦。搜索引擎正搜寻着相关内容。整个工作间里跳动着嗡嗡作响的紧张气氛,伴随着的还有指尖在键盘上的敲打声和打电话的声音。

到了干活儿的时候,勒冈掏出了自己的手机,安排了两个摩托特警待命,并通知了特警特别行动组。卡米尔听到了这一切。勒冈向他做了个听天由命的手势。

卡米尔知道勒冈这么做是对的。

如果他们找到了确定线索,就必须快速行动,这样的行动需要专业人士的介入。

也就是说,需要特警特别行动组的参与。

他曾目睹过特警执行任务时的场景。这是一群穿着黑色制服的高大家伙,他们装备精良,行动安静,就像一群机器人,让人不禁疑惑,背着这么重的装备,他们的行动何以如此迅速。而且,他们还很有科学素养,会用卫星图研究地形,以军事般的细致做出行动计划,并且考虑到所有数据,以闪电般的速度达成他们的目标,他们可以像推土机一般,在几分钟内推倒一排建筑物。

一旦他们找到地址,找到具体地点,特警特别行动组就会接手一切,不管结果好坏。卡米尔对于这种行动的合理性持有一丝怀疑态度。这与比松在整个事件中所展现出来的心理并不相符。两个缜密的心思相互对抗,比松已经取得了太多的优势。几个星期以来,也许是几个月来,他用一种昆虫学家般的耐心,为这件事做了周全准备。而特警队的射手们将带着他们的直升机、烟幕弹、雷达和狙击枪，射空他们的子弹。

卡米尔说了点什么，想跟勒冈解释，但是马上又打住了。现在还有什么别的办法呢？

难道说，他卡米尔·范霍文，要带着自己的执勤武器去拯救伊雷娜吗？毕竟这件武器他一年当中只会使用一次，而且还是为了年检。

他们四人打开了比松的"小说"，翻到第一页。但是他们的阅读速度和方式都不一样。

维吉耶是位老心理学家，他像一只盘旋在空中的老鹰，更像是在观察而不是在阅读那些页面。他冲动地翻过页面，就像做着一个个毫无征兆的决定。他寻找的东西与其他人并不相同，他找的是比松的描述中所体现出的个性特征。他仔细地审视比松的叙事风格，把故事中的人看作虚拟角色。

因为，在这些文字中，除了那些年轻的死者，一切都是虚构的。

对维吉耶来说，剩下的一切就代表了比松本人：比松的视角、看待世界以及重建现实的方式，他尝试着弄懂比松重新排列构建世界的方式。

这样的世界并非它原来的样貌，而是比松想看到的世界，是一个用三百页文字描述出来的纯粹幻想……

至于勒冈，他是个操劳的阅读者。他懂得很快，但是读得很慢。他选择了与他的思维十分契合的阅读方式：从结尾处开始，一章一章往前读，很少记笔记。

似乎没有人注意到，马勒瓦尔压根儿没有翻页。他的目光久久地停留在第一页上。维吉耶医生已经低声给出了初步评论，而他依然没完没了地躬身在这一页上。他想站起来，走到卡米尔身边，对他说……可是他没有力气，只要他不翻开那些页面，就有种安全感。他知道自己已经身处悬崖边，也知道几分钟后，有人将在他背后推一把，然后他就会跌入深渊。他感到头晕目眩，必须振作起来，鼓足勇气在文章的末尾找到自己的名字，确认灾难已经迫在眉睫。他希望自己即将掉入的陷阱会马上愈合。就是现在，必须做出决定。但他实在无法动弹，他太害怕了。

范霍文警官面无表情地快速浏览着，他跳过大段文字，记着潦草的笔记，不时回过头来验证细节，或是抬起头来思考。他匆匆读完了比松想象的他与伊雷娜相识的场景，显然，事实并非如此。比松如何能知道他与伊雷娜相识的过程呢？这个电视台节目的故事与什么有关呢……"这是个简单的故事。六个月后，他便迎娶了伊雷娜。"没错，这是个简单的故事，只不过这都是比松的单纯想象。

像溺水的人一样，他似乎在一瞬间重温了自己一生的电影，他看到那些原封不动留存在记忆中的真实画面在眼前闪现。一个星期天的早上，在卢浮宫的商店里，一名年轻女子正在寻找一本关于画家提香的书，她要当作礼物送出去。她犹豫着，看了第一本、第二本，把它们都放下，然后选了第三本。那是最不好的一本。矮小的卡米尔无意间说了句："不要买这本，如果您想听听我的意见的话——"年轻女子向他投来微笑。这一刻，伊雷娜的微笑简单而灿烂。她对他说道："真的吗？"一脸假装的谦卑，这让他不得不感到抱歉。他一边道歉一边解释，想要态度自然地说出几句关于提香的话，然而他要说的东西又是自命不凡的，因为这样的意见来自一个自认为了解画家的人。他话赶着话，说得结结巴巴，脸也开始红了，要知道他已经很久没有脸红过了。她微笑着说："那么，应该选这一本，是吗？"一时间，他想说的话太多，既害怕显得势利，又为推荐一本最贵的书而感到尴尬，于是他绝望地说道："我知道，这是最贵的一本，但是，这依然是最好的。"伊雷娜穿着一条纽扣从上扣到下的裙子。"这就跟买鞋子一样，"伊雷娜说道，"只不过我要买的是关于提香的书。"现在换作她开始脸红了，为自己说出了这样放低格调的话而感到羞耻。她后来说，当时她已经有将近十年没有踏足卢浮宫了。卡米尔在很长一段时间里都没敢告诉她，他几乎每周都会来。他没有告诉她，看着她走向收银台的时候，他完全不想知道这是她要送给谁的礼物；他没有告诉她，他总是在周日的早上来这里，也知道他不可能再在这里见到她。付款的时候，伊雷娜朝柜台探出身子，眯着近视眼输入信用卡密码，然后就消失了。卡米尔转身看向货柜，但是已经心思全无。几分钟后，他感到了厌倦，心里生出一股莫名的忧伤，于是他决定走出商店。眼花缭乱中，他看到伊雷娜站在玻璃金字塔下，专注地读着一本宣传册，然后她转过身来，在高处无数的标志牌中寻找路线。他经过她的身边，她看到了他，向他笑了一下，他便停下了脚步。"关于在博物馆里怎么找路，您有什么好书推荐吗？"她微笑着问道。

卡米尔已经开始专注地看下一段文字了。

回到办公桌时，卡米尔抬起头看到了马勒瓦尔。他两手平放在档案袋上，目光定格在勒冈身上，勒冈则看着他，轻轻地摇着头。

"卡米尔，"勒冈说话的时候并没有看卡米尔，"我觉得，我们得跟我们的朋友马勒瓦尔好好聊聊了。"

卡米尔看完了这段话。

"我不得不解雇你，让-克洛德。"

马勒瓦尔坐在卡米尔对面，睫毛扑闪着，绝望地寻找着支撑点。

"你无法想象,我有多难过。为什么你不跟我说?"

……

"这是从什么时候开始的?"

"去年年底。是他先联系了我。一开始,我只给他一些小道消息,他就满足了。"

卡米尔把眼镜放到桌上,握紧了拳头。当他看向马勒瓦尔时,脸上冷冷的愤怒如此清晰,以至于马勒瓦尔不自觉地往椅子那儿后退了一步,勒冈也感到有必要介入。

"好了,卡米尔,事情有个轻重缓急。"他又转身向马勒瓦尔问道,"这里写的东西,是不是真的?"

马勒瓦尔说他不知道,他还没有读完,还要看……

"看什么?"勒冈问道,"是你给他提供情报的,到底是不是?"

马勒瓦尔点了点头。

"好的,那么,显然你现在被捕了。"

马勒瓦尔张大了嘴巴,就像一条脱水的鱼。

"跟背着好几桩命案的家伙串通一气,你还期望得到什么?"卡米尔问道。

"我当时不知道,"马勒瓦尔一字一顿地说,"我向您发誓——"

"我的老兄,这话你可以跟法官说,但现在跟你说话的人是我!"

"卡米尔!"勒冈试图制止他。

然而卡米尔并不听劝。

"你给这个家伙通风报信好几个月，现在他绑架了我太太。是伊雷娜啊！你认识的伊雷娜啊，马勒瓦尔！你不是很喜欢伊雷娜吗，啊？"

四下一片沉默。连勒冈都不知道怎么打破这样的沉默。

"伊雷娜是多么善良的人啊，"卡米尔继续说道，"她已经有八个月的身孕。你不是还准备了礼物吗，还是你已经把钱都花了？"

勒冈闭上了眼睛。当卡米尔陷入这般境地时……

"卡米尔。"

但是卡米尔像个陀螺一样转个不休，一个词接着一个词，一句话接着一句话，在自己的话语里打着转，与自己的愤怒进行对话。

"警官的泪水在眼眶里打转，那是在写小说，马勒瓦尔。我更想一拳打在你的脸上。我们马上就会给你提供'特殊服务'，如果你明白我在说什么的话。然后，就是法院、教官、牢房和诉讼，我一定会作为特邀嘉宾出席。马勒瓦尔，你最好向老天祈祷，我们能马上把伊雷娜安全无恙地找回来。因为你会哭干你的所有眼泪，混蛋！"

勒冈一拳打在了桌上，与此同时，他突然想到了一个主意。

"卡米尔，我们已经浪费很多时间了。"

卡米尔立刻停下来看着他。

"我们会花时间审问马勒瓦尔，我会负责这件事的。你应该回到工作上，我会向内部事务部门申请援助。"

然后他又补充道："这是最好的办法，卡米尔，相信我。"

他已经站起身来，尝试推动这个悬而未决的决定。范霍文警官依然盯着马勒瓦尔的眼睛。

终于，他站起身来，摔门而出。

377

"马勒瓦尔在哪里？"路易问道。

卡米尔做出最简短的回答："跟勒冈在一起。"然后他又补充道："时间不会太久。"

他不知道自己为什么这样说，这话就像是一句口误。时辰正在流转，而他们也在团团转；时间正在流逝，而他们依然不知从何下手。

当大家听到伊雷娜被绑架的消息时，所有人都以为卡米尔会被击垮，然而他们看到的是站在前哨站的范霍文警官。

他重新读了一遍文稿，再次看到伊雷娜的名字。

比松是如何精准地知道，伊雷娜曾对他说出的那些指责，如何知道她感到很孤单的，又是如何知道她没有得到足够关注的呢？

也许，所有的警察婚姻都是如此，或许记者们也是一样。

时间已经来到晚上十一点多。路易保持着十足的冷静，永远如此无可挑剔。他的衬衫没有任何褶皱，尽管白天在各处跑上跑下，他的鞋总是油光锃亮，让人以为他会经常去洗手间擦亮自己的鞋子。

"菲利普·比松·德·舍韦纳，一九六二年九月十六日出生于佩里格。他祖上的利奥波德·比松·德·舍韦纳在二十八岁那年做了帝国将军，他当时身处耶拿共和国。拿破仑颁布了一条诏书，把他的财产归还给了他的家族。这是一笔可观的财富。"

卡米尔并没有在认真听。如果路易呈现的东西里有任何实质性内容，他一定会先从这部分内容开始说。

"你一直都知道马勒瓦尔的事吗？"卡米尔突然问道。

路易看着他，正想提问，却又咬了咬嘴唇，但最后还是下定了决心："知道什么？"

"他给比松通风报信了好几个月，让比松准确知道了调查的进展。正是因为马勒瓦尔，比松才总是比我们领先一大步。"

路易的脸苍白得像一个死人。卡米尔突然明白他什么都不知道。路易听到消息，重重地坐了下来。

"书里都写了，"卡米尔补充道，"勒冈很快就发现了。马勒瓦尔现在正在接受审问。"

无须向路易解释，以他灵敏的头脑，马上就把一切信息拼凑出来了。他的眼睛快速地从一个东西扫到另一个东西，迅速思考着，嘴巴半张着。

"你真的借钱给他了吗？"

"您是怎么——"

"书里也写到了，路易，所有的事都在书里。马勒瓦尔应该透露过这件事。你也是主角，我们都是书中的主角，路易。这是不是很棒？"

路易本能地转向审讯室。

"他帮不上什么忙的，"卡米尔有预见性地说道，"我觉得，马勒瓦尔只知道比松想让他知道的部分。他从一开始就被操纵了，甚至早在库尔贝瓦的第一起案件之前。马勒瓦尔被骗得团团转，还把我们也搭进去了。"

路易一直坐着，眼睛盯着地面。

"好了，"卡米尔说，"你说吧，有什么进展吗？"

路易再次读起笔记，只是声音变小了。

"比松的父亲——"

"大声一点儿。"卡米尔边往饮水机走边喊道。

路易提高了嗓门，似乎也要大声喊起来，然后又控制住自己，只是声音有些颤抖。

"比松的父亲是一位实业家，母亲普拉多·德·朗凯为家族带来了一些地产。她在佩里格有过十分动荡的求学经历，我们发现她一九七八年在一家疗养院短暂地居住过。我已经安排人往这方面查下去了，到时看吧……如同所有人一样，比松一家也在二十世纪八十年代遭遇了危机。比松在一九八二年开始读本科文学专业，但是没有完成课程。他转到了新闻学院，并于一九八五年以平庸的表现毕业，他的父亲也在前一年去世。一九九一年，他成为自由撰稿人。一九九八年他进入了《晨报》。直到特朗布莱案件之前，都没有什么特别的情况。他因这个案件的报道而得到了重视，从此扶摇直上，成为社会新闻专栏的副主编。他的母亲是两年前去世的。比松是独生子，而且是单身。至于其他的，他家的财产状况与从前大不相同。除了家族财产，比松几乎变卖了所有家产，并把它们都放在了高盛集团的股票以及房地产年金上，这些钱加起来是他在报社的工资的六倍。所有的投资都已经在近两年内兑现。"

"这意味着什么？"

"意味着他早就计划好了一切。除了他的家族财产，他已把所有财产都兑现了。现在他的所有财产都存在一个瑞士银行账户上。"

卡米尔咬紧了牙关。

"还有什么其他信息吗？"他问道。

"其他的信息，比如他交往的人、朋友、日常生活，这些都要去问他身边的人，目前还不适合采取这样的行动。媒体马上会闻风而动，我们走到哪里都会被记者包围，这样会浪费太多时间。"

卡米尔明白，路易说得有道理。

比松可能使用的仓库清单已经查完了。

勒萨热在二十三点二十五分打来了电话。

"我没能找到所有我想到的同事，"他对卡米尔说，"有些人我只有他们的工作联系方式，我给这些人留了言。但是，目前没能找到这本书。很抱歉。"

卡米尔表达了谢意。

机会之门一扇接一扇地被关上。

勒冈依然在审问马勒瓦尔。所有人都开始感到筋疲力尽。

维吉耶是看书稿看得最久的人。卡米尔看到他打了个哈欠。也许人们会觉得，这个再过几个月就要退休的胖乎乎的家伙，像个勤奋的小学生一样伏在比松的手稿上将近十五个小时后，会在突然间崩溃。尽管眼下已经开始浮现疲惫的黑眼圈，但是他保持着澄明的眼神，说话的声音依然十分洪亮。

"显然，这与现实有很多不同之处，"维吉耶说道，"我猜，比松会将之称为创作的一部分。在他的书里，我叫克雷，而且年轻了二十岁。我们还看到有三位警员，分别叫费尔南、迈赫迪和伊丽莎白，但是他们都没有姓，费尔南是个酒鬼，迈赫迪是个年轻的北非移民后代，伊丽莎白是个四十来岁的女人。这是一个很好的社会范围，可以吸引不同读者……还有一个叫希尔万·吉尼亚尔的学生，他负责的是提供关于查布的书的线索，他取代了迪迪尔教授，在书里教授名叫巴朗乔。"

所以，维吉耶，也许还有勒冈以及他自己，都忍不住想看看自己的角色是如何被呈现的。他们都站在了文学这面巨大的哈哈镜前。在他们身上又有多少现实被呈现了呢？

"他对您的描写是非常令人惊讶的，"维吉耶像是听到了卡米尔的想法，继续说道，"他对您相当恭维，也许您会想成为他描述的那个人，我也不知道。您在里面是个十分聪明善良的人。难道这不是每个人的梦想吗？所有人都希望被如此看待。我看到了对于钦佩之情的巨大渴望，从他的信以及他的文学爱好中都可以发现这一点。我们早就知道，比松与权威是有生死过节的，也许是与他的父亲有关。一方面他贬低权威，另一方面他又表现出对权威的仰慕。这是一个从头到脚自相矛盾的人。他选择了您来表现他的挣扎。这可能就是他选择伊雷娜的原因，他想通过这样做来伤害您。这是种典型的反转，他把您塑造成一个仰慕的对象，随后又试图消灭您。他希望通过这样来重建他眼中的自己。"

"为什么是伊雷娜？"卡米尔问道。

"因为她就在那里，还因为她就代表了您。"

卡米尔脸色苍白，垂下眼帘看着手稿，一言不发。

"他在书里写到的信，"维吉耶继续说道，"跟你们收到的是一模一样的，连逗号都是一致的，只有《晨报》对您的专访是编造的。至于剩下的手稿内容，显然还需要进行更加精确的文本分析。不过……乍看之下，我们还是能看出一些明显的倾向。"

卡米尔瘫倒在椅子上，眼神看向挂钟，却又装作没有看到。

"他会完全按照书里的犯罪情节来行动，对吗？"

对这突如其来没头没脑的转换，维吉耶并没有哑口无言。他耐心地把纸稿放在自己和卡米尔面前，然后看着卡米尔。他斟酌着字眼，吐字十分清晰，他希望卡米尔可以完全理解他要说的话。

"我们之前一直在寻找他的行事逻辑，现在我们知道了。他想重现从前写的书里的犯罪情节，然后再在这本书里讲述这一切。我们必须抓住他,因为他的犯罪意图十分坚定。"

他必须马上对卡米尔道出真相,丝毫不隐瞒地说出他已经确认的信息。卡米尔理解了他的行动。他同意了,因为必须这么做。

"某些未知细节还不是那么……令人担忧,"维吉耶补充道,"但是只要我们找不到他试图在现实里复刻的这本书,就没法知道他会在何时何地动手。我们没有任何客观理由认为事情将在现在或是接下来的几个小时内发生。也许他在剧本里计划把人质监禁一两天,或者更久,我们对此一无所知。有太多无法确定的事,现在我们所做的都只是猜测。"

维吉耶陷入了长久的沉默,在此期间他没有看卡米尔,似乎在等着这些话找到它们的出路。也许是估计到讲述时间已然流失,他这才突然继续阐述道:"事实分两种,一种是他猜中的,还有一种是他编造的。"

"他是如何猜中这么多事的?"

"这就要等您抓到他再问他了。"

维吉耶微微用下巴指了指通往审讯室的门。

"我猜他有很好的信息来源。"

维吉耶若有所思地把食指放在衣领里,然后说道:"他很有可能还根据现实情况修改了文字内容,可以说是一种现场报道,他希望自己的文字尽可能地贴近现实。而且您应该好几次做出了出乎他意料的行为,但是,可以说连这些意外也是预料之中的。他应该知道需要根据您的反应和举动来修改他的故事,而这也正是他所采取的做法。"

"您想到了什么?"

"比如,我们可以猜想,他应该没有料到您会通过发布启事的方式来与他取得联系。您的这个举动做得十分漂亮,这一定令他感到

383

十分兴奋。而且，他有点把您看作了故事的合著者。'为我们感到骄傲'，他曾经这样写过，您还记得吧？显然，最令人震惊的，是他的预测有着很高的准确性。他早就知道，您有能力把他的某项罪行与他的灵感之书联想到一起，也知道您会紧紧抓住这条线索，甚至不惜独自对抗所有人。警官，您不是一个固执己见的人，但是他足够了解您，知道您有时……有些执拗。您坚信自己的直觉，他也知道这会为他所用。他还知道，你们当中的某个人，迟早会找到他的化名查布与他的姓氏之间的联系。甚至于，他的所有策略都是基于这些观点。警官，他比我们想象的更加了解你们。"

勒冈从审讯室里走出来了几分钟，让马勒瓦尔独自留在那里。这是一种颇有成效的技术手段，把嫌犯先晾一会儿，然后继续审问，再换另一个同事继续，然后再回来，接着再把他一个人晾在一边，使接下来的事变得不可预测。就算是对此经验最为丰富的嫌犯，甚至是警察本身，即便他们熟知这样的伎俩，也无法抵挡它的作用。

"我们会加快点速度，但是——"

"但是什么？"卡米尔打断了他。

"他知道的比我们想象的要少，比松通过他知道的事，比他知道的关于比松的事要多得多。他提供了很多信息，一开始只是些小事，比松就是靠这样获取了他的信任，然后就慢慢越走越远。给一些小情报就能得到一些小报酬，他把这变成了一种情报利息。当库尔贝瓦案发时，马勒瓦尔已经完全蒙蔽了心智，没有看到这一切的到来。你的马勒瓦尔就是个新手。"

"他不是我的马勒瓦尔。"卡米尔边重读笔记边说道。

"好吧。"

"比尔邦出版社是一九八一年成立、一九八五年倒闭的，"科布解释道，"当时很少有出版社有自己的网站，但我还是在各处找到了它的部分出版目录。我把这些东西都拼凑了起来。你要看看吗？"

还没等到回答，科布已经打印好了清单。

一共是百余本在一九八二年到一九八五年间出版的小说，都是些用来打发时间的快餐文学。卡米尔浏览了那些标题：有间谍小说《失联特工TX》《特工TX与反间谍机关》《马尔多和王牌》《间谍的微笑》《暗号：海洋》等；有侦探小说《里菲菲在马里布》《永远的动机：我爱你》《白日的子弹，夜晚的美人》《卧底记》等；还有情感小说《被爱慕的克里斯泰勒》《如此纯净的心》《以爱封喉》等。

"比尔邦出版社初期专门做购买滞销书版权，换个名字再出版的生意。"

像往常一样，科布说话时并没有看卡米尔，而是继续敲打着键盘。

"你找到相关人员的名字了吗？"

"只找到了经营者，这个人叫保罗·亨利·韦斯。他在好几家小公司都有股份，但是比尔邦出版社是他亲自打理的。他申请了破产，直到二〇〇一年去世，他再也没有涉足出版行业。其他的我还在查。"

"我找到了！"

卡米尔跑了过去，他是第一个到达的。

"我觉得应该是……等一下——"

科布继续从一个键盘敲到另一个键盘，页面在两个屏幕上不停地翻动。

"你找到了什么？"卡米尔急不可耐地问道。

勒冈和路易也加入了他们，看到其他人也想靠近的步伐，卡米尔做出有些恼火的样子，阻止了他们。

"继续干你们的活儿，这里我们来负责。"

"比尔邦的员工登记录，我没有找到全部人，只找到了六个人。"

屏幕上出现了一份文件，六个人的名字、地址、生日、社保号码、入职时间以及离职时间，一共六行字。

"现在，"科布往后靠在椅子上，一边右手按摩着腰部，一边说道，"我不知道你接下来想怎么做。"

"把它给我打印出来。"

科布指了指打印机，四份文件正在被打印。

"你是怎么找到这些信息的？"路易问道。

"这就说来话长了。我没有所有权限，不得不绕了好几个圈子，如果你明白我的意思的话。"

科布无奈地看了分局长勒冈一眼，后者只是把复印件拿在手里，假装什么都没听到。

他们站在信息工作台附近，仔细地看着清单。

"其他的也找到了。"科布再次敲着键盘，仔细看着屏幕。

"什么其他的？"卡米尔问道。

"他们的履历。"

打印机又开始运转起来，打印出了补充信息。这个出版社的一名女员工在今年年初去世了，另一名员工似乎凭空消失了。

"是这个吗？"路易问道。

"我哪儿都找不到他，"科布说道，"他完全消失了，无法知道他现在怎么样了。"伊莎贝尔·吕塞尔,生于一九五八年,一九八二年进入比尔邦出版社,但是只待了五个月。卡米尔勾上她的名字。雅辛特·勒菲弗,生于一九三九年,从一九八二年开始直到最后都在那里。尼古拉·布里厄克,生于一九五三年,他是在比尔邦出版社成立的那一年进来的,一九八四年离开出版社。泰奥多尔·萨班,生于一九二四年,一九八二年进入出版社,到公司倒闭才离开,现在已经退休了。卡米尔快速计算了一下:现年七十九岁。他的住所:茹伊昂若萨养老院。卡米尔又勾上他的名字。

"这两个人,"卡米尔指着他圈出来的两个人名说道,"勒菲弗和布里厄克。"

"已经在搜了。"科布说道。

"能知道他们在出版社是做什么的吗?"路易问道。

"这个我就不知道了。找到了,雅辛特·勒菲弗,已退休,住在万赛纳的贝莱尔大街一二四号。"

又过了一会儿。

"还有尼古拉·布里厄克,住在巴黎第十区路易-博朗街三号,现在是失业状态。"

"你负责第一个,我负责另外那个。"他一边急忙走向电话机,一边对路易说道。

"很抱歉这么晚打扰您……是,我明白……我还是建议您不要挂断。我是警局的路易·马里亚尼……"

打给布里厄克的电话一直在响铃状态中。

"请问您是?您的母亲不在吗?"

卡米尔本能地数着数,七、八、九……

"请问是在哪家医院？是，我明白——"

十一、十二。卡米尔正准备挂断时，突然传来一声清脆的声音。线路的另一端，话筒已经被拿起，却没有发出任何声音。

"喂？布里厄克先生？喂？"卡米尔大声叫着，"您能听到我说话吗？"

路易已经挂断了电话，给卡米尔递来一张字条放在办公桌上："圣路易医院，正在接受安乐治疗。"

"见鬼了！有人在吗？您能听到我说话吗？"

又是一声清脆的声音，然后传来一阵忙音，电话被挂断了。

"你跟我来。"他站起来说道。

勒冈示意两名警员跟上他们。警员赶紧起身，随手抓起外套。卡米尔已经朝出口走去，但又马上跑向自己的办公桌，打开抽屉，拿出执勤武器才离开。

此时已经是夜里十二点半。

两名警员骑着摩托，比卡米尔速度快得多，而卡米尔已经尽了最大努力。路易沉默地坐在旁边，不停用手撩着头发。后面还坐着两名警员，同样专注于沉默。警笛声呼啸着，偶尔被摩托警员的哨声打断。此时路面交通终于变得稀疏。他们以每小时一百二十公里的速度行驶在佛兰德大街，又以每小时一百一十五公里的速度驶过圣-马丁城区。不到七分钟，车就停在了路易-博朗大街。两名摩托警员已经一前一后封锁了整条道路。四人从车上冲出来，闯进了三十六号大楼。卡米尔甚至没有看到，离开警局时勒冈派了哪些人跟过来。他很快意识到，这是些年轻人，都比他年轻。第一名警员在信箱前停留了片刻，低声清楚地说道："左边第三间。"当卡米尔赶到楼道里时，两名警员已经在大声敲门并大喊："警察！开门！"于是，门打开了，只不过不是左边的门，而是对面右边的门。一个老女人探头看了一会儿，又马上关上了门。他们还听到楼上另一家开门的声音，但是整幢大楼里十分安静。一名警员掏出了武器，他先是看着卡米尔的眼睛，然后看了看门锁，继而又看着卡米尔。卡米尔死死地盯着这扇门，他把年轻的警员拉到一边，自己则站在楼道的一侧，开始研究在这不明形状的门锁前近距离射击时，子弹会以什么样的角度反弹。

"你叫什么名字？"他向这个年轻人问道。

"法布里斯·布。"

"你呢？"他打断了他，向另一名警员问道。

"我叫贝尔纳。"

第一名警员年纪大概在二十五岁，第二名看起来年纪稍长一些。卡米尔又看了看门，微微弯下腰，然后又踮起脚，举起右手臂，左手食指则指出子弹反弹的轨迹。他通过眼神确认他们都已经明白了，然后走到一边，示意叫贝尔纳的那个最高的人采取行动。

年轻人来到他刚刚所在的位置，伸出手臂，把枪紧紧地握在手里，然后门后响起了钥匙的声音，接着是门锁的声音，最后门把自己慢慢地转动起来。卡米尔一把推开门，一个五十岁左右的男人就站在门厅里。他穿着一条内裤和一件原本是白色的破旧T恤，看起来就像个蠢货。

"这是怎么回事？"他一字一顿地说，瞪大眼睛看着指着自己的手枪。

卡米尔转过来，示意年轻的警员放下武器。

"您是布里厄克先生吗？尼古拉·布里厄克？"他突然有些谨慎地问道。

眼前的男人抽搐着，呼出一股令人窒息的酒气。

"真是就差这点了。"卡米尔边轻轻把他往里推边说道。

路易把客厅的灯都打开，把窗户也大开着。

"法布里斯，你弄点咖啡来，"卡米尔边说边把男人推到一张破败不堪的沙发上，然后又对另一位警员说，"你让他躺在这里。"

路易已经跑到了厨房里，他把手放在水龙头下，等着水慢慢变凉。在此期间，卡米尔打开橱柜的门，寻找一个容器。他找到了一个玻璃沙拉碗，递给路易，然后又回到客厅里。公寓并没有被破坏，只是被遗弃了，给人一种不再有人愿意背负的感觉。光秃秃的墙壁，一张水绿色亚麻油毡摊在地板上，上面堆满了乱七八糟的衣物。一把椅子，一张桌子，桌上还摆着残羹剩饭，桌布上的油污已经起了蜡，还有一台打开却没有声音的电视机。法布里斯果断地把它关掉了。

躺在沙发上的男人闭上了眼睛。他面色土黄，花白的胡子已经蓄了好几天没刮，颧骨高高突起，大腿瘦弱，膝盖突出。

卡米尔的手机在此时响起。

"怎么样？"勒冈问道。

"这家伙喝得烂醉。"卡米尔看着歪头歪脑的布里厄克说道。

"你需要派个团队过来吗？"

"来不及了。我再给你回电话。"

"等一下。"

"怎么了？"

"佩里格警局刚刚来电话了。比松的祖宅是空的，甚至可以说是被清空了，一件家具都没有，什么都没了。"

"发现尸体了吗？"卡米尔问道。

390

"发现了两具尸体,应该是两年前的事了,但是他没怎么费力隐藏。他把他们埋在屋后的一片树林里。已经派了一个团队去负责挖掘了,我会通知你最新进展。"

路易把装满水的沙拉碗和一块浸湿的抹布递过来。卡米尔把抹布放在水里,然后把湿抹布贴在了男人的脸上,然而他没什么反应。

"布里厄克先生,您能听到我说话吗?"

布里厄克的呼吸时断时续,卡米尔又重复了刚才的操作,再次把湿抹布贴在他脸上。然后卡米尔侧过头,看到了沙发死角里的啤酒罐,一共十二罐。

他抓住男人的手臂,试图探寻他的脉搏。

"好吧,"他数完之后问,"里面有淋浴吗?"

当两人把他放进浴缸时,这家伙没有喊叫。卡米尔一只手放在水龙头上,试着找到合适的温度,既不能太冷也不能太热。

"来吧。"卡米尔边说边把莲蓬头开到最大。

"见鬼!"布里厄克哀叫道,水流从他头顶上浇下来,湿透的衣服紧紧贴在瘦骨嶙峋的身体上。

"布里厄克先生?"卡米尔问道,"您现在能听到我说话了?"

"是的,见鬼!我听到了,烦人。"

卡米尔做了个手势,年轻警员放下莲蓬头,但是没有关水,水流此时在布里厄克的脚边喷洒。水里的男人挣扎着用一只脚搭着另一只脚坐起来,像是在海里前进一样。路易抓起一条浴巾递给他,布里厄克转过身,重重地坐在浴缸边缘。水流顺着他的背一直流到地板上,他在浴缸里撒了泡长长的尿,顺着短裤的褶皱处流出来。

"把他带过来。"卡米尔边说边走向客厅。

路易检查了整套公寓，仔细查看了厨房、卧室和壁橱。现在他正在检查一个亨利二世风格的边柜，把抽屉和柜门一个个打开。

布里厄克坐在了沙发上，不停地颤抖着。法布里斯走到卧室拿来一床毯子，披到他的肩膀上。卡米尔拉过一把椅子，坐在他的对面。两人的眼神第一次相交。布里厄克慢慢恢复了意识。他终于意识到身边围着四个男人，有两个人站着看着他，眼神让他觉得十分具有威胁性，一个正在翻找抽屉，还有一个坐在他面前，冷冷地打量着他。布里厄克揉了揉眼睛，突然感到了害怕，继而站起身来。没等卡米尔做出反应，布里厄克就推了他一把，卡米尔重重地摔倒在地板上。布里厄克还没走出一步远，两位警员已经抓住他，把他两只手臂背在背上，死死地压在地板上。法布里斯一只脚踩在他后颈处，贝尔纳把他两只手臂压在背上，两人下手都不轻。

路易赶紧走向卡米尔。

"别添乱了！"卡米尔做出盛怒的手势，像是要赶走一只黄蜂。

他扶着脑袋站起来，然后跪在布里厄克面前。布里厄克的脸被压在地上，变得呼吸困难。

"现在，"卡米尔的声音里几乎听不出愤怒，"我来向你解释。"

"我……什么……都没做！"布里厄克终于挤出一句话。

卡米尔把手放在他的脸颊上，然后抬起头看向法布里斯，向他点头示意。年轻警员脚下一用力，逼迫布里厄克发出一声惨叫。

"你给我听好了，我的时间很有限。"

"卡米尔——"路易说道。

"我来跟你解释，"卡米尔继续说道，"我是范霍文警官，一个女人此时正要丧命。"

他收回了手，慢慢弯下腰。

"如果你不帮我，"他在男人的耳边悄声说道，"我就杀了你。"

"卡米尔——"路易提高了声音重复道。

"你想怎么喝得烂醉都行，"卡米尔继续说道，语气变得非常柔和，但是能感觉到他的声音在整间房子里回响，"但是要等我走了之后。现在，你要给我好好地听着，尤其是要好好回答我。听明白了吗？"

卡米尔没有意识到，但是路易已经向法布里斯示意，慢慢把脚挪开了。布里厄克仍然没有动，他就这样躺在地上，脸贴着地板。他看着眼前这个矮小男人的眼睛，在他的眼神中看出一股决心，这令他感到恐惧。他点了点头，表示同意。

"我们把所有东西都销毁了。"

布里厄克再次被安置在沙发上，卡米尔给了他一罐啤酒，他一口气就喝完了半罐。清醒过来后，他听完了卡米尔简短的解释。他没能全部听懂，但点着头装作听懂的样子，这对卡米尔来说已经足够了。他们在找一本书，他心里想。这就是他听懂的全部内容，一本比尔邦出版社的书。他在那里当了多久的仓库管理员？他已经没有什么时间概念了，那是好久之前了。公司是什么时候倒闭的？剩下的库存是怎么处理的？从布里厄克的脸上看出，他想不出这些烂书的库存能有什么重要的，尤其是，这能有什么好着急的，况且这又与他何干……他努力想集中精神，却无法把事情拼凑完整。

卡米尔不再进行任何解释，而是把注意力放在事实上。不要让布里厄克再次神志不清。"如果他尝试去理解，就会浪费我们的时间。"他心里这样想，问道："这些书现在在哪里？"

"我们把库存都销毁了，我向您发誓。您想让我们怎么做呢？那都是些没用的东西。"

布里厄克举起手臂想把啤酒喝完,但是卡米尔适时制止了他。

"一会儿再喝!"

布里厄克用眼神寻找着安慰,却只看到了其他三人冷峻的面孔。他又害怕起来,身体又开始颤抖。

"你冷静点,"卡米尔一动不动地说,"不要浪费我的时间。"

"可我已经告诉您——"

"没错,我听明白了。但是人们从来不会销毁一切,从来不会。总是会在各处留有一些库存,人们总是会在销毁程序后保留一些存货。你好好想想。"

"我们都销毁了——"布里厄克重复道,眼睛蠢蠢地看着手里颤抖的啤酒罐。

"行吧。"卡米尔突然倦了。

他看了看手表,已经凌晨一点二十分了。看着依然大开着的窗户,他突然感觉到了房间里的寒冷。他把两手放在膝盖上,然后站了起来。

"我们挖不出什么新东西了。算了,走吧。"

路易歪了歪头,好像在说这确实是最好的做法。所有人都走到了楼道。法布里斯和贝尔纳先下去,冷静地推开几个邻居看客。卡米尔又揉了揉脑袋,感觉几分钟内肿块就高高肿起。他又回到大门敞开的公寓。布里厄克依然保持着同样的姿势,手里捏着啤酒罐,手肘放在膝盖上,一脸茫然的样子。卡米尔走到浴室,踩在垃圾桶上照了照镜子。这一下摔得真够狠,后脑勺已经圆鼓鼓的,并开始发紫。他用手指碰了碰,打开冷水,开始清洗起来。

"我无法确定——"

卡米尔突然转过身去,布里厄克穿着他的短裤,披着方格毛毯,可怜兮兮地站在门框里,就像个灾民。

"我好像给我儿子带了几箱书回来。他从来没拿走,应该就在地下室里,如果您想去看看的话——"

车开得太快了,现在是路易在开车。在不停地转弯、突然加速或刹车的过程中,在震耳欲聋的警笛声中,卡米尔无法阅读。他右手抓紧车门,同时不停地尝试着放手去翻页,但是总是马上被抛到一边或往前撞去。他抓住了一些字眼,那些文字在他眼皮底下跳舞,他没有时间戴上眼镜,眼前的一切都是模糊的,必须用尽全身力气去阅读。毫无希望地挣扎了几分钟后,他终于放弃了,把书紧紧地按在膝盖上。封面上画的是一个年轻的金发女郎,躺在一个看起来是床的地方。她的胸衣半开着,隐约露出丰满的胸部和圆鼓鼓的肚子。她的两只手臂沿着脖子伸开来,好像是被捆住一样。她一脸惊慌,嘴巴大张着,一边尖叫,一边疯狂地翻动双眼。卡米尔暂时松开车把手,把书翻了过来,封底是黑白印刷。

封底上的字太小,他完全看不清。车突然向右转了个大弯,开进了警局大院。路易猛地拉上手刹,从卡米尔手里夺走了书,然后先于他向楼梯跑去。

复印机花了很长时间吐出了几百页纸,路易终于带着四本复印本走回工作间,它们被一模一样地放在绿色文件袋里。与此同时,卡米尔正在工作间里踱来踱去。

"一共有——"卡米尔把文件翻到最后,开始说道,"二百五十页。如果我们能找到什么的话,那一定是在后面的部分。我们先从一百三十页开始吧。阿尔芒,你从这里开始;路易、让,还有我,我们负责看结尾。医生,您看一看开头,万一有什么收获呢!我们不知道要找什么，每个细节可能都很重要。科布！你停下手里所有的活儿。只要你们找到需要搜索的线索，就大声告诉科布，要让所有人都听到，明白了吗？开始吧！"

卡米尔打开了文件，快速翻看着最后几页，有几段文字吸引了他的注意力。他快速看完了几行字的片段，忍住不去读，不去理解，因为最重要的是寻找信息。他扶了扶鼻梁上滑落的眼镜。

马泰奥的腰几乎弯到了地板上，终于分辨出科里躺在地上的身体。烟雾呛进了他的喉咙，他开始猛烈地咳嗽。于是他趴在地上开始匍匐前进。他的武器有些碍事，于是他摸索着拉上安全栓，通过扭动腰肢，成功地把枪装回皮套里。

他翻了两页。

他无法知道科里是否还活着。他似乎不再动了，但是马泰奥的视线一片模糊，眼睛实在疼得厉害。在……

卡米尔看了看页码，猛地翻到第一百八十一页。
"我这里有一个姓科里的人。"路易头也没抬地朝科布的方向说道。

他把姓氏拼读出来。
"但是还没看到他的名字。"
"那个女人名叫纳迪娜·勒弗朗。"勒冈说道。
"我要找的名字得有三千个吧。"科布默默地说。

第七十一页。

　　纳迪娜在下午四点左右离开了诊所，走到她的车旁，车就停在超市的停车场里。做完超声波后，她有些颤抖。在这一刻，她眼里的一切都是那么美丽。虽然天气阴暗，空气有些微凉，城市……

应该就在不远的地方了，卡米尔这样想着。他飞快地翻阅了接下来的几页，抓住了几个词，但是没有什么特别惊人的东西。

"我找到一个叫马泰奥的警官。弗朗西斯·马泰奥。"阿尔芒说道。

"有一家位于加来省朗斯市的殡仪馆，"勒冈大声说着，"叫迪布瓦。"

"伙计们，慢慢来，"科布全速敲击着键盘嘟囔道，"我这里有八十七个科里。如果有人找到了他的名字的话——"

第二百一十一页。

　　科里坐在车窗后。出于谨慎，他不想冒险引起任何路人的注意，尽管这是个行人罕至的地方。他忍住不去清理玻璃上的灰尘，这些灰尘估计要追溯到上一次转动钥匙开门的时间，也就是十年前。他面前有两盏仍然亮着的路灯，在路灯的微光中，他看到……

卡米尔再次往前翻了翻。

第二百零七页。

　　科里在车里待了很久，仔细观察着这些荒无一人的大楼。他看了看手表：已经晚上十点了。他又计算了一遍，还是算出了同一个结果。算上换衣服的时间，下楼的时间，走过来的时间，她将不可避免地感到惊慌，还要算上找路的时间，纳迪娜会在二十分钟内到这里。他轻轻地摇下车窗，点燃了一支香烟。一切都准备就绪。如果一切……

在前面，还要往前翻。

第二百零五页。

　　这是一栋很长的大楼，它位于一条巷子的尽头。这条路往前走两公里，就是帕朗斯的入口。科里曾经……

"那个地方叫帕朗斯，"卡米尔大声说道，"是个村子。"
"朗斯市没有叫迪布瓦的殡仪馆，"科布说道，"我找到了四家叫迪布瓦的企业：一家是做疏通管道工作的，一家是做会计的，一家是做防水布的，还有一家是做园艺。我把清单打出来。"
　　勒冈起身去打印机处拿打印件。
第二百一十一页。

　　"但说无妨。"马泰奥重复道。
　　克里斯蒂安装作没听到。

"如果我早知道，"他自言自语道，"在……"

"这姑娘给一个叫佩尔诺的律师工作，"阿尔芒说道，"地点在里尔的圣-克里斯托夫路。"

卡米尔停止了阅读。纳迪娜·勒弗朗、科里、马泰奥，克里斯蒂安、殡仪馆、迪布瓦，他在心里默念着这些名词，却什么也想不起来。

第二百二十七页。

年轻女人终于恢复了意识。她左看右看，发现科里站在她身边，笑得十分诡异。

卡米尔突然暴汗，双手开始颤抖。

"是您吗？"她问道。

纳迪娜突然惊慌起来，她试图站起来，但是手臂和双腿都被紧紧捆住，绳子绑得如此紧，以至于她的手脚末端都是冰凉的。我在这里多久了？她心里这样想道。

"睡得好吗？"科里点燃一支烟问道。

纳迪娜突然变得歇斯底里，朝四面八方晃着脑袋大声尖叫起来，一直叫到缺氧才终于停下来，她已经失了声，喘不过气来。科里连睫毛都没动一下。

"你真美，纳迪娜。真的……你哭起来的样子真好看。"

他没有停止抽烟，把手自如地放在年轻女人巨大的肚子上。当她感受到触碰时，马上颤抖起来。

"我确信，你死的时候一定也很美丽。"他微笑着松口道。

"里尔市没有叫圣-克里斯托夫的街道，"科布说道，"也没有叫佩尔诺的律师。"

"见鬼。"勒冈开口说道。
卡米尔抬起头看向他，又看向摊在他面前的文件，知道勒冈也在读最后几页。卡米尔低头看向自己的文件。
第二百三十七页。

"真好看，对不对？"科里问道。
纳迪娜努力地转过头来，她的脸已经肿起来，肿胀的眼睛只能透过一丝光亮，眉弓上的瘀血变成了丑陋的颜色。脸上的伤口已经不再流血，然而嘴唇里面仍然淌着深红色的血，一直流到脖子里。她的呼吸变得困难，胸口重重地起起伏伏。
科里把破破烂烂的衬衣衣袖一直卷到肘部，然后朝她走去。
"怎么了，纳迪娜，你不觉得这很好看吗？"他指着床脚的一个东西补充道。
纳迪娜眼里噙满泪水，费力辨认出放在画架上的一个木质架子，得有五十厘米宽，就像是教堂里的那种，只不过是微型的。
"这是给孩子准备的，纳迪娜。"他温柔而清晰地说道。

他用拇指指甲深深插入纳迪娜的胸间,令她发出痛苦的号叫。指甲慢慢往下,像是在绷紧的肚皮上划出一道沟,年轻女人发出阴森凄厉的惨叫……

卡米尔猛地坐起来,拿出比松的手稿,疯狂地翻阅起来。"木架,"他自言自语道,"在画架上。"他终于找到了,第二百零五页,不,是下一页,还是没有,第二百零七页。他突然停下,在这段文字前一动不动。它们现在终于呈现在他眼前了。

科里十分仔细地挑选了这个地方,这栋楼在十几年前曾经是个鞋厂仓库,是个理想地点。有个陶艺家曾把这里作为工作室,他破产以后,这里就被遗弃了……

卡米尔猛地转过身来,跟路易撞了个正着。
他拿起比松的手稿,疯狂地翻着。
"你在找什么?"勒冈问道。
卡米尔头都没抬地说:"如果他提到了——"
页码被一页页地翻过,卡米尔突然醍醐灌顶。
"他说的仓库,"卡米尔晃着一沓手稿说道,"像是……像是个艺术家工作室。艺术家工作室……他把伊雷娜带到了蒙福尔,我母亲的画室。"

勒冈急忙跑到电话机旁,马上联系特警特别行动组,而卡米尔已经套上了外套。他抓起一串钥匙,向楼梯跑去。路易召集了所有人,发布了一些指令,然后才跟上卡米尔。只有阿尔芒还留在桌子后面,文件依然摊在他面前。团队人员马上组织起来,勒冈在与特警队特工谈话，向他们解释情况。

路易正要跑向楼道追上卡米尔，他的注意力被一个固定的点吸引了。在这一片躁动中，有什么东西一直没动。原来是呆若木鸡的阿尔芒，还一动不动地坐在文件前。路易皱起眉头，用眼神质问他。

阿尔芒用手指着一行字说道："他在凌晨两点整的时候杀死了她。"

所有的眼睛都看向墙上的挂钟，还有一刻钟就到两点了。

卡米尔快速倒了车，路易冲进去，车马上就启动了。

当圣-日耳曼大道在眼前倏忽而过时，两人的脑海里都止不住地浮现出同一个画面：一个被捆住的鼻青脸肿的年轻女人在大声尖叫，还有一根手指沿着她的肚皮划过。

卡米尔踩油门加速时，路易被安全带紧紧勒住，他用余光看着卡米尔。此时此刻，范霍文警官的脑子里在想些什么呢？也许，在佯装坚定的面具下，他听到了伊雷娜的呼唤："卡米尔，快来吧，快来找我。"当车突然转向，避开在丹弗尔-罗什洛大街红灯处的一辆车时，也许就在此刻，他听到了她的呼喊，他用双手紧紧抓住方向盘，想打断这个声音。

路易在沉思中看到伊雷娜正在害怕地叫喊，她明白自己就要死去，就这样被无助地捆住，她即将被献祭给死神。

卡米尔的一生都浓缩在这个画面里：伊雷娜满脸是血，血一直流到了脖子里。当车像龙卷风一般穿过十字路口，开始驶向勒克莱尔将军大街时，它占用了整条车道，且速度是如此之快。路易在心里想，可千万不要在这时丧命啊，但他并不是为了自己的生命而担忧。

"卡米尔，不要让自己丧命，"伊雷娜的声音说道，"你要活着赶到，在我还活着的时候找到我，拯救我。没有你的话，我现在就会死在这里。我不想死，这几个小时就像是过了几年，我一直在等你。"

街道在眼前飞逝，像是疯了一样，空荡荡的，一闪而过，速度如此之快。如果不是因为这一切，这将会是一个迷人的夜晚。车呼啸而来，已经快到巴黎外城门了，就像一个木桩，深深插入沉睡的郊区。它在车辆中逶迤而行，在十字路口全速避让，以至于车身在轮胎上晃荡着，擦到马路牙子，撞到了人行道上。"只是撞了一下。"路易这样想着，然而车像是离开了地面，升到了空中。难道这就是我们的死期吗？难道死神也将向我们索命？卡米尔抽搐地踩住刹车，沥青路面发出刺耳的声音。他擦过行驶在右面的一排车，撞上了一辆车，接着又是一辆。在警灯的光芒中，这辆疯狂的汽车把金属板擦出了火花，轮胎也发出尖叫。车身直立起来，所有刹车都拉紧了，车像龙卷风一般从街道的一端被扔到另一端，在路面上横了过来。

车开始危险地擦向停在人行道边上的车，它撞上了一辆，接着又是一辆，从路面的一侧被撞到另一侧，撞碎了车门，撞飞了后视镜。卡米尔尝试摆正行驶路线，已经把手刹拉得紧到不能再紧，然而车已经发了疯。最后，车终于在普列希思-罗宾森街口的十字路口处停下，两只轮胎碾上了人行道。

沉默突然变得振聋发聩，警笛没了声响，警灯也在行驶过程中从顶部脱落，搭在了车身上。卡米尔被抛到了车门边，头部被重重地撞到，立马流出很多血来。一辆车慢慢地从他们身边经过，几双眼睛看了看他们，然后就消失了。卡米尔坐起来，用手摸了摸脸，摸得满手是血。

他感到背上和大腿传来一阵疼痛，整个人完全被撞蒙了。他艰难地再次坐起来，然后又放弃，重重地倒了下去。就这样躺了几秒钟后，他又绝望地尝试站起来。路易在他身边，也被撞得七荤八素，不停晃动着脑袋。

卡米尔抖动着身体，然后把手放在路易的肩上，轻轻摇晃着他。

"我没事。"小伙子缓过神来开口说道，"一会儿就没事了。"

卡米尔开始找自己的手机，应该是在撞击过程中滚落了。他摸索着，一直摸到座椅底下，但是光线十分微弱，什么都没找到。他的手指终于碰到了一个东西，是他的武器。他扭动着腰肢，成功把枪插回保险套中。他知道，大半夜在郊区发出的金属撞击声肯定会引来围观的人，男人们会走到路上，女人们会守在窗前。他在车门前躬下身，然后猛地推了一把，终于把车门打开了。门开的时候，发出金属板摩擦的吱嘎声，像是突然间做了让步。他把腿伸出去，终于站了起来。他浑身是血，却不知道具体是哪里流出来的。

他跟跟跄跄地围着车绕了一圈，打开车门，抓住路易的肩膀。小伙子朝他做了个手势。卡米尔准备等路易自己恢复精神，于是又打开后备箱，在乱七八糟的东西中找出一块脏抹布，用食指寻找着自己的伤口，终于找到了头皮上一处割伤的地方。四扇车门以及两个尾翼都被撞到了。这时他突然意识到，发动机依然没有停止运转。他把依然闪烁着的警灯重新放回车顶，又看到一个大灯被撞坏了。然后，他坐回驾驶座，看了看路易，路易向他点了点头，于是他开始慢慢倒车。车往后退去，看到车依然能运转，两人突然感到如释重负，就好像刚刚不是遭遇，而是避免了一场车祸。卡米尔开始挂上一挡，然后加速到二挡，汽车再次在郊区快速行驶起来，且速度越来越快。

仪表板的时钟显示两点十五分，卡米尔终于放慢了速度，沿着沉睡的街道驶入了一片森林。眼前有左右两条街道，他猛然加速驶向右边,像是要撞进矗立在远处的大树。他把抹布扔到身后,因为目前他只能勉强把抹布扶在额头上。卡米尔拿出夹在两腿之中的枪,路易也跟着效仿,他在座位上向前探出身,两只手扶在仪表板上。离通向画室的小巷还有一百来米时,速度指针正指向一百二十码,他开始减速。这是一条年久失修的路,一路上坑坑洼洼,通常人们会自然减速。为了绕过那些最深的坑,汽车蜿蜒地往前行进,但猛然撞进那些绕不过去的坑时,车就会危险地晃动。路易紧紧地抓住了仪表板。当卡米尔瞥见没在黑暗中的房子轮廓时,他关掉警灯,猛然踩了刹车。

房子前没有停放任何车辆。也许为了掩人耳目,比松选择把车停在了工作室后面。卡米尔关掉汽车大灯,他的眼睛等了几秒钟才重新适应黑暗。房子只有一层楼,右侧立面是一整面玻璃落地窗。眼前的一切看起来比以往更加萧条。他的心中突然生出一丝疑虑,是不是来错了呢?比松真的把伊雷娜带到这里来了吗?也许是因为这样的夜晚,森林里的寂静一直延伸到房子后面,到处一片漆黑,这个地方显得十分骇人。为什么一点儿光都没有呢?两人心里这样想着,却都没有说话。他们离入口只有三十来米了。卡米尔熄灭了引擎,让车静静地滑行到目的地,然后轻轻踩死刹车。因为害怕发出声音,他摸索着自己的武器,不停地看着前方,然后慢慢打开车门下了车。路易也想效仿,但是他那边的车门损坏了,无法打开。当他终于用肩膀把车门顶开时,车门发出了一声凄惨的声音。两人面面相觑,正当他们要说话时,突然听到某种模糊而断续,却十分有规律的声音。实际上,是两种声音。卡米尔慢慢走向房子,他的武器始终指向前方。路易紧随其后,保持着同样的姿势。房子的大门紧锁着,没有任何迹象显示这地方有人存在。卡米尔抬起头,把头悬在空中,集中注意力听着,声音越来越大,也越来越清晰了。他用疑惑的眼神看着路易,但是小伙子的眼睛正盯着地面，他也在全神贯注地听着这声音，但是没法辨别出是什么。

正当他们试图理解听到的东西并对此进行交流时，一架直升机突然出现在树林上方。它做了个急转，俯瞰整栋房子，强光探照灯突然把工作室的屋顶照得如同白天一般，白色光芒瞬间淹没了整个泥土庭院。直升机的声音令人震耳欲聋，一股强风突然刮起，灰尘被扬起，像龙卷风般盘旋而上。庭院周围的高大树木剧烈地摇晃着，直升机在空中短暂而快速地盘旋。两人本能地弯下腰，在离房子四十来米的地方几乎趴下。

直升机的降落滑橇距离工作室屋顶也就几米远，这狂轰滥炸的声音使得他们无法思考。

气流如此强大，以至于他们睁不开眼睛，只能转过身保护好自己。他们刚刚勉强听到的东西，现在已经出现在视线里。在道路的另一头，三辆巨大的带有色车窗的黑色汽车紧紧排成一排，正不要命地朝他们驶过来。它们前进的时候排成一条笔直的线，全然不顾路面的坑洼，在崎岖的路上颠簸着，却完全没有改变方向。排在前面的那辆车装着一只超强远光灯，刺得他们眼花缭乱。

直升机突然改变了航向，探照灯的光芒投向房子的后面和周围的树林。

由于警局的强势介入，这一切噪声、狂风、灰尘和光线使卡米尔变得迟钝，此时他突然转向工作室，全力跑了起来。第一辆车已经来到他身后十几米远的地方，在远光灯的照射下，他的影子被映射在前面，并且快速地缩短，激发了他仅存的最后一些气力。路易跟着他走了几米远，然后突然在他右边消失不见。几秒钟之内，卡米尔已经到达入口，他跳过四级腐坏的木台阶，毫不犹豫地来到了门前。他朝门锁开了两枪，炸毁了大半边门扇和门框。他猛地推开门，急忙走进房间。

还没走两步远，他的脚就踩到了一种黏稠的液体，然后仰天重重地摔了下去，甚至没有时间控制自己。在巨大的推力下，工作室的门在他身后弹开，然后又关上，工作室里陷入短暂的黑暗，但是门猛烈地撞上门框，又被重新慢慢弹开。第一辆车的远光灯已经照进入口，突然照亮了卡米尔面前的一块巨大木板。它被放在两张搁凳上，伊雷娜的尸体就躺在上面，被绑住了双手。她的头看向他，眼睛大睁着，嘴唇微张着，线条已经变得僵硬。从这里看过去，她平坦的小腹上挂着骇人的伤口，像是被履带轮碾过一般。

当感觉大部队在台阶上发出的剧烈震动，当刑警队警员的身影黑压压地堵住入口的光线时，他向右转过头，在间歇穿透黑暗的蓝色警灯中，看到一个疑似悬挂在地板上方的木架。他辨认出上面有一个微小的黑色轮廓，几乎没有形状，然而两只手臂大大张开。

尾声

二〇〇四年四月二十六日　星期一

我亲爱的卡米尔：

　　一年了，已经一年了。您应该可以猜到，这里的时间既不短也不长。这是一种十分轻薄的时间，从外面传到我们这里来时已经变得如此虚弱，以至于有时我们会怀疑时间是否还在为我们流逝，就如同它为其他人所做的那样。尤其是，长久以来，我的处境已经变得不那么舒服。

　　您的助理一直对我紧追不舍，直到克拉马尔森林，他卑鄙地朝我背上开了一枪。这对我的脊柱骨髓造成了不可逆转的伤害。从那以后，我就一直活在这张轮椅里。今天，我就是坐在轮椅里给您写信。

　　我已经习惯了这样的处境，有时候甚至为此而感恩，因为这使我享受了很多其他同伴无法享受的待遇。我比其他人获得了更多的关注，人们不会把同样的苦差强加于我。这都是些微薄的好处，但是您知道，在这里，任何好处都很重要。

　　而且，我的情况比刚来的时候好多了。就像人们常说的，我找到了自己的定位。我的双腿已经完全废了，但是身体的其他部分还在完美地运转。我可以读书，可以写字，总之，我还在生活。

　　再者，我也渐渐在这里有了自己的一席之地。我甚至可以告诉您,我是遭人嫉妒的,尽管表面看起来并非如此。住了好几个月院以后,我最终来到了这个地方。我人还未到,名声就已经先行一步,这使我获得了某种钦佩,而且事情并没有到此为止。

离我的审判之日还有相当长一段时间。不过,这对我来说也没什么要紧的,我的判决书早就已经写好了。不,其实我没有说真话,我还是很期待这次审判的。尽管在手续上有诸多烦心事,我还是满怀希望,我的律师们(您简直无法想象,这些贪婪的家伙是如何榨干我的血的)将最终为我争取到作品的出版。我的事已经引发了诸多报道,在此之后我的书一定会引起轰动。它很有可能享誉国际,我的审判也将再次令它名声大噪。就像我的出版商所说的那样,臭名昭著在商业上来说是件好事。已经有人来找我们谈电影改编的事宜了,我就是跟您说一下……

我觉得,在各种各样的新闻报道再次铺天盖地席卷而来之前,我有必要跟您说几句话。

尽管我已经十分谨慎,然而事情并未完全如我所愿地发展。就差那么一点儿了,正因如此,我才深感遗憾。如果我严格遵守了时间(我承认,这是我自己设定的时间),如果我对自己的事业建设不那么过度自信,在您的妻子死去后,我本来可以按照预想的计划马上消失。如果是这样的话,那么今天我将在为自己打造的小小天堂里给您写这封信,而且我的双腿还依然健全。归根结底,正义还是降临了。这对您来说,一定是种莫大的安慰吧。

您会注意到,我现在说的是"我的事业",而不是作品。

如今我终于可以摆脱这自命不凡的字眼，其实这只是为了实现我的计划，我自己从未相信过这样的话。在您眼里，我被认为是一个"充满使命感的人"，"被一件比他自己更伟大的作品所驱使"，这只不过是个浪漫的说法，别无他意，甚至不是最好的说法。幸运的是，我并不是这样的人。我甚至有些惊讶，您竟会对这样的论点深信不疑。显然，您的心理学家们再一次展现了他们的实力，他们的实力总是如此令人难以招架……不，我是一个极度务实的人，而且我很谦虚。尽管怀有一种美好愿望，但我从来没对自己的写作才能抱有任何幻想。但是，在丑闻的推动下，在悲剧新闻给人们带来的恐惧作用下，我的书将卖出数百万本。它将会被翻译，被改编，将被永远地载入文学史册。我只是绕过了一些障碍，并不是浪得虚名。

至于您，卡米尔，这就不好说了，原谅我如此直白。您身边亲近的人都知道您是怎样的一个人，您与我描写的卡米尔·范霍文相去甚远。为了迎合小说类型的要求，我不得不把您刻画成一个……冷静的、圣徒般的人物。毕竟读者的观感才是最重要的。但是，在您内心深处，您知道自己与我曾在《晨报》上为您撰写的专栏形象相去甚远。

你我都一样，都不是别人眼中所看到的那般模样。也许，说到底，我们比自己所认为的更加相似。从某种意义上来说，难道不是我们两人联手促成了您妻子的死亡吗？

这个问题就留给您自己去思考了。

奉上我的真诚。

菲利普·比松

读客
悬疑文库
认准读客读悬疑,本本都是大师级。

专注出版中、英、美、日、意、法等世界各国各流派的顶尖悬疑作品。

为读者精挑细选,只出版两种作品:
经过时间洗礼,经典中的经典;口碑爆表、有望成为经典的当代名作。

跟着读客悬疑文库,在大师级的悬疑作品中,
经历惊险反转的脑力激荡,一窥人性的善恶吧。

打开淘宝,扫码进入读客旗舰店,
下一本悬疑更惊奇!